KB271813

P2P가 세상을 지배하는 날

P2P가 세상을 지배하는 날 1

오토샷 장편 소설

초판 1쇄 찍은 날 § 2012년 7월 26일
초판 1쇄 펴낸 날 § 2012년 8월 2일

지은이 § 오토샷
펴낸이 § 서경석

편집부장 § 권태완
편집책임 § 어정원
디자인 § 이혜정

펴낸곳 § 도서출판 청어람
등록번호 § 제1081-1-89호
등록일자 § 1999. 5. 31
어람번호 § 제1-1434호

주소 § 경기도 부천시 원미구 심곡2동 163-2 서경B/D 3F (우) 420－822
전화 § 032-656-4452 팩스 § 032-656-4453
http://www.chungeoram.com
E-mail § chungeorambook@daum.net

ⓒ 오토샷, 2012

ISBN 978-89-251-2957-0 04810
ISBN 978-89-251-2956-3 (세트)

P2P가 세상을 지배하는 날

1

FUSION FANTASY STORY

오토샷 장편 소설

CONTENTS

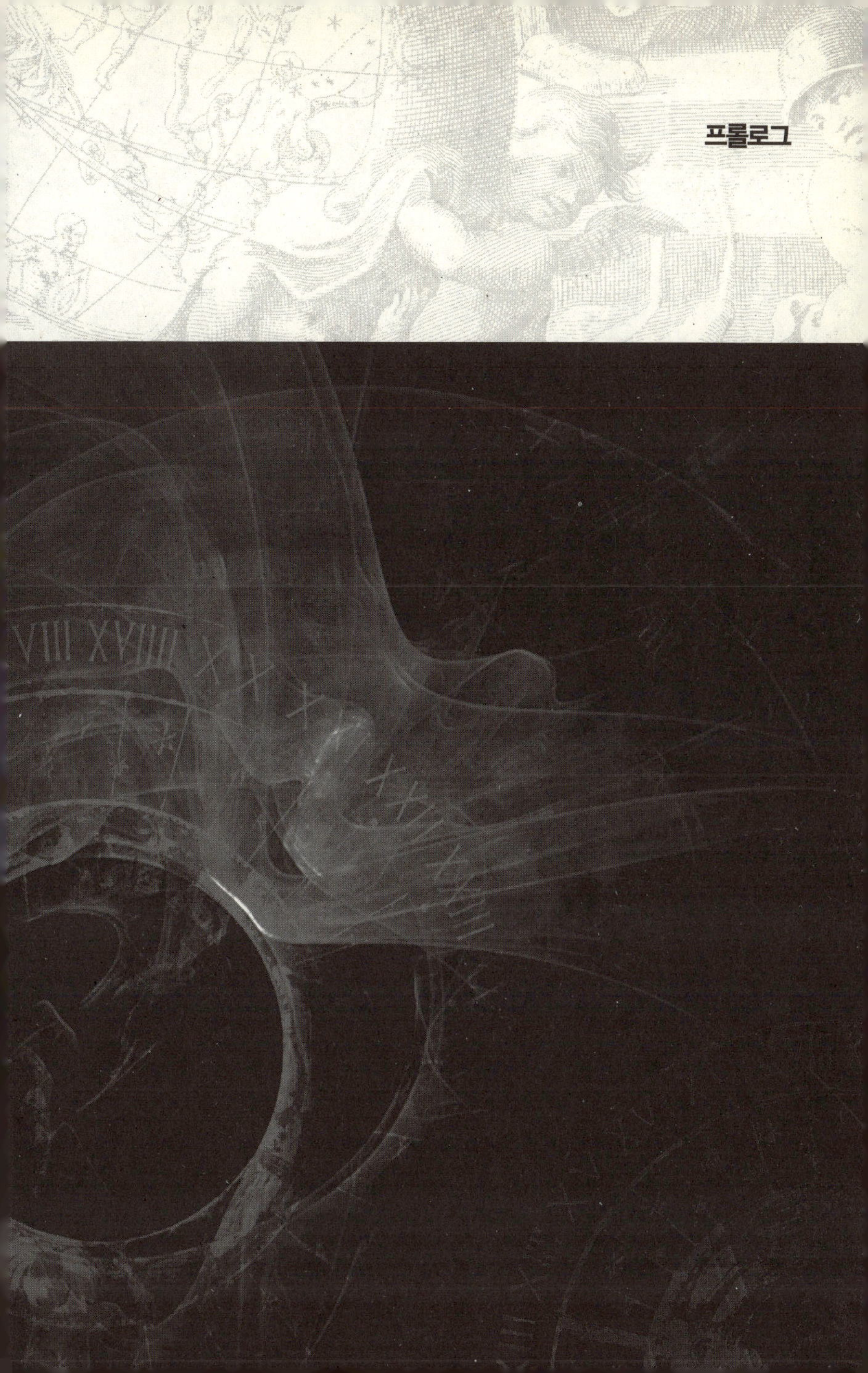

프롤로그

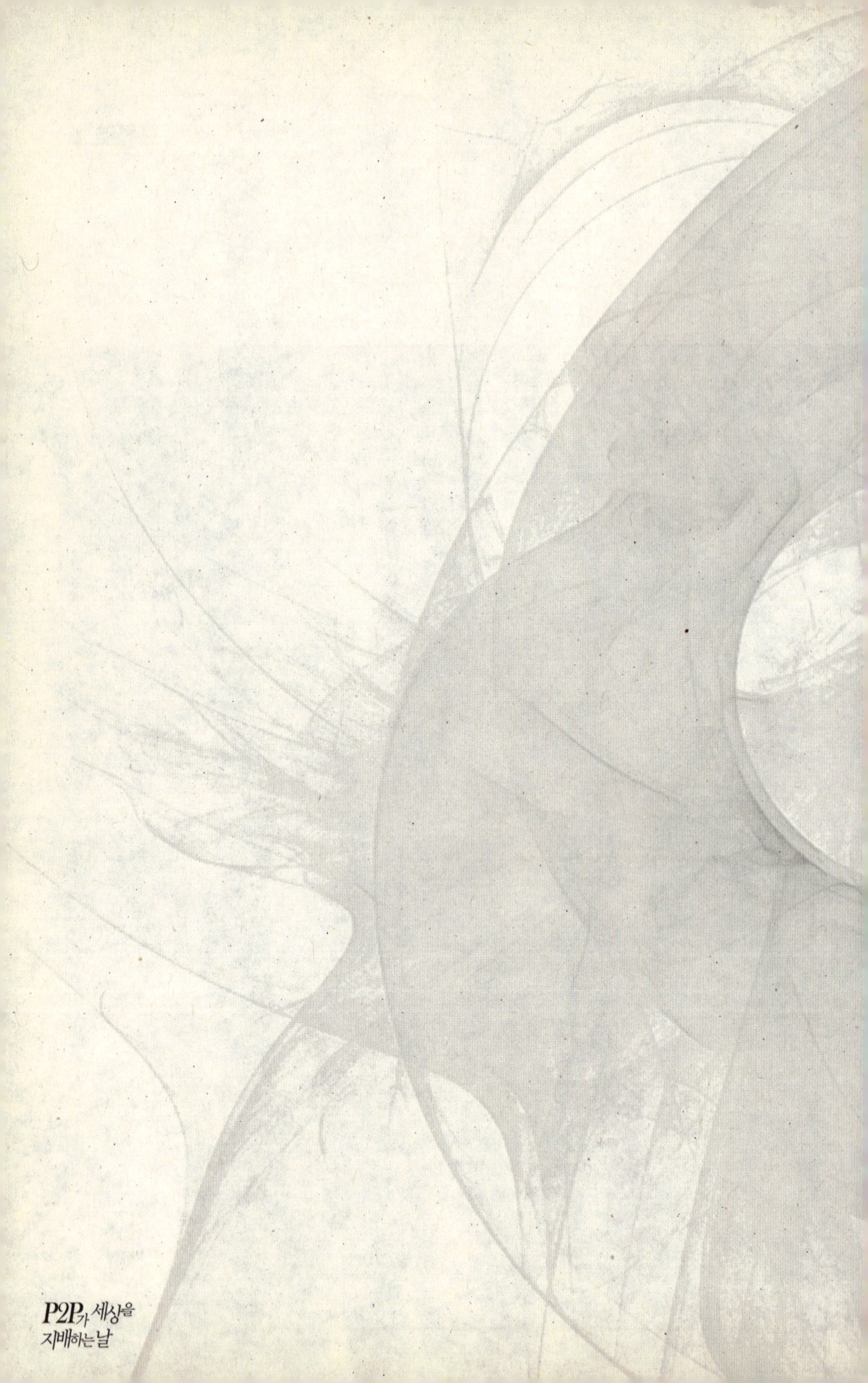

P2P가 세상을
지배하는 날

“에이 씹, 이딴 게 무슨 노래라고.”

노래를 듣던 유강이 mp3를 듣다가 내팽개쳤다. 그리고 그
것이 부수어질 때까지 발로 짓밟았다. 동네 꼬마들에게서 협
박해서 빼앗은 거라 망가지든 말든 별 상관없었다.

“씹, 배고프네.”

입을 열면 항상 욕부터 나오는 유강의 버릇. 유강은 배를
만지며 집으로 돌아갔다.

“아, 진짜….”

허름한 집 앞에 도착한 유강이 신경질적으로 중얼거렸다.

그는 평소에 자신이 가난한 집에서 태어났다는 것에 이래저래 불만을 가지고 있었다. 아버지가 돌아가신 후 어머니 혼자만 남게 된 상태. 유강은 이런 현실이 맘에 들지 않았다.

유강은 배를 만지며 걸음을 옮겨 집으로 향했다.

집 안에는 유강의 어머니가 통장을 들고 가계부를 정리하고 있다가 그를 보고 반갑게 인사하며 슬그머니 통장을 감추었다.

"왔니."

"돈 내놔."

"……."

유강의 첫마디에 어머니의 안색이 급속도로 굳었다. 유강은 다혈질 특유의 난폭한 눈빛으로 어머니를 바라보았다.

"뭐해? 돈 내놓으라고."

"유강아, 엄마 일한 지 아직 얼마 되지 않아서 돈 많이 못 번 거 알잖니."

"에이, 씹! 그게 나랑 무슨 상관이야! 빨리 돈 내놓으라니깐!"

"유강아."

"정 안 되면 그 통장이라도 내놓든지."

"안 돼!"

유강이 자신의 어머니가 숨긴 통장을 거세게 빼앗아 들고 밖으로 나가려 했다.

어머니는 그런 그의 팔을 붙들며 막아섰다.

"안 돼! 그게 내가 어떻게 모은 돈인데! 네 동생도 생각해야지!"

"그 새끼 신경 써서 내가 얻는 게 뭔데 그래? 빨리 놓지 못해!"

"악!"

쿵!

이윽고 유강이 있는 힘껏 어머니를 넘어뜨렸다. 그러자 그녀는 서랍의 모서리에 머리를 찍고는 비명을 지르며 실신했다.

유강은 그걸 보는 순간 움찔했지만 곧 웃으면서 유유히 밖으로 나가버렸다.

*　　*　　*

고등학생인 유한은 이제 고등학교 2학년 2학기를 보내고 있었다.

그는 단순히 공부에만 관심이 있는 것이 아니라 운동과 음악 등등에도 관심을 가진 열정적인 학생이었다.

게다가 꿈 또한 남들보다 명확하게 존재하기에 선생님들

로부터 곧장 칭찬을 받곤 했다.

많은 것을 바라는 것은 아니었지만, 어머니와 함께 행복하게 살아가기 위해 그 누구보다 노력하는 모습을 보인 유한이었다.

그날도 평소처럼 공부에 집중할 생각을 하며 집으로 돌아오고 있었고 다를 것 없는 일상이었다.

어디까지나 집 안에 어머니가 쓰러져 있지 않았더라면 말이다.

"다녀왔습니다. …어머니!"

집에 들어선 유한은 거실에서 머리에 피를 흘리며 쓰러져 있는 어머니를 보았다.

그런 어머니를 보고 눈을 크게 뜨며 달려가는 유한이었다.

유한은 가방을 내려놓고 어머니를 붙잡으며 흔들었다.

하지만 어머니는 일체의 미동조차 없었다.

"여보세요! 거기 119죠! 빨리 와주세요, 저희 어머니가……!"

유한은 곧장 119로 전화를 걸어 소방관을 불렀다. 그리고 잠시 후 찾아온 119 앰뷸런스를 타고 어머니를 데리고 곧장 병원으로 향했다.

병원에 도착한 이후 의사가 그에게 건넨 진단은 시급한 것이었다.

곧장 수술을 받아야 한다는 어머니. 유한은 이도저도 따질 것 없이 빨리 수술시켜 달라고 의사 선생님에게 부탁하였지만 이미 때는 늦어버린 후였다.

수술을 하기 위해 조치를 취하는 과정에서 이미 숨을 거두어 버린 것이다.

"…이미 늦었습니다."

"흐윽!"

의사 선생님의 선언에 유한은 눈물을 흘리면서 괴로워했다.

"으아아! 뭐야! 대체 왜!"

유한은 한없이 오열하며 휴대전화를 꺼내 자신의 형인 유강에게 연락했다. 유강은 약 다섯 번 동안 연락을 시도했는데도 받지 않다가 다시 한 번 걸었을 때에야 전화를 받았다.

"여보세요."

"형! 빨리 와! 어머니가… 어머니가……!"

"아, 엄마에겐 미안하다고 전해라."

"…뭐?"

다음으로 들려오는 목소리에 유한은 정신이 멍해졌다.

"내가 아까 통장 좀 가져가겠다는데 자꾸 붙잡잖아. 하는 수 없이 밀쳐 버렸는데 서랍 모서리에 머리 박고 쓰러지더라. 기절한 척 연기하는 거 다 알고 있어서 무시하고 나갔지. 너무 매정하게 생각하지 말고 하여튼 한 달 후에 보자."

"너 이 새끼야!"

"새끼? 야, 너 뭐라고 지껄였어!"

그래도 형이기에 평소에 유강을 가족처럼 대하던 유한이었다. 비록 어머니와 자신을 괴롭히고 매번 방해와 폐만 끼치던 유강이었지만 형이기에 꿋꿋이 참고 견뎌온 유한이었다. 하지만 이제 그 인내심에 한계가 찾아온 것이다.

유한은 이미 어머니의 죽음에 슬프다 못해 분노로 가득 차올랐다.

"너 때문에 어머니가 죽었어. 그 통장 하나 가져가겠다고 설치다가 어머니가 죽었다고!"

"엄마가 죽다니? 그게 무슨 소리……."

더 이상 듣기도 싫어 유한은 전화를 끊어버렸다. 그리고 한없이 오열했다.

"흐윽, 어머니……."

＊　　　＊　　　＊

그리고 20년이 흘렀다. 유한은 이미 그 일이 있은 후 형과 관계를 끊은 지 오래였다.

형은 어머니가 자기 때문에 죽었다는 사실을 깨닫고 큰 패

닉에 빠져 교도소에서 몇 년 생활하다가 나왔지만 결국 하는
짓은 달라지지 않았다.

착한 사람들의 돈을 뺏고 범죄를 하염없이 저지르고… 그
러다가 위험하다 싶으면 유한이 일하는 곳에 찾아와 도와달
라고 무릎 꿇고 비는 생활의 연속이었다.

'이젠 더 이상 나도 싫어.'

유한 또한 이미 인생을 망친 지 오래였다. 형 때문에, 하나
뿐인 어머니를 잃어버리고 생활이 피폐해져 버렸다.

지금 유한은 직장에 사직서를 내고 나와서는 피시방으로
향해 담배를 물고 있었다. 난생처음으로 물어보는 담배. 맛은
생각했던 것보다 기똥찼다.

…그는 처음으로 자살을 생각하고 있었다. 어릴 때 무슨 일
을 당해도 절대로 하지는 않겠노라 다짐하고 있던 그것을 말
이다.

"차라리 처음부터 형이 없었더라면."

유한은 그 이루어지지 않을 소원을 멍하니 말했다.

"아니면 형이 지금처럼 바보 같지 않고 착한 사람이었더라
면."

유한은 결국 모든 것을 체념하고 죽기로 결심했다.

더 이상 형에게 시달리며 무기력한 삶을 보내기보단 차라
리 스스로 포기하는 게 낫다 여긴 것이었다. 그래서 죽기 전

즐길 수 있는 모든 것들을 즐기기로 결심했다.

그런 유한의 눈에 우연히, 시선을 잡아끄는 무언가가 들어왔다.

"모든 것을 다 이루어주는 p2p사이트? 푸훗."

어이가 없어 유한은 비웃음을 지었다.

"…그런 게 있었으면 내 인생이 이렇게 되진 않았겠지."

어차피 더 이상 할 게 없는 상황이었다. 이런 것이라도 하며 마지막 하루를 즐겨보자고 유한은 생각했다. 그리고 게시판의 글들을 하나하나 훑어보는데…….

—다음날 당신의 눈앞에 1억이 있다.

—다음날 당신은 한 여자와 데이트를 하게 된다.

—다음날 당신은 엄청난 힘을 갖게 된다.

하나같이 말도 안 되는 글의 제목들이었다. 소소한 것들에서부터 큰 것들까지, 이루고 싶은 소원들은 마치 다 이루어줄 수 있다는 것처럼 작성되어 있었다.

유한은 피식 미소 지었다.

"재밌는데, 가짜 사이트치고는 맘에 들어."

그렇게 한참을 돌아다니던 유한의 눈에 돌연 한 가지 게시글의 제목이 눈에 들어왔다.

―오늘 바로, 당신이 원했던 과거로 돌아갑니다.

“……”
그 글을 보는 순간 유난히 침묵하는 유한이었다.
유한은 진지해진 얼굴로 그것을 클릭해 보았다. 그러자 다른 페이지 창이 하나 뜨더니, 다운로드 창과 함께 아래에 자세한 설명글이 나열돼 있는 게 보였다.
“그냥 즐길 거리 주제에 뭔 설명글이야.”
사이트에 관련된 자세한 설명문은 뒤로하고, 유한이 클릭한 게시글의 설명만 읽어보았다.

―이것을 다운받으면 당신은 다음날 당신이 그토록 원했던 과거로 돌아갑니다. 당신이 진정으로 간절히 소망했던 순간으로 말입니다.

“이런 게 가능할 리 없잖아.”
유한은 그 글을 보는 순간 왠지 모르게 화가 났다.
“고작 다운받는 것 하나로 인생이 달라진다고? 그딴 게 가능했으면 내가 20년을 이렇게 하릴없이 살지는 않았을 거야.”

하루하루가 지옥 같은 나날이었다. 형 한 명 때문에, 인생 모든 것이 망가져 버렸던 자신이다.

'만일 과거로 돌아간다면……'

믿지 않았다. 믿을 생각도 없었다. 하지만 그럼에도 불구하고 유한은 자기도 모르게 그런 생각을 하게 되었다.

'어머니가 돌아가기 전으로 가겠어.'

그리고 유한은 어차피 즐길 거리에 불과하다는 생각을 하면서도, 천천히 게시글의 다운로드 창을 클릭했다. 잠시 후 다운로드 창이 뜨며, 하얀 막대기 선이 파랗게 바뀌기 시작했다. 동시에 빠른 속도로 파일이 다운로드되었다.

—다운로드되었습니다.

그 말을 끝으로 더 이상 아무 반응도 일어나지 않았다. 유한은 자신의 행동에 풋 비웃음을 터뜨리며 사이트를 끄고 다른 사이트를 둘러보기 시작했다.

'모두 거짓이야.'

그 사이트가 자신의 인생의 판도를 바꿔주는 역할을 할 거라는 생각은 꿈에도 못한 채 말이다.

*　　　*　　　*

“헉!”

다음날 악몽을 꾸고 잠에서 일어난 유한은 상체를 벌떡 일으키며 헉헉거렸다.

“뭐야?”

유한은 자신이 누워 있는 곳을 둘러보고는 중얼거렸다.

“내가 왜 여기 있는 거지?”

믿기지 못하겠다는 얼굴로 방 안을 둘러본 유한은 눈을 한 차례 비벼보았다. 하지만 그럼에도 불구하고 눈앞에 있는 방의 모습은 달라지지 않았다.

처음엔 꿈을 꾸는 건가 싶어서 자기 자신을 의심하던 유한은 서서히 선명해지는 정신에 이내 경악하게 되었다. 벌떡 일어나는 유한.

“헉, 어째서 내가……?”

“으음, 왜 그러니?”

들려오는 소리에 유한은 자신의 옆자리를 보았다. 깔려 있는 이부자리에 익숙한 얼굴의 사람이 누워 있었다. 유한은 천천히 그 사람의 호칭을 불러보았다.

“…어머니?”

“사나운 꿈이라도 꾼 거니?”

“어머니!”

죽은 줄로만 알았던 어머니가 뚜렷하게 살아 있는 모습에 유한은 감격하며 다짜고짜 그녀를 껴안았다. 유한의 어머니는 얼떨떨해진 모습으로 유한에게 물었다.

"너 오늘 무슨 약이라도 먹었니? 애가 아침부터 왜 이래."

"정말 어머니예요? 이거 꿈 아니죠?"

"꿈이 아냐, 왜 그러니 계속?"

유한은 벌떡 일어나 방 안을 둘러본 뒤 문을 박차고 밖으로 나갔다. 그리고 쨍쨍한 아침 햇살에 하늘을 보았다..

"불어오는 바람… 들어오는 숨… 쨍쨍한 햇볕… 모든 게 현실이야. 꿈이 아니야."

무엇보다 어머니가 환상으로 만들어진 거짓된 존재가 아니라는 사실이 감격스러웠다.

"이게 어떻게 된 거지?"

하지만 유한은 무턱대고 좋아할 수만은 없었다. 너무도 의문스러웠던 것이다.

'어머니가 돌아가신 후 살았던 몇십 년이 사실은 꿈이었던 건가? 아니야, 꿈 치고는 너무도 생생했어. 그럼 이게 꿈? 그것도 아니야. 이것도 꿈이라고 하기엔 너무도 생생하잖아.'

그때 유한의 머릿속으로 스쳐 지나가는 한 가지의 기억.

"설마."

유한은 머리카락을 한 뭉치 쥐었다.

"어제 그 사이트에서의 일이 실제로 벌어졌단 말이야?"

그것 말곤 이 상황을 설명할 방법이 없었다. 유한은 갑자기 등골이 오싹해지는 것을 느꼈다. 소원을 이루어주는 사이트라니!

"세상에, 정말로 말도 안 돼."

그때 슬그머니 잠옷 바지를 뒤지는 유한.

"이건……."

주머니 속에서 나타난 것은 휴대폰이었다. 시대가 발전해서 사용하게 된 스마트폰과는 매우 거리가 먼, 뚜껑이 여닫는 피처폰.

유한은 그 휴대폰의 뚜껑을 열어 화면을 확인하였다. 메시지 한 통이 와 있었다. 긴장한 모습으로 그 메시지를 확인하한 유한의 눈이 커지는 순간이었다.

─당신의 소원을 이루어주었습니다.

"……."

소원은 실제로 이루어졌다. 말도 안 되는 소원이 실제로 이루어졌다.

'이건 기적이야.'

유한은 굳게 다진 얼굴로 몸을 돌렸다.

‘이번엔 놓치지 않겠어.’

그리고 집 안으로 들어가 달력을 확인해 보았다.

‘오늘이야.’

바로 오늘!

바로 이날 자신의 형, 유강은 어머니를 찾아와 돈을 뜯고 도망간다. 그리고 어머니는 그 누구도 알아주지 못한 채 사망하고 만다. 살해한 원흉은 다름 아닌 형이고.

‘한 달 동안 가출해서 모습을 감추고 있다가 돌연 나타나서 돈을 가로채고 어머니까지 죽인 새끼……. 빌어먹을 새끼!’

도무지 형이라는 호칭조차도 받을 자격이 없는 자였다.

유한은 간신히 감정을 억제하며 어머니를 보았다. 어머니는 이부자리를 접고 아침 준비를 하고 있었다. 그러한 어머니의 모습에 유한은 저절로 슬픈 미소를 짓게 되었다.

‘어머니.’

따뜻한 방, 단칸방인 이곳의 싱크대에서 다시 보게 된 요리하는 어머니의 모습은 유한으로 하여금 강한 의지를 다지게 만들었다.

‘걱정 마세요. 이번엔 반드시 살려 드릴 테니까.’

그리고 아침 식사를 하고 등교를 위해 밖으로 나온 유한은 철문 앞에 섰다.

“정확히 몇 시에 들어오는지만 안다면 좋을 텐데.”

적어도 어머니가 사망하던 그때, 병원의 의사 선생님이 말하길 두세 시간 전에 출혈이 시작되었다고 말했다.

그렇다면 유한이 학교에 가자마자 아침에 곧장 쳐들어온 것은 아니라는 셈이었다.

“대비를 해야겠어, 어머니를 보호해 줄 철저한 대비를.”

그리고 유한은 근처 바닥을 둘러보다가 손에 쥐기 적당한 돌멩이를 잡아서 주머니 속에 넣었다. 혹시라도 말로 타이르지 못한다면 이 돌멩이를 이용해 공격이라도 할 생각이었다.

‘내가 형을 죽인다고 하더라도.’

차라리 형을 죽이고 자신이 교도소에서 몇 년 살다가 나오는 편이 더 이로운 일이라고 생각했다. 형 때문에 어머니도 죽고 자기 인생도 망치는 것보단 말이다.

그만큼 유한은 유강으로 인해서 괴로운 일들을 많이 겪은 참이었다.

“……”

몇 시간 동안 철문 앞에 앉아서 형이 오길 기다렸을까.

멀리서 불량하게 걸어오는 익숙한 그림자가 보였다.

유한은 그 사람을 보는 순간 머리 꼭대기로 화가 가득 차올랐다. 눈빛은 표독해지고 이내 주머니 속에 있는 돌멩이를 세게 쥐게 되었다.

"네가 왜 여기 있냐?"

유강이 주머니에 두 손을 꽂고 철문 앞에 도착했다. 유한은 천천히 자리에서 일어나 유강을 노려보았다. 유강이 인상을 찌푸리며 물었다.

"뭘 그렇게 꼬나봐, 새끼야."

"……."

"아침부터 기분 족치게 하네. 야, 눈 깔아. 눈 안 깔아?"

"어머니에게 돈 받으려고 왔지?"

유한의 말에 흠칫 놀란 얼굴을 짓는 유강. 유한이 고개를 도리도리 저은 후 유강에게 충고했다.

"가. 더 이상 형에게 줄 돈은 없어."

"뭐? 이 새끼가 지금 어디서……."

"형 때문에 어머니가 한 번 죽었어. 그거로도 충분하지 않아?"

"이건 또 무슨 개소리야. 어머니가 죽어? 미쳤냐, 너 지금?"

"형에게 당했던 일들을 기억하는 이상 미치지 않고선 버틸 수 없겠지."

유한의 말이 어지간히 기분 상하게 만들었는지 유강이 주머니 속에 꽂고 있던 두 손을 들었다. 그리고 주먹을 굳게 쥐어 보였다.

“네가 아주 미쳤지? 그동안 내가 오냐오냐 하면서 봐주다 보니까 형 대하는 태도가 많이 싹수없어졌다?”

“맞짱이라도 뜨자고? 그럼 한 번 해볼래?”

그리고 유한은 자기 주머니 속에 숨겨두고 있던 돌멩이를 꺼내 들었다.

아주 뾰족한 모양새의 돌멩이. 그것을 보는 순간 주먹을 쥐고 인상을 찌푸렸던 유강의 얼굴이 흔들렸다.

“야, 뭐야. 그거 안 치워?”

“내가 왜 치워야 하는데. 형이야말로 썩 꺼져, 진짜 죽여버리기 전에.”

“미, 미친놈.”

“날 미치게 만든 건 형이야. 모든 죄는 형에게 있어.”

유한은 무섭게 유강을 노려보며 앞으로 슬금슬금 다가갔다.

정말로 사람을 죽이기라도 할 듯한 유한의 모습에 유강이 겁을 먹고 주춤거리며 물러섰다.

“야, 야. 왜 그래. 씹, 너 형 죽이고 교도소에라도 가고 싶냐?”

“형 죽이고 교도소에 가는 게 더 낫다고 봐. 어머니 죽고 형 밑에서 사는 것보단.”

“대체 무슨 소리야!”

"좋게 말할 때 가버려. 더 이상 이 집에 나타나지 마."

유한의 말에 유강은 더 이상 할 말이 없는지 입을 닫았다.

"칫!"

그리고 결국 혀를 차며 돌아서는 유강. 그런 유강의 등이 사라질 때까지 수중에 쥔 돌을 세게 움켜주고 있던 유한은 완전히 기척이 사라진 것을 통감하고 긴장을 풀었다.

"휴우."

안도하는 유한이었다.

*　　*　　*

그 일이 있은 후로 유한은 어머니를 구했다는 사실에 만족해했다. 하지만 유한의 얼굴은 다시금 급격히 어두워졌다.

'지금 어머니의 죽음을 막긴 했지만 또다시 유강 형이 찾아올 테고 그렇게 되면 어머니는……'

어머니가 죽는다.

그 문장은 도무지 유한 혼자서 감당할 수 없는 것이었다.

'이 상황에서 만일 또다시 어머니의 죽음을 막지 못한다면 난 정말 불효자야.'

불효자뿐만 아니라 엄청난 죄책감에 하루하루를 시달릴 것이었다.

'어떻게 얻은 기회인데, 그런 식으로 함부로 소비시킬 수는 없어. 반드시 형을 막아내겠어.'

학교고 뭐고 상관없이 어머니가 첫 번째였다.

'하지만 형이 갑자기 기습을 해오거나 그러면… 난 막을 방법이 없어. 그렇다고 짧은 시간 안에 운동을 배울 수도 없을 뿐더러 그만한 돈도 없고.'

그때 유한의 머릿속에 팍 스쳐 지나가는 무언가!

'잠깐.'

오늘 유한은 자신의 하나뿐인 어머니를 다시는 죽음으로 내몰지 않기 위해 집에 있을 생각이었다. 하지만 어쩌면 아무래도 그 계획을 바꿔야 할지도 몰랐다.

'그 p2p사이트가 있잖아!'

유한의 머릿속에 떠오른 것은 바로 그것이었다. 소원을 이루어주는 p2p사이트! 그야말로 다운로드 한 번만 하면 불가능한 기적을 모두 이루어주는 사이트였다.

'그 사이트라면!'

유한은 이미 그 사이트를 이용해서 한 번 어머니를 구한 적이 있었다. 그 사이트가 절대 거짓이 아님을 알고 있는 유한은 이번에도 그 사이트의 힘이 필요하다고 판단했다.

'좋아! 그럼 오늘 그 사이트를 이용해서 형을 막을 수 있는 방법을 알아보는 거야!'

조금 불안하긴 했지만 설마 유강이 지금 이 시간 때에 덤벼 올 거라고는 생각지 않았다.

유한은 주머니를 뒤적여 현재 자신의 수중에 있는 돈을 확 인해 보았다. 피시방 한 시간 정도는 사용할 수 있는 돈이 충 분히 있었다.

"가보자."

그리고 피시방으로 곧장 직행하는 유한이었다. 피시방에 들어온 유한은 선불로 비용을 내고 빈 자리에 착석했다. 그러 고는 컴퓨터 전원을 켜고 곧장 홈페이지에 접속, 주소를 입력 하여 들어가려고 했다.

"어라?"

그런데 키보드를 치려던 순간 손을 멈칫했다. 유한의 얼굴 이 새파랗게 되어버리고 말았다.

'그 사이트 주소가 뭐였지?'

그야말로 큰일이 아닐 수 없었다. 유한은 당황한 얼굴로 어 쩔 줄 몰라 했다.

'젠장! 왜 그 주소를 숙지해 두지 않은 거야!'

숙지하지 않는 게 당연했다. 애초에 유한은 당시만 해도 인 생을 접을 생각이었고, 그 사이트가 정말로 소원을 이루어줄 거라고는 생각도 않고 있었으니 말이었다.

유한은 머리카락을 잡고 저도 모르게 소리를 쳤다.

"젠장!"

"아 거기, 좀 조용히 좀 합시다."

"죄, 죄송합니다."

사과한 뒤 머쓱해진 유한은 모니터 정면을 돌아보았다. 그러고 두근거리는 심장을 다그치며 심호흡했다.

'후우, 침착하자. 이제부터 다시 알아보면 돼. 얼마 지나지도 않은 기억이라 열심히 생각하면 어떻게 들어갔는지 알 수 있을 거야.'

골똘히 생각에 잠겼다. 하지만 어느 방법으로 들어갔는지 도저히 생각이 나지 않았다.

'젠장! 주소 영어가 몇 개 되는지 알아둘 걸 그랬어!'

인제 와서 후회해도 늦었다. 유한은 한숨을 쉬며 이대로 관두어야 하나 싶었다. 그때 유한의 머릿속에 무엇인가가 떠올랐다.

번쩍하고 눈을 뜬 유한은 자신의 뚜껑으로 된 휴대폰을 꺼내 들었다.

그러고는 소원이 이루어졌던 아침에 받았던 그 메시지 내용을 살펴보았다.

'있다!'

찾았다!

소원 사이트의 주소가 메시지 내용 맨 아래에 정확히 적혀 있었다. 유한은 허겁지겁 그 주소를 브라우저에 쳐 보았다.
새로운 홈페이지가 눈앞에 드러났다.

'소원 사이트!'

유한이 그토록 찾던 바로 그 소원 사이트가 면전에 드러났
다. 유한은 다시금 벌렁벌렁 거리는 심장 박동수를 제지하지
못하고 주위를 둘러보았다. 혹여나 이 사이트를 누군가가 훔
쳐볼까 싶었던 것이다.

'아니야, 과민반응하지 말자. 어차피 사람들은 내가 그냥
홈페이지 둘러보는 건 줄 알아.'

그리고 소원 사이트를 위아래로 훑어보는 유한이었다. 찾
던 사이트가 맞음을 정확히 확인한 유한은 게시글을 누르려
다가 잠시 의문에 잠겼다.

'현재 연도가 2000년이었어. 약 20년 과거로 돌아온 거야.
그런데 이 사이트는 20년 후 모습 그대로고. 사람이 만들어낸
것 같지는 않아.'

혹 신이 창조해 낸 홈페이지는 아닐까 싶었다. 하지만 아무
리 자문해도 해결할 수 있는 일이 아닐 뿐더러, 유한은 그 의
문을 꼭 해결할 생각도 안했다. 그저 소원을 이루는 것이 그
의 목표였다.

'이것만 있으면 나도!'

지그시 미소 지으며 유한은 게시글을 훑어보았다. 이참에

오늘 유한은 이 사이트를 이용해서 많은 것을 누려볼 생각이었다. 일단 첫째로…….

‘유강을 바꿔 버리는 거야. 아예 다른 사람으로… 그래, 완전히 다른 사람으로 바꿔 버리는 거야!’

이제 보니 별의별 이룰 수 있는 소원이 많았다. 자신의 형을 기억을 조작시켜 여동생으로 변화하게 만드는 소원도 있었고, 형을 아예 순진하고 착한 사람으로 만드는 소원도 있던 것이다.

그런 기가 막힌 소원들에 유한은 피식 웃었다.

‘여동생? 여동생이라……. 유강이 내 여동생이 된다는 게 믿기지가 않는데.’

그야말로 막장스러운 일이라고 할 수 있었다. 하지만 이 사이트는 그런 불가능할 법한 일도 가능할 뿐더러 유한의 기대감도 충족시켜 줄 수 있었다. 절대적인 만능의 사이트!

‘어? 그런데 잠깐만.’

조아라 하며 사이트를 훑던 유한은 순간 무언가를 발견하고 웃음을 지웠다. 이윽고 눈이 휘둥그레진 유한이 떨리는 목소리로 중얼거렸다.

“이게 뭐지?”

유한으로선 귀신이 곡할 노릇이었다. 유한은 이 사이트에 회원가입을 했던 적이 있나 싶었다. 하지만 아무리 기억을 들쳐보아도 그런 행동을 취한 적은 한 번도 없었다.

그러나…….

'……!'

일순간 정체 모를 두려움을 느낀 유한의 손이 바들바들 떨렸다. 홈페이지 좌측 상단 쪽에 로그인된 창과 함께 유한을 환영한다는 인사가 적혀 있던 것이다.

—사이트에 오신 것을 진심으로 환영합니다, 유한 님.

"……."

유한은 잠시간 두려움에 떨다가 곧 그것을 떨쳐냈다.

무려 20년이다.

그 긴 세월을 송두리째 휴지통에 버리고 과거로 돌아오게끔 만들어준 사이트였다. 그런 신비한 기적까지 겪어놓고 고작 이 정도 일에 왜 무서워하는 것인가?

"그래, 이런 건 아무것도 아니야. 근데 이건 뭐지? 포인트라니?"

유한은 완연히 두려움을 떨쳐내고 자신을 환영한다는 글귀 아래에 적힌 것들을 주루룩 읽어보았다. 보통 p2p사이트의 화면처럼 내 정보 보기, 내가 다운로드받은 게시글들을 확인하기 등이 나열되어 있었다. 그리고 그 아래에 현재 유한이 시선을 집중하고 있는 포인트가 있었다.

—500포인트.

현재 유한에게 남은 포인트는 바로 그 정도였다. 유한은 그 포인트를 잠시간 멍하니 바라보다가 머릿속에 스쳐 지나가는 생각에 탄성을 지었다.

"설마……."

다시금 게시글 쪽으로 시선을 돌려, 아무 글이나 한 개를 클릭해 보았다. 그러자 새로운 창이 뜨면서 그 소원에 관련된 자세한 설명과 함께 다운로드받는 데 요구되는 포인트가 적혀 있는 것을 확인했다. 유한이 클릭한 소원이 요구하는 포인트는 약 이백 포인트였다.

"무한적으로 소원을 다운로드받을 수 없다는 거야?"

요컨대 현재 유한이 가진 포인트만큼만 소원을 다운로드받을 수 있다는 것이었다. 무한적으로 다운로드받는 건 그야말로 불가능하다는 의미. 유한은 잠시 패닉에 빠졌다. 그러다 곧 고개를 저었다.

"그럼 포인트를 채우는 방법은 어떻게 하는 거지?"

사이트를 이리저리 뒤져본 유한은 포인트에 대한 공지사항을 찾을 수 있었다. 그러나 그것은 포인트를 채우는 방법은 아니었기에 실망감이 찾아들었다.

—처음에 한 사람에게 주어지는 포인트는 약 3,000포인트. 이 포인트는 개인에게 주어지는 포인트이며, 공짜로 사용할 수 있는 자격이 누구에게나 주어진다. 포인트를 채울 수 있는 방법은 없다.

마지막 문장을 읽는 순간 유한은 어깨가 축 쳐지는 느낌이 들었다. 하지만 다시금 기운을 차리고 사이트의 소원 게시글들을 주루룩 훑어보았다. 하나같이 소원들이 요구하는 포인트를 확인하기 위함이었다.

'큰 소원들은 대부분 천 포인트가 넘어가.'

백 포인트짜리 소원들도 있긴 했으나 천 포인트대의 소원들에 비하면 큰 효과를 가져다줄 것 같지는 않았다.

'심지어 유강을 처리하는 소원조차도.'

방금 전 유한이 발견했던 형을 여동생으로 바꾸는 소원조차도 천 포인트가 넘어갔다. 오백 포인트 부족으로 형을 바꿔놓는 소원도 이루기가 불가능했다.

'삼천 포인트 중에 과거로 돌아가는데 이천오백 포인트를 사용했어. 그래서 남은 게 오백 포인트. 이 오백 포인트로 내가 할 수 있는 것은……'

한참 동안 고민에 빠졌다. 그리고 결국 유한은 굳은 다짐과 함께 결심에 이르렀다.

"남은 포인트를 사용해서 위기를 헤쳐 나갈 수밖에 없어."

일단 형인 유강을 어떻게든 처리하는 것이 가장 중요했다. 유한은 자신의 오백 포인트를 이용해 할 수 있는 소원들을 찾아보았다.

백 포인트를 사용해서 할 수 있는 소원들도 꽤나 좋은 소원들이었다. 그러나 그 소원들은 이루어진 직후 어느 정도 유한의 노력이 필요할 듯 보였다.

'마법을 알려주는 책?'

불현듯이 유한의 눈에 게시글 하나가 띄었다. 유한은 그 게시글을 클릭하여 천천히 설명문을 읽어보았다. 1클래스 마법 서적으로서 1클래스가 사용할 수 있는 마법들이 길게 나열돼 있었다.

'이 책을 통해서 1클래스의 마법을 배울 수 있다는 건가?'

판타지 소설이라든지 장르 문학 쪽에 전혀 깊이가 없는 유한인지라 1클래스가 도저히 무슨 의미인지 알 수 없었다. 때문에 따로 창을 띄워 검색해 보아야만 했다.

다른 사이트를 검색하며 흔히들 이야기하는 마법에 대하여 알아본 유한은 감을 잡고 고개를 끄덕였다.

"그렇구나. 대충 뭔지 감이 잡혔어."

그리고 유한은 1클래스 서적을 받을 수 있는 그 게시글을 약 오십 포인트를 사용하여 다운로드받았다. 그러나 오십 포인트에 마법 서적을 구할 수 있는 것이라면 유한은 아깝지 않다고 생각했다.

비록 이 서적을 통해 마법을 연구하는데 깊은 노력이 필요할 거다 싶었지만.

'마법이 있으면 유강을 어머니 곁에서 떨쳐낼 수 있을 테고 마법을 통해서 내가 못 이룬 꿈들을 이룰 수 있을 거야.'

어디까지나 마법을 익숙하게 사용할 수 있는 사람이 되어야 가능한 일이겠지만 말이다.

유한은 다운로드 창의 하얀 색깔이 푸른 색깔로 완연히 뒤덮이는 것을 확인하고 마우스를 잡았다. 마침 다운로드가 완료되었다는 표시창이 바탕에 띄어졌다.

유한은 그것을 클릭한 뒤 사이를 두고 기다렸다. 그러다가 아무 증상도 없자 고개를 갸웃거렸다.

"뭐 어디에 있는 거지? …어?"

한 차례 눈을 깜빡인 유한의 눈에 들어온 것은, 도무지 현대 시대에서 발견할 수 없는 희귀한 겉표지의 책이었다.

유한은 갑작스레 키보드 옆에 나타난 그 책을 덥썩 집어 내용을 확인해 보았다. 그리고 곧 눈을 휘둥그레 뜨며 혀를 내두르게 되었다.

"이런……."

중요한 부분을 잊고 있었다. 1클래스의 서적이 있다 한들 그 서적이 과연 한국어이겠는가? 그것을 생각하지 않은 탓에 이런 문제에 처한 것이리라.

유한이 사이트에서 다운로드받은 1클래스 마법 서적은 난생처음 보는 언어로 적혀 있었다.

"통역기 같은 거 없나."

유한은 마법 서적의 글씨들을 한국어로 해석해 줄 물건을 찾기 위해 다시금 사이트 게시글을 뒤적였다.

워낙에 많은 게시글이 나열돼 있었기 때문에 유한이 원하는 것을 금세 찾을 수 없었다. 하는 수 없이 검색창에 통역에 관련하여 글자를 끄적여 보았다.

잠시 후, 유한이 검색한 것에 관련된 게시글들이 수두룩 나왔다. 유한이 원하는 통역기 역시 발견할 수 있었다.

"백 포인트……."

하지만 통역기의 값은 상당했다. 유한은 통역에 관련된 다른 게시글들도 확인해 보았다.

"우주의 모든 언어를 사용할 수 있는 통역사를 부르는 소원, 마법을 잘 쓰는 선생님을 불러서 마법을 배우는 소원, 마법어를 배우기 위해 필요한 마법어 사전을 구하는 소원……."

검색해서 나온 게시글들 중에 몇 개를 훑어본 유한은 하나같이 백 포인트가 넘는 가격에 다운로드를 머뭇거렸다.

그나마 검색한 소원들 중 포인트가 가장 낮은 것은 마법어 사전을 구하는 소원이었다.

'마법어를 처음부터 배울 수 있는 마법어 사전. 원하는 언어로 사전을 구하여 공부할 수 있다.'

유한은 난처했다.

'마법을 배우려면 마법어까지 따로 배워야 하는 건가? 포인트가 좀 더 많았더라면 스승님을 구하든지 할 텐데……'

사백오십 포인트밖에 안 되는데 섣불리 포인트를 사용할 수 없었다.

'남들이 가지지 못한 능력을 얻을 수 있다, 심지어 특별한 능력을 통해 어머니를 유강에게서 구할 수도 있어. 비록 마법을 완전히 구사한 뒤의 일이지만.'

하지만 공부를 하는 것이라면 자신 있었다. 어머니와 행복하게 살기 위해 평소에 미친 듯이 공부만 해왔던 유한이었다. 공부가 일상이나 다름없던 그인데 고작 마법어에 기죽겠는가!

'그럼.'

유한은 천천히 마법어 사전을 구하는 소원 게시글을 다운로드받았다. 그러자 바탕화면에 마법어 사전이라는 이상한 겉모습의 파일이 등장했다.

그것을 클릭하자 네모난 모양의 작은 하얀색 프로그램이 뜨면서 마법어 사전을 해석하는 데 필요한 언어를 적어달라는 요구가 표시 창으로 떴다. 유한은 비어 있는 칸에 한국어라고 정확히 입력했다.

그리고 확인 버튼을 누르자,

"……."

또다시 기적이 일어났다. 아니, 과거로 회귀하는 것에 비하면 별거 아닌 일이라고 할 수 있었다. 방금 전처럼 눈을 한 차례 깜빡이자 아무것도 놓여 있지 않던 키보드 옆에 마법어 사전이 등장한 것이다. 겉표지가 한국어로 마법어 사전이라 정확히 적혀 있는 것을 확인한 유한은 그것을 들어 올렸다.

"이제부터 시작이야."

새로운 변화를 위한 유한의 노력이 시작되었다.

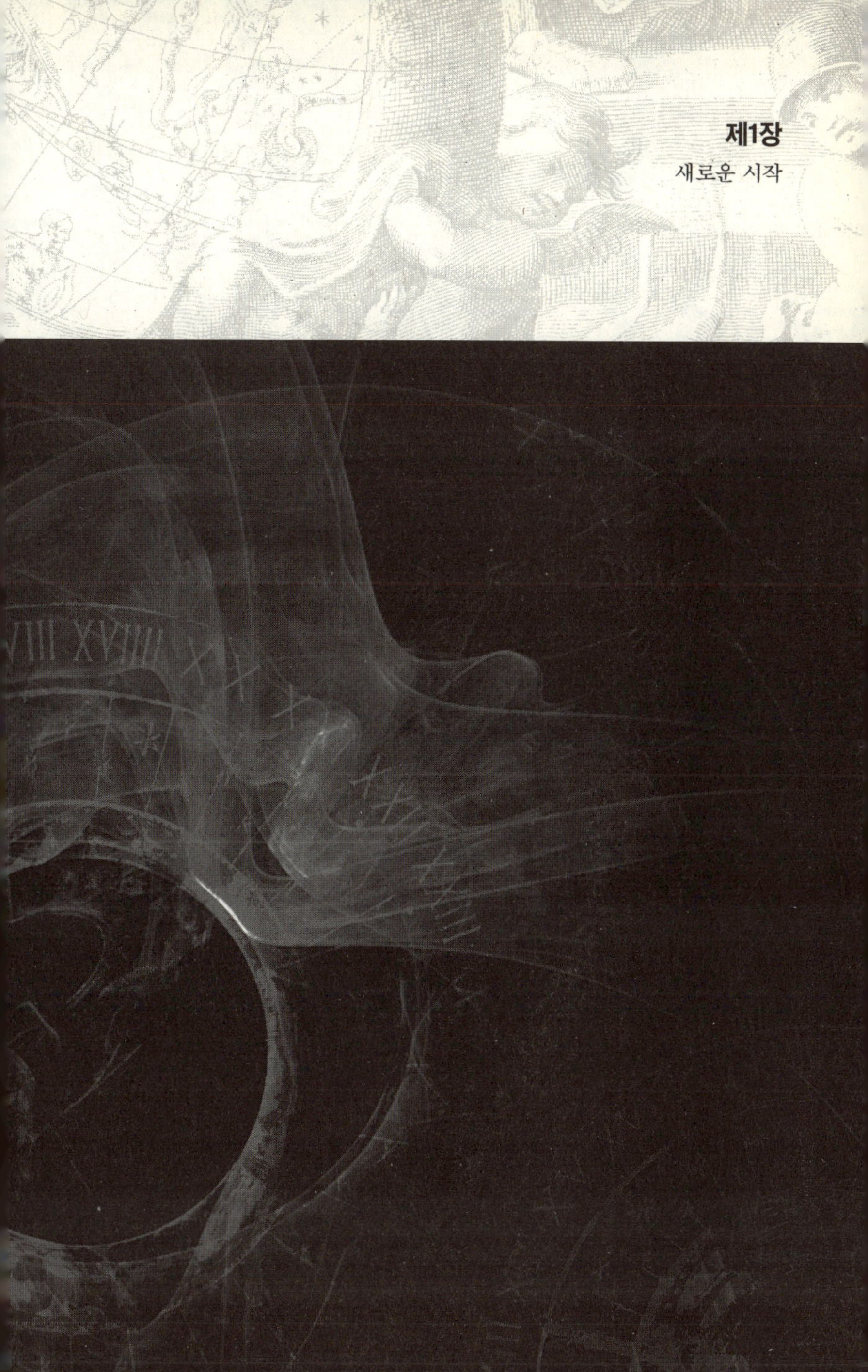

제1장
새로운 시작

P2P가 세상을
지배하는 날

유한은 곧장 책을 들고 피시방에서 나왔다. 그리고 저녁노을이 짙어진 시각에 집에 다다라 책 두 권을 바닥에 내려놓았다.

어머니는 아직 공장 일 때문에 오지 않은 실정이었다.

유한은 늘 공부할 때 사용하던 작은 책상을 펼치고, 그 책상에 마법어 사전을 올려놓았다. 이도저도 할 것 없이 바로 공부를 시작할 계획이었다.

"해보자."

미래를 바꾸고 싶다는 생각 때문일까.

이후 유한은 정말이지, 어느 때보다 열심히 마법어를 공부했다. 학교 쉬는 시간에도 틈만 나면 마법어를 공부했고, 수업 시간에도 짬이 나면 마법어 공부에 헌신하기 시작했다.

비단 마법어에만 시간을 투자한 건 아니었다.

이외에도 아직 1년 넘게 남아 있는 수능 준비는 물론, 내신을 대비하는 데에도 소홀히 하지 않았다.

'이번 생은 놓치지 않을 거야. 반드시 내가 원하는 꿈을 다 이루겠어.'

유한은 자신이 목표로 하는 것들을 이젠 버리고 싶지 않았다. 괴로웠던 시절은 과거로 회귀하기 전으로 충분했다. 더 이상 유강이라는 작자에게 농락당하기 싫었다.

"끄응."

이마를 꾸욱 누르며 유한은 신음했다. 마법어는 생각보다 많이 어려웠다. 단어들은 영어 외우듯이 비교적 쉽게 할 수 있었는데, 그것들을 조합하여 문장을 완성시키는 것은 아직 무리였다. 이질적인 까다로움이 있었다.

"……."

학교가 끝난 후에도 유한은 집으로 돌아가는 길에 마법어 사전을 군것질하듯 읽고 있었다. 오죽하면 횡단보도 불이 빨간불인 것도 잊고 걸어갈 뻔했다.

그렇게 무사히 집으로 돌아온 유한은 어머니가 직장에서 돌아올 때까지 하염없이 공부에만 전진했다.

그리고 어머니가 돌아오시면 함께 저녁 식사를 나눈 후, 유한 때문에 열심히 일했을 어머니를 생각하며 그녀의 어깨를 주물러 주었다.

"이제 됐단다. 그만하고 자렴."

"네, 어머니. 이것마저 다 공부하고 잘게요."

"근데 공부하는 게 뭐니? 글을 보아하니 영어 같지는 않던데."

"아… 국사 선생님이 수능 시험 문제로 나올 가능성이 높다고 따로 뽑아준 시험이에요."

"요즘은 그런 것도 공부하니? 학교 공부도 참 난이도가 많이 높아졌구나."

"원래는 할 필요가 없는 건데, 제가 하고 싶어서 하는 거예요. 수능 시험 때 한 점이라도 더 높게 받아야죠."

그 말에 어머니가 흐뭇하게 웃었다. 핏기가 가신 얼굴로 웃는 어머니의 모습에 궁색하게 거짓말을 한 스스로가 원망스러웠다.

어머니는 공장에서 쉴 틈 없이 밤낮으로 일을 하였다.

어릴 때부터 힘들게 살아왔던 어머니였기 때문에 어떻게든 이러한 처지에서 빠져 나가고자 늘 필사의 노력을 해왔던 것이다.

하지만 아무리 노력을 한들 현실은 바뀌지 않았고 어머니
는 몸만 망가지고 있었다.

유한은 직접 이부자리를 깔고 어머니가 눕도록 해주었다.

"누우세요."

"고맙구나."

"내일 아침은 제가 알아서 챙겨 먹을 테니 더 주무도록 하
세요."

"그래."

그리고 어머니가 먼저 잠에 들었다. 고이 취침에 든 어머니
의 안색을 보며 가슴 아픈 미소를 지은 유한은 몸을 돌려 마
법어 사전이 있는 책상으로 향했다.

"자, 그럼 마저 해야지."

기필코 행복하게 만들어 드리리라, 새삼 다짐을 하며 유한
은 다시 공부에 몰두했다.

*　　*　　*

쾅쾅!

유한이 마법어 공부를 마치고 이제 막 잠에 들려던 찰나였
다. 철문을 두드리는 소란스러운 소음에 유한과 어머니가 동

시에 눈을 떴다.

"무슨 소리지?"

어머니의 목소리에 유한은 침묵했다. 조용히 철문 쪽에서 들려오는 소리에 유한은 집중했다.

'그 새끼다!'

더 이상 형이라고 부를 이유도 없었다. 유한은 이를 갈며 자리에서 벌떡 일어났다. 어머니가 그런 유한을 보고 깜짝 놀라서 소리쳤다.

"유한아? 너 왜 그러니?"

"어머니. 밖으로 나가시면 안 돼요."

"왜 그러는데?"

"부탁이니까 제 말대로 따라주세요. 아무것도 묻지 마시고요. 알았죠?"

그 말에 어머니는 사이를 두곤 고개를 끄덕였다. 유한 또한 고개를 주억거렸다.

"다녀올게요."

현관문을 열어젖히고 밖으로 향했다. 쉴 틈 없이 철문을 두드리고 있는 유강의 목소리가 들려왔다.

"열어, 새끼야!"

"닥쳐!"

유한은 크게 일갈했다.

"새벽에 술 처먹고 와서 집 앞에 와서 행패야! 경찰 부르기 전에 빨리 꺼져!"

"씨발… 너 내가 가족인 거 잊었냐!"

"가족? 웃기고 있네! 가족을 죽인 사람을 가족이라 불러?"

"씨바알! 대체 뭔 소리를 하는 거야!"

휘익!

뽀각!

철문 위로 벽돌 한 개가 날아왔다. 그것은 유한의 발치에 정확히 떨어졌다. 조금만 더 유강이 힘을 내서 날렸더라면, 유한의 머리에 정통이 날아들었으리라.

상상하니 등골이 오싹해졌다. 유한은 분노로 머릿속에 꽉 차 올라 눈을 부릅뜨며 중얼거렸다.

"이 새끼가……."

"유한아! 무슨 일이니!"

"어머니! 나오지 말라고 했잖아요!"

"엄마아!"

"유강? 유강이니?!"

유강의 목소리를 들은 어머니가 헐레벌떡 철문 앞으로 뛰어갔다. 하지만 이를 보고 가만히 있을 유한이 아니었다. 곧장 어머니의 곁으로 가서 제지하는 유한.

"어머니! 가만히 있으세요!"

“너 왜 이러니!”

“저 새끼 지금 미쳤다고요! 나가면 우리 둘 다 죽일 거예요!”

“미쳐? 유한아! 아무리 네 형이 막무가내로 행동한다고 해도 그런 소리는 할 게 아니야!”

“미쳤으니까 미쳤다고 하는 거예요!”

유한은 그만 버럭하고 어머니에게 소리쳤다. 처음으로 보는 유한의 화난 모습에 어머니는 크게 놀란 표정이었다.

유한은 일생을 살아오며 단 한 번도 어머니 앞에서 옥박을 질러본 적이 없었다. 어머니가 얼마나 힘들게 두 형제를 먹여 살렸는지 알기 때문에, 일찍이 철이 든 것이다.

하지만 유한과는 달리 유강은 정말이지 돌이킬 수 없는 쓰레기였다. 철도 들지 않았을 뿐더러, 이기적이고 극악무도한 성정이었다.

“제발 제 말대로 하세요! 지금 나가면 죽는다고요!”

“새끼야! 문 열어! 누가 사람을 죽여!”

쾅쾅!

하염없이 철문을 발로 걷어차는 유강. 하지만 유한은 어머니에게만 집중하고 있었다.

“부탁해요, 어머니. 제가 이렇게 빌 테니까 부디 제 뜻대로 해주세요.”

“……”

유한의 애타게 비는 모습은 어머니 또한 처음 보는 것이었다. 그래서인지 어머니도 찬찬히 유한의 설득에 쏠리고 있었다.

“알았다.”

결국 어머니는 납득하고 유한에게 이 일에 대해서 모두 맡기기로 결정했다. 유한을 비껴 지나가 다시 방 안으로 들어가는 어머니.

“가급적이면 폭력없이 좋게 해결하고 오거라.”

“고마워요.”

그리고 어머니가 다시 방으로 들어간 직후, 유한은 철문 쪽으로 무섭게 고개를 돌렸다. 정면의 철문은 당장에라도 부수어질 듯이 강한 소음을 내고 있었다.

“엄마! 씨바알! 동생 새끼가 날 살인마 취급하고 있어! 내버려 둘 거야?!”

“살인마니까 살인마라고 부르는 거지!”

“뭐야, 새끼야아!”

쾅쾅!

“문 열어! 문 열기만 하면 너 바로 죽여 버릴 거야!”

‘제길, 어쩌지?

어머니를 일단 방 안으로 들여보내긴 했지만, 그 뒤의 일은 생각지 않아 초조해진 유한이었다.

사실 유한은 유강보다 강한 몸이 못되었다. 폭력적인 일에 가담해 본 적도 없을 뿐더러, 육체적인 단련도 일체 하지 않은 몸이었다.

그러한 면에서 볼 때 싸움은 유강이 일방적으로 유리할 게 분명했다.

'마법은… 아직 무리야.'

이제 막 마법어를 배우기 시작한 초보자인데, 지금 상황에서 마법을 기대하는 건 무리였다.

'맞서 싸우면 안 돼. 그랬다간 난 질 거고 그렇게 되면 어머니는……'

또다시 어머니는 이 세상을 떠날 것이다.

'안 돼!'

도무지 상상도 싫은 끔찍한 광경이 머릿속에서 스쳐 지나가자 유한은 도리질 쳤다.

'맨주먹으로 안 된다면.'

형과의 싸움에서 지는 것보단 낫다. 주변을 둘러본 유한은 근처에 있는 나무 막대기를 들었다. 기억은 잘 나지 않으나 어디에선가 가져와 두었던 막대기였다.

한 대만 제대로 후려치면 식물인간은 기본일 듯한 묵중한 무게의 막대기.

‘죽여서라도 널 막겠어.’

“열어, 새끼야!”

다시금 쾅쾅 철문을 두드리는 유강. 유한은 그 틈을 노려 잽싸게 철문을 열어젖혔다. 그리고 곧장 앞발을 들어 철문 너머의 유강을 밀쳤다.

“캑!”

유강이 비명을 지르며 바닥에 쓰러졌고 유한은 그 틈에 나무 막대기를 휘둘렀다. 그 광경을 본 유강이 비명을 지르며 가드했다.

“으아악!”

퍽!

“커헉!”

팔꿈치에 정확히 들어간 공격. 그 공격에 유강이 선뜻 비명도 지르지 못하고 바닥을 데구르르 굴렀다.

“헉헉.”

유한은 그런 유강의 모습을 내려다보며 헐떡였다. 한참 동안 언덕길을 구르던 유강은 머지않아 신음하며 멈추었다. 팔꿈치를 심하게 다친 듯 부여잡고 쏘아보았다.

“으으. 저 새끼가아……”

“내가 찾아오지 말라고 충고하지 않았어?”

유한은 찬찬히 유강이 있는 곳으로 내려가기 시작했다. 유강은 끙끙 아파하며 한 걸음 물러났다.

"경고했잖아. 어머니 곁에 다시는 찾아오지 말라고."

"씹새끼야아! 내가 왜 살인자인데!"

"어머니를 죽였으니까."

유한의 눈은 광기로 물들어 있었다.

"죽은 어머니의 모습을 내가 두 눈으로 똑똑히 목격했으니까."

"미… 친놈!"

유강이 팔꿈치를 부여잡고 소리쳤다.

"너는 미친놈이야!"

"미친놈? 그래, 나 미친놈 할래. 안 그래도 너 때문에 내가 얼마나 지독한 인생을 겪었는지 알아? 그런 인생을 겪었는데 미치지 않고서야 버틸 수 있겠어? 씨발, 지금 내 심정이 어떤지 알아?"

유한은 들고 있는 나무 막대기를 피나도록 잡았다. 막대기의 가시들이 유한의 살에 파고들었다.

"널 나무막대기로 죽을 때까지 후려치고 짓이겨 버리고 싶어, 새끼야!"

"히이익!"

유강은 더 이상 유한이 자신이 알던 동생이 아니라는 사실을 깨닫고 공포에 떨었다. 결국 비명을 지르며 타이르기 시작하는 유강.

"자, 잠깐만. 우리… 말로 하자."

"……."

"그래, 미안해. 사실 어머니 돈 훔치려고 했던 건 사실이야. 하지만 어머니를 죽일 마음은 추호도 없었어."

유강이 설득을 이어갔다.

"너도 알잖아 하하, 시발. 내가 어떻게 하나뿐인 어머니를 죽이겠어? 하나뿐인 어머니의 자식이자 자식의 하나뿐인 어머니인데……."

말이 이상했다. 그 정도로 유강은 공포에 떨고 있는 것이라. 유한은 코웃음 쳤다. 유강의 말이 이어졌다.

"알았어? 너 지금 정신이 이상해. 내가 어떻게 어머니를 죽여. 어머니를 어떻게 내가……."

"그때 당신이 출옥해서 처음으로 했던 소리가 뭔지 알아?"

유한이 일자로 나무 막대기를 쥐었다. 이미 죽일 각오를 하고 있었다.

"어찌 보면 잘한 짓일지도 몰라, 였어."

유한의 분노는 지속됐다.

"당신을 위해서 미친 듯이 노력해 온 어머니를, 늘 내 앞에서 당신 걱정을 늘어놓았던 어머니를! 당신은 교도소에서 출옥하자마자 그렇게 말했어. 하나뿐인 내 어머니를……!"

유한이 높이 나무 막대기를 들었다.

"하나뿐인 내 어머니를!"

"히이익!"

"난 그때, 형이 교도소에서 나오기 전에 어떤 생각을 하고 있었는지 알아? 적어도, 형이 어머니에게 용서를 구하고 있었다면, 나라도 어머니를 대신해서 형을 용서해 주자고 생각하고 있었어. 하지만 이게 뭐야, 형."

유한은 맛이 간 듯이 빙그레 미소 지었다.

"형은 어머니를 돈 주는 기계, 그 이상으로는 거들떠보지도 않았잖아."

"미쳤어! 괴물!"

"날 이렇게 만든 건 형이야!"

유한은 높이 들었던 나무막대기를 내리며 충고했다.

"마지막 경고야. 다시는 내 눈앞에 나타나지 마. 얼씬도 하지 마."

"……"

"만일 이런 일이 또다시 생긴다면, 나도 그땐 더 이상 가만두지 않겠어. 그땐 정말로 형을 죽일 거야. 설사 내가 감옥에 가게 된다고 해도, 그렇게 해서 어머니가 슬퍼한다고 해도."

유한은 형을 죽여 어머니가 우신다 해도, 그렇게 해서라도 당신이 일생을 살아가는 게 낫다고 생각했다. 또다시 어머니가 죽는 것보단 말이다.

"내 말 알아듣겠어? 다시는 내 앞에! 어머니 앞에 얼씬거리지 말라고!"

"미친 새끼! 안 가! 그래! 안 간다!"

비틀비틀 거리며 유강이 다시금 뒤로 물러났다. 설마 자신이 늘 괴롭혀 왔던 동생이 갑작스레 그리 돌변해서 행동할 거라고는 꿈도 못 꿨다.

"더러워서 안 간다! 그래 씨발롬아! 나 네 엄마 돈 주는 기계로밖에 생각 안 했다! 시발! 내가 더러워서 진짜!"

"……."

유한은 맞은편의 유강을 미친 듯이 노려보았다. 주춤한 유강은 곧 혀를 차며 몸을 돌렸다. 맞은편 길로 자취를 감추는 유강.

혼자 남은 유한은 들고 있던 나무 막대기를 바닥에 떨어뜨렸다. 다리에 힘이 풀려 스르르 바닥에 주저앉았다.

"이젠 형하곤 끝이야."

주르륵 유한의 눈망울에서 눈물이 흘러나왔다. 유한이 지금 흘리는 눈물에는 여러 가지 감정이 담겨 있었다. 그 눈물에는 첫째로 광기가 담겨져 있었고, 두 번째로는 분노가 담겨져 있었다. 세 번째로는 안도, 네 번째로는 배신감, 그리고 마지막으로는……

“형하고는 정말로 끝이야.”

형과 작별을 고하는 슬픔이 남아 있었다.

*　　　*　　　*

“대체 어떻게 된 거니.”

유강과의 싸움이 있었던 바로 다음날 아침이었다. 유한의 어머니는 어제 유강과 무슨 일이 있었는지 실심으로 알고 싶어 하는 모습이었다.

“어제 비명 소리가 들렸단다. 그거 유강 목소리였니? 아니면 네 목소리였어?”

“아니에요, 어머니.”

“손바닥은 왜 그래? 가시에라도 찔렸어?”

유한은 더 이상 유강에 관련된 이야기를 입에 담고 싶지 않았다.

‘어머니. 힘들겠지만 유강이라는 사람은 잊어주세요. 그 사람은 더 이상 형 노릇을 할 가치있는 사람이 아니에요.’

본래 형이라면 동생을 보듬어줄 줄도 알고, 어머니를 안심시킬 줄도 알아야 했다. 나름대로 책임을 떠맡는 사람이 되어 부담감을 가질 필요가 있었다. 그러나 유강이란 작자에게서는 도저히 형으로서의 면모를 볼 수가 없었다.

"정말로 아무것도 아니에요. 그리고 어머니, 가능하면 형에 대한 기억은 싹 다 잊어주세요."

"으응?"

어머니는 유한의 발언에 진심으로 당황스러워하는 눈치였다.

"형은, 아니 유강은 처음부터 어머니를 어머니라고 생각하지 않았어요. 어머니를 그저 돈 버는 기계… 그 정도로만 생각했다고요. 전 어머니가 그런 형을 걱정하는 게 맘에 들지 않아요."

"유한아, 그게 무슨 소리니. 도대체 오늘 새벽에 유강이란 무슨 일이 있었길래 그러는 거야?"

"이제 학교 갈 시간이라서요. 먼저 일어나볼게요."

"유한아! 유한아!"

유한은 어머니의 부름을 외면하고 집 밖으로 나왔다.

"후우."

등굣길을 가로지르며 유한은 한숨을 쉬었다. 오만가지 생각이 머릿속에 잡다하게 엉켜 있었다.

"이제 마법어는 필요 없으려나."

어머니를 유강에게서 떨어뜨리기 위해 배우기 시작한 마법어였다. 더 이상 유강이 집에 찾아오지 않을 것을 확신한 지금, 굳이 마법어 공부를 지속해야 할까?

"하자."

하지만 유한은 마법어 공부를 계속해서 이어갈 생각이었다.

만약이란 게 있었다. 유강은 원래부터 약속을 지키지 않는 작자로서, 언제든지 침입해 어머니를 협박하고 물품을 빼앗을 수 있었다. 유한은 일 퍼센트의 가능성까지 감안해 마법어를 배우는 게 좋다고 생각했다.

'그리고.'

왠지 마법어를 공부하면 공부할수록 새로운 세계를 알아가는 것 같아 유한은 즐거웠다. 그러한 까닭에서도 유한은 이참에 마법어를 완벽히 마스터하고, 마법까지 넘볼 생각이었다.

그래야만 특별한 힘도 얻을 수 있고 어머니를 지킬 수 있는 완벽한 사람이 될 테니까.

"으음……."

학교에 도착하자마자 유한은 조회 시간에 짬을 이용해 마법어 사전을 공부하기 시작했다. 마법어는 한문과 비슷한 모양새라서, 평소에 한문 공부를 잦던 유한으로서는 좋은 일이었다.

“어디 한 번 마법 서적 좀 볼까?”

유한은 아직 제대로 마스터하지 못했지만 마법어 사전을 통해 외운 마법어들을 이용하여 마법 서적을 한 번 훑어보자고 생각했다. 그리고 가방에서 마법 서적을 꺼내 그 내용을 훑어보는 유한.

“아직은 무리인가.”

얼마 지나지 않아 유한은 절로 인상을 찌푸리며 신음을 했다. 몇몇 글자를 그나마 읽을 수 있긴 했지만 과연 그 글자들이 혼합하여 완성된 내용이 무엇인지는 아직 파악할 수 없었다.

“하긴 며칠 만에 문장을 읽을 수 있으면 그건 천재지.”

유한은 스스로를 천재가 아닌 노력파라고 생각하고 있었다. 다만 유강이라는 작자 때문에 노력의 결실을 제대로 펼치지 않은 노력파.

“어디 보자…….”

그렇게 유한은 마법 서적을 다시 가방에 집어넣고 마법어 사전을 뒤지며 공부하기 시작했다.

그때 옆에 있던 여학생 짝꿍이 유한이 읽고 있는 책을 슬쩍 곁눈질했는데, 잠시 관심을 보이는 듯하더니 곧 질려 버린 모양이었다.

고등학생 2학년 때로 돌아온 유한……. 하지만 학교생활은 그냥저냥이었다. 애초에 어머니와 공부에만 관심을 가진 채 전념하던 유한이었기에 친한 친구도 한 명 없는 그였다.

과거로 돌아왔다 한들 그를 반길 친구는 없으며 그 역시 반겨할 친구는 없었다.

'그래도 고등학교 때 친구가 평생 간다는데.'

유한은 잠시 그런 잡념에 빠지게 되었다. 어른들이 했던 옛말은 틀린 게 아니었다.

정말로 중고등학교 친구들이 일평생을 함께하는 것이다. 잠시 유강을 잊고 직장을 다녔을 때 동창회를 통해 그 사실을 체감한 유한이었다.

'그런 의미에서 나도 학창 시절 친구가 한 명은 필요하려나.'

지금은 어머니와 화목하게 사는 것이 목표였으나 만일 그 목표를 무사히 해결한다면 다음 목표는 무엇일까.

다음 목표가 연인 만들기가 아닐지언정, 언젠가는 친구를 사귀고 싶다는 목표를 계획하게 될 것이다.

하나 먼 훗날 사귈 친구는 진정한 친구도 아닐 뿐더러, 애초에 친구라는 것은 마법 같은 것을 통해 만들 수 있는 것도 아니었다. 사람과 사람 간의 마음이 통해야만 만들어질 수 있는 게 친구 혹은 연인인 것이다.

유한은 잠겼던 상념에 공부까지 집중할 수 없게 되자 한숨을 내쉬며 고개를 저었다. 하지만 이내 책을 덮었다 다시 펴며 멈추었던 마법어 공부에 집중하기 시작했다.

드르륵.

"야. 백찬이 왔다."

"우리 반 왕따."

선생님이 잠시 교무실로 향한 사이, 앞문을 열고 어느 남학생이 나타났다.

살짝 기스가 난 안경을 쓰고 교실 안으로 들어오는 그 남학생은 한 대만 툭 건드려도 옆으로 쓰러질 것 같은 모습이었다.

"……."

유한은 그 남학생을 잠시 쳐다보다가 시선을 내렸다. 어떤 학교를 가든지 항상 왕따를 당하는 외로운 학생은 존재하는 법이다. 그리고 그 학생을 심심할 때마다 괴롭히는 질 나쁜 학생들 역시 존재하는 법이지.

'약육강식.'

쓸쓸하지만 그 사자성어가 걸맞은 장소는 학교가 제일이리라.

유한도 아주 어릴 때 한 번 괴롭힘을 당한 적이 있었다.

왕따처럼 정도가 심한 정도는 아니었지만, 그래도 그때 아버지가 없다는 까닭에 놀림을 당할 때 정신적으로 얼마나 슬펐던지, 아직도 그때 감정이 생생했다.

　유한은 저 왕따 당하는 남학생은 자신보다 몇 배는 힘들겠거니 생각하면서도 함부로 도와줄 수 없었다.

　유한에겐 앞으로 지켜야 할 것이 있었고 앞으로 이루어야 할 것들이 있었다.

　아무리 사회가 아닌 학교라 할지라도 괜히 남들이 쉬쉬하는 부분을 고쳐먹겠다며 나서는 것은 좋지 못한 결과를 부르리라.

　그리고 또한, 학교생활의 왕따는 사회생활의 고독함에 비하면 아무것도 아닌 것이리라. 오히려 저렇게 왕따를 당함으로서 사회생활에서의 고독함을 잘 견뎌낼 수 있게 될 지도 몰랐다.

　'심지어 나는 지금 힘도 없고.'

　마법을 배운 후면 모르겠지만 작은 마법 하나 제대로 발동시키지 못하는 유한이었다. 학급의 영웅 같은 것이 되기엔 아직 멀었다.

　'그냥 무시하자.'

　왕따 당하는 그에겐 미안하지만 유한은 마법어 사전 공부에만 집중하기로 했다. 그때 질 나쁜 학생들이 자리에 앉고 있는 왕따 학생에게로 다가가 툭툭 건드렸다.

　"야, 어제 집에 잘 돌아갔냐?"

　"우리 배가 출출해서 그러는데 빵 좀 세 개만 사와라. 여기

500원 줄게."

"……."

조회 시간이 흐르고 수업 시간이 찾아왔다. 유한은 잠시 마법어 공부를 뒤로 미루고 내신 공부를 위해 학교 공부에 몰두했다.

내신뿐만 아니라 수능 또한 머릿속에 걱정거리로 자라났는데, 유한은 조금 막막했다.

'좀 막막한데. 수능 공부 하는 시간을 줄여서 그런가?

마법어 사전 공부에 투자하는 시간이 많아졌다 보니 자연스레 수능 공부하는 시간이 줄어 있었다.

'하루 시간표를 다시 짜든가 해야지.'

그렇게 공부에만 집중하다 보니 어느 틈엔가 4교시가 끝나 있었다. 유한은 점심 식사를 위해 쏜살같이 교실 밖으로 나가는 아이들 속에서 유유히 일어섰다.

끼이익.

바닥을 긁는 의자 소리에 유한의 고개가 스스럼없이 왕따 학생에게로 돌아갔다.

"……."

왕따 학생은 오늘 또한 쉬는 시간마다 괴롭힘을 당한 것인지 얼굴에 그늘을 드리우고 있었다.

드르륵 앞문을 열고 복도로 나가는 왕따 학생의 뒷모습을 보며 유한은 과묵히 생각했다.

'한 번만 작정하고 덤비면 끝날 일인데 그거 한 번을 못해서야⋯⋯. 괴롭히는 녀석들이 제일 나쁜 것이긴 하지만 그걸 해결하지 못하는 자신에게도 문제가 있다고 봐.'

답을 스스로 잘 알고 있으면서도 자문하는 유한이었다. 하지만 아무리 그런다고 해도 바꿀 수 없는 현실임을 알기에 유한은 신경 쓰지 않기로 생각하고 교실을 벗어나려 했다.

"저⋯⋯."

그때 누군가가 뒤에서 부르지 않았더라면.

"응?"

"아까 읽던 책 뭐야?"

반쯤 고개 돌려 음성의 주인을 본 유한은 살짝 놀랄 수밖에 없었다. 바로 유한의 옆자리 짝꿍인 여학생이었다. 관심조차 갖지 않았기에 이름도 기억하지 못하는 사이. 유한은 머뭇거리다가 반문했다.

"무슨 책?"

"조회 시간이랑 쉬는 시간마다 읽던 책. 며칠 동안 계속 읽고 있던 걸 보니 재미있어 보여서."

'⋯재미로 읽을 책이 아닌데.'

마법어 사전은 공부를 위한 책이지 재미를 위한 책은 아니었다.

물론 평소에 공부를 좋아하는 사람이라면 새로운 것을 배우다는 것에 재미를 느낄 테지만. 적어도 옆자리의 불량한 여학생은 그런 것에 재미를 느낄 우등생 같지는 않았다.

"재미없어. 그냥 공부 책이야."

"그럼 그 책 내용은 대체 뭐야? 보니까 한문 같은 이상한 문자들이 있던데."

아무래도 어지간히 유한이 읽던 책에 관심을 갖고 있는 모양이었다.

유한은 설마 학교에서 타인이 자신에게 말을 걸 거라고는 생각도 못했다.

가족을 제외한 타인에게 관심을 주거나 눈에 뜨일 만한 행동을 보인 적이 없었기 때문에 설사 자신이 무언가 이상한 책을 보고 공부하고 있다 한들 물어볼 거라곤 생각도 안했다.

유한은 한 치의 흔들림없이 말했다.

"한문이야."

"뻥."

유한의 거짓말에 곧장 그렇게 대응하는 여학생.

"그거 한문 같지 않던데? 한문과 비슷한 모양이긴 하지만, 적어도 내가 보았던 한문은 아니었어."

"……."

흘긋 시선을 내려 여학생의 가슴팍에 있는 명찰을 보았다.

한예진.

요 며칠간 관심조차 갖지 않던 여학생의 이름이었다. 유한은 슬쩍 시선을 올려 예진의 얼굴을 마주하다가 자기 책상으로 걸어갔다.

그리고 고리에 걸려 있는 가방의 지퍼를 열어서 그 안에 있는 마법어 사전과 마법 서적을 꺼내 들어 겨드랑이에 끼었다.

"……"

"……"

예진이 처다보고 있는 가운데 유한은 몸을 돌려서 밖으로 나갔다. 조금 찌질한 방법일 수도 있으나 유한은 이렇게 해서라도 마법에 관련된 것을 숨기려 했다.

본래 사람이란 것은 자신과 다른 이질적인 냄새가 나면 좋지 않게 보는 경향이 있었다.

거기에 무언가 독특한 것이 눈에 띄면 남자든 여자든 이상한 루머를 퍼뜨려서 사람의 이미지를 거북하게 만드는 특징이 있었다.

사십 년 가까운 세월 동안 유강으로 인하여 사회생활이 뒤틀리면서 별의별 경험을 다 해보았던 유한인지라 그런 것에 특히 과민 반응할 수밖에 없었다.

"뭐야……."

뒤에서 예진이 불평을 투덜대는 게 들려왔지만 유한은 아

무래도 좋았다. 겨드랑이에 끼고 있는 마법 서적과 마법 사전
에 힘을 주며 식사하는 공간으로 향했다.

　　“⋯⋯.”

　배식을 받기 위해 식판을 든 유한은 줄을 서서 자기 차례를
기다렸다.

　잠시 후 자신의 차례가 다가오고 유한은 반찬과 국, 밥을
떠서 주는 아주머니들에게 고맙다고 고개를 숙였다.

　반 친구들에게도 선뜻 보이지 않는 웃음을 아주머니들에
겐 항상 보이는 유한이었다.

　어머니에 대한 애정이 만들어낸 유한만의 버릇이기도 했다.

　“옛다, 넌 착하니까 더 주기로 하마.”

　“고맙습니다! 힘드실 텐데 건강 챙기면서 쉬엄쉬엄하세
요.”

　“오냐, 고맙구나.”

　학생들을 위해 몸소 식사 배급을 해주는 아주머니들이 어
찌나 힘들지 유한은 잘 알고 있었다. 그래서 그런지 그들의
고마움을 알고 예의 바르게 행동하는 것이었다.

　“웃차.”

　그렇게 배급을 받아 식판을 들고 구석진 자리로 향하는 유
한이었다. 친구가 한 명도 없는 입장인지라 유한은 항상 혼자

서 급식을 먹곤 했다.

'교실에서도 혼자, 식사할 때도 혼자. 이럼에도 내가 따돌림을 당하지 않는 것은 아마 유강 때문이겠지.'

유강! 어떤 의미론 그의 무식한 기질이 고마울 따름이었다. 유강 역시 유한이 다니던 학교를 나왔는데, 학교에서 어지간히 사고를 쳐서 유명했던지라 어느 누구도 건드리지 못했다.

그리고 그런 명성 때문에 유강의 동생인 유한 역시 아무 피해를 받지 않고 생활할 수 있었다.

그렇게 겨드랑이에 끼고 있던 마법어 사전과 마법 서적을 옆에 두고 혼자서 식사에 임하는 유한이었다.

이후 식사를 마친 뒤 그는 교실로 돌아가서 다시 미친 듯이 공부했다. 마법어 공부 때문에 잠시 미뤄둔 내신과 수능 공부에 시간을 쏟는 것이었다.

"……."

그리고 그로부터 벌써 일주일이 흘렀다. 유강은 유한이 예상한 대로 다시는 집에 나타나지 않았고, 유한은 보다 편안하게 생활할 수 있었다.

"유강은 어디서 무얼하고 있을까."

"……."

하지만 이따금씩 어머니가 보고 싶다는 듯 그렇게 중얼거릴 때면 유한은 가슴이 미어졌다. 그래도 이것이 전부 어머니의 행복한 생활을 위한 거라 생각하며 유한은 공부에만 집중했다.

그렇게 또다시 한 주가 흐른 즈음에서야 유한은 드디어 마법 서적을 서서히 읽을 수 있는 단계에 이르렀다.

'짬이 날 때마다 공부한 보람이 있는데.'

완전히 읽을 수 있는 건 아니었지만 기본적인 문장은 해석할 수 있었다.

유한은 마법 서적의 첫 페이지에서 읽을 수 있는 부분을 전부 읽어보았다. 그리고 그것을 빈 공책에 한글로 해석해서 써보았다. 대충 끄적여 보자 이런 해석이 나왔다.

마법의 기초는 명상이다. 명상을 통해서 마음을 비우고 정신을 한곳으로 통일한다면 마법의 기초의 반은 완성되는 것이다. 하루에 시간이 날 때마다 꾸준히 30분씩 명상을 하라.

현재 어머니는 직장에 가신 뒤고 유한은 혼자 집 안에 남아 주말의 시간을 유유자적하게 보내고 있었다. 그는 마법 사전의 해석한 글을 읽으며 곰곰이 상념에 잠겼다.

'꾸준히 30분씩 명상을 하는 게 마법의 기초라고? 명상이란 건 요가에서나 자주하는 거 아닌가?'

요가에 대해선 자세히 알지 못했다. 하나 요가를 하게 되면 틈이 날 때마다 명상을 자주하게 된다는 정보를 익히 들어서 알고 있었다.

'내가 글을 잘못 해석한 게 아니라면 사실일 테고. 한 번 시험 삼아 해볼까?'

명상을 한다고 해서 몸에 문제가 생기는 것도 아니었다. 오히려 몸이 차분해지고 정신도 올곧게 변할 터였다.

유한은 불이득이 없는 일을 갖고 고민할 필요가 없다고 생각하며 곧장 마법 서적을 덮고 명상에 들어갔다.

"어떻게 하더라. 일단 양반 다리를 하고 무릎에 손을 얹은 다음에 눈을 감으면……."

대충 본 건 있어서 명상 자세를 취해보는 유한이었다. 그게 정확히 맞는지는 유한 스스로 알지 못했으나, 꽤나 그럴 듯하게 자세를 잡은 유한은 심호흡을 하며 마음을 추슬러 보였다.

'생각보다 쉽지가 않네.'

수 초도 되지 않아 자꾸만 몸을 긁적거리게 되는 유한이었다. 요가란 공부할 때 발휘되던 집중력과는 다른 집중력이 필요한 분야였다.

한참을 끙끙거리며 힘들어하다가 어느 정도 시간이 지난 즈음에야 요가에 몰두하는 유한이었다.

'30분, 30분이라고 했지? 지금 어느 정도 지났을까? 5분 정도는 지났을까?'

아무것도 하지 않고 양반 다리 자세를 취한 채 눈을 감는다는 게 은근히 인내심을 테스트하는 일이었다. 유한은 결국 참지 못하고 시간만 확인하기 위해 실눈을 떠보였다.

그리고 벽면에 있는 시계를 본 유한은 놀라며 혀를 내두르고 말았다.

'50초밖에 지나지 않았단 말이야? 거참……'

아무 동작도 취하지 않는 것이 이토록 어려운 줄은 꿈에도 몰랐다고 깨달으며 유한은 30분 동안 양반 다리로 유유히 시간을 보냈다. 그래도 기본 인내심이 있어서 힘들었지만 무사히 끝내 보이는 유한이었다.

"후아, 이걸 하루에 한 번씩 꾸준히 하라고……?"

명상이란 마법의 기초일 뿐더러 이로 인해서 겉으로 효과를 보는 것은 없으나 인간의 내적인 면에 숨겨진 마법의 힘을 끌어낼 수 있다고 설명되어 있었다.

유한은 이것을 믿어야 할지 말아야 할지 고심하다가 결국은 믿기로 작정, 다시 마법어 사전에 몰두함과 동시에 일상에 명상을 추가하였다. 그렇게 또다시 일주일이 흘러갔다.

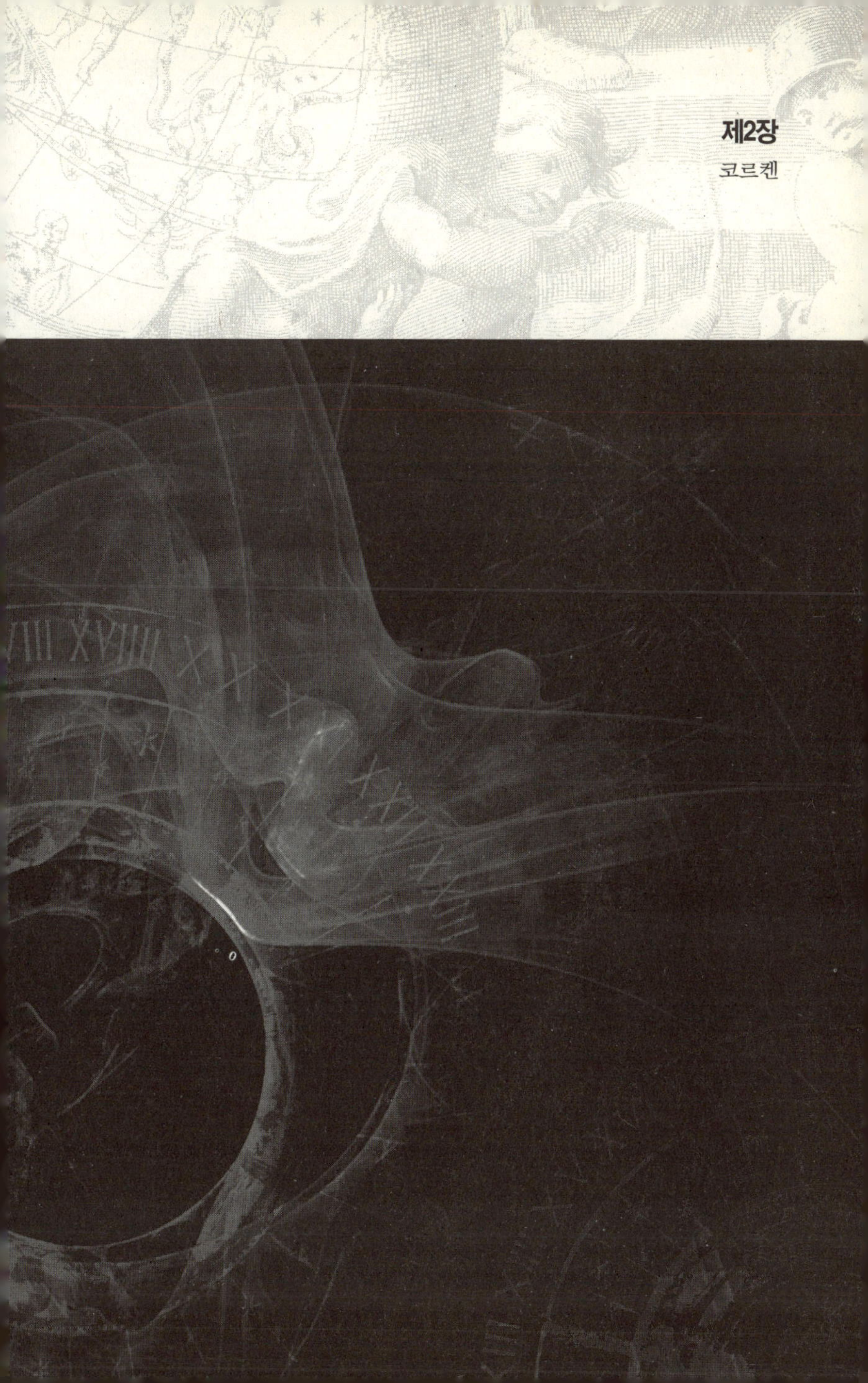

제2장
코르켄

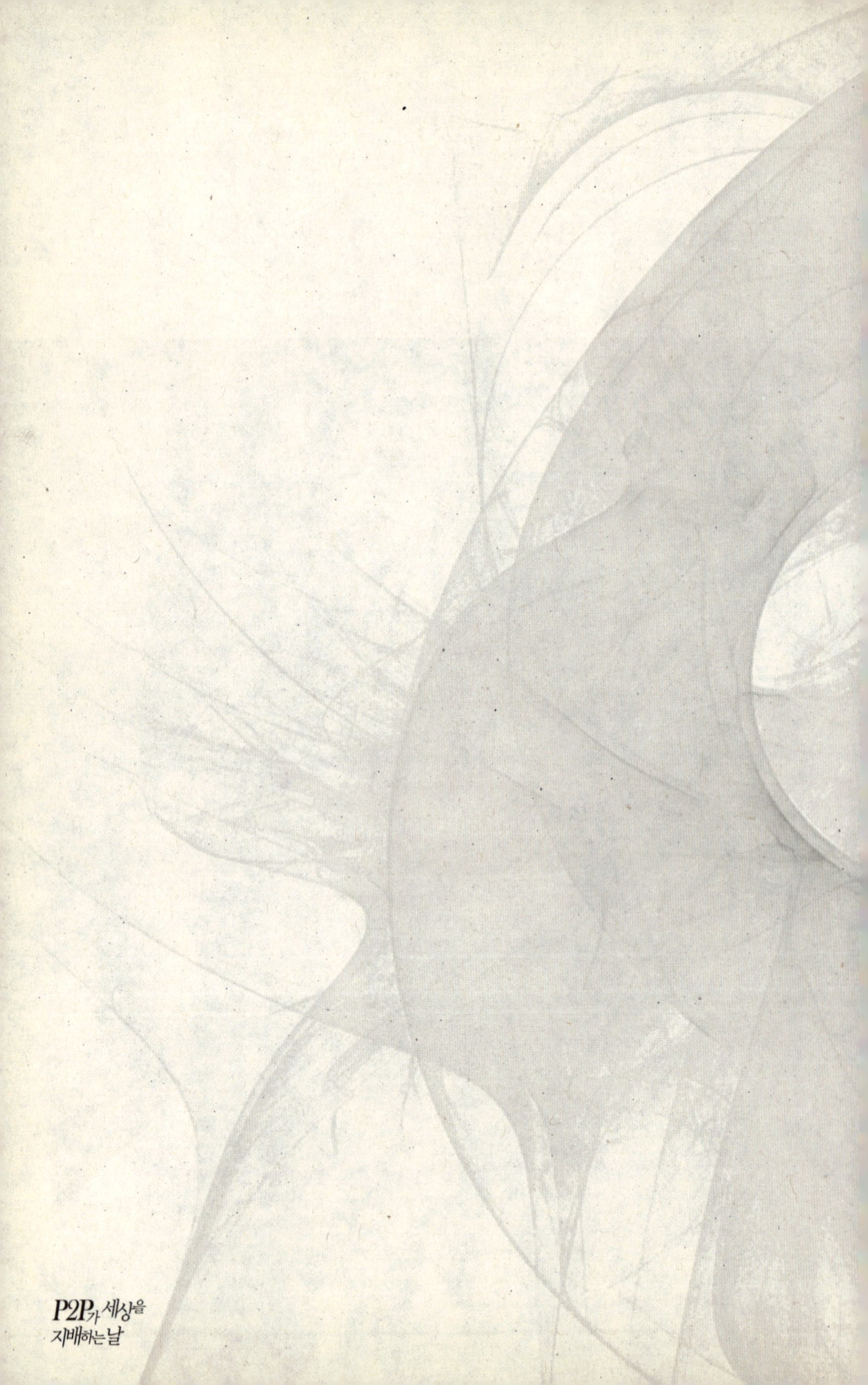
P2P가 세상을
지배하는 날

"그러고 보니 중간고사까지 하루 남았네……."

유한은 회귀한 이래 마법어 공부에, 수능 공부, 내신 공부로 쉬는 날 없이 정신없이 보내왔다.

하지만 그렇게 자신을 괴롭히고 힘겹게 했던 유강의 방해 없이 보람찬 생활을 이어나간다 생각하니 마냥 뿌듯할 따름이었다.

"오늘은 마법어 공부는 뒤로하고 시험공부에 집중하자."

이렇게 결심한 유한은 시험공부에 몰두하기 시작했다. 그렇게 정신없이 공부에 빠져든 그가 정신을 차렸을 땐 어느덧

날이 바뀌어 동이 트고 있었다. 그렇게 중간고사 당일이 찾아온 것이다.

밤새 공부한 유한이었지만 이상하게도 피곤하지 않은 스스로의 상태에 신비함을 느끼며 생각했다.

'설마 이게 명상의 효과인가?

마법서에 따라 명상을 시작한 이후로 하루에 한 번씩 꾸준히 30분을 투자하여 명상하던 유한이었다. 그렇지만 고작 일주일 정도의 시간 만에 이토록 사람의 몸에 변화를 줄 수 있으리라곤 생각지 못했다.

밤을 새웠음에도 불구하고 유한은 현재 정신이 맑게 개어 있는 느낌이었다.

'어쨌든 빨리 가서 준비나 해야지.'

집을 나서 학교에 도착한 유한은 자신의 번호에 따라 뒷자리로 가서 착석했다. 그리고 오늘 있을 중간고사 과목을 대비하며 시험 전 시간을 보냈다.

잠시 후, 선생님이 시험지를 들고 나타났고 유한은 공부하던 것을 서랍 속에 넣고 준비했다.

중간고사 첫날 유한이 접하게 된 첫 시험의 과목은 수학이었다. 수학은 학생들의 소문에 의하면 꽤나 어려운 난이도로 출제될 것이라 했는데, 유한 딴에는 그렇게 어렵다고 느낄 수가 없었다. 이래 봬도 과거에서 마흔 살까지 살아본 그였다.

비록 지금 풀고 있는 수학 문제의 답을 전부 알고 있는 것
은 아니었지만, 이 당시 어느 정도의 난이도로 출제되었는지
희미한 기억이 남아 있어 대충 문제를 예상하고 있었다.

'이건 2번.'

수학답게 주관식 문제는 적었고 객관식 문제가 많은 편이
었다. 유한은 금세 주관식 문제의 답을 모두 체크하고 객관식
식 문제로 넘어갔다.

'으음……'

주관식 문제는 객관식에 비하여 난이도가 상당히 높은 편
이었다. 비록 고등학교 2학년 출제 시험이라 한들 수학은 역
시 수학이었다. 추측이 어느 정도 가능했던 객관식에 비하여
주관식을 풀어내는 데에는 꽤 많은 시간을 소요해야 했다.

하지만 유한은 예전과는 차이가 두드러질 정도로 빠르고
집중력 있게 이를 풀어냈다.

'이것도 마나 명상의 효과인 걸까?

유한은 스스로 놀라며 주위를 잠시 살폈다. 때마침 옆자리
에 앉아 문제를 풀고 있던 학생이 흘긋 유한의 시험지를 곁눈
질했다. 하지만 선천적으로 시력이 타고난 게 아닌 이상 시험
답안을 훔쳐보는 것은 불가능하리라.

심지어 교탁에 선 선생님이 떡하니 감시하고 있는 상황에
서 누가 커닝할 용기가 나겠는가.

　교실 학생들 중에서 제일 먼저 시험을 끝낸 유한은 시험지를 덮고 책상에 엎드렸다. 혹시 틀린 문제가 없나 살펴보았으나 다행히 그런 문제는 없는 것 같았다. 추측컨대 못해도 90점은 나올 것이었다.

　"마킹하던 거 내려놓고 손 머리 위에 올려라."

　잠시 후 눈을 붙이고 있던 유한이 고개를 들었다. 어느새 시험 종료 시간이 다가왔다. 유한은 손을 머리 위에 올리고 맨 뒷자리에 앉아 있는 학생이 마킹한 답안지를 가져갈 때까지 기다렸다.

　잠시 후 뒷자리 학생이 유한이 앉아 있는 줄의 답안지를 모두 가지고 선생님에게로 다가갔다. 그제야 유한은 머리 위에 올렸던 손을 내리며 한숨을 쉬었다.

　"휴우."

　유한의 옛 기억에 의하면 2학년 중간고사 때 출제된 시험 중 수학이 가장 난이도가 높았던 것으로 알고 있다. 요컨대 앞으로 보게 될 시험들은 조금 긴장을 풀고 임해도 괜찮을 듯싶었다.

　'그래도 실수는 하지 않게 조심해야지.'

　혹시나 답안지를 밀려 쓴 것은 아닌지, 무언가 실수한 부분은 없는지 세심하게 알아보며 시험에 임할 계획이었다.

　이윽고 다음 시험이 찾아왔다. 과목은 영어였는데 오늘의 마지막 시험이었다. 교실의 아이들 태반이 어떻게 수학과 영어를 함께 볼 수 있느냐며 투덜거렸지만, 유한은 불평 없이 시험에 임했다. 그렇게 첫날 시험을 보기 좋게 끝낼 수 있었다.

이후 유한은 집에 돌아오자마자 교과서를 펼치고 공부 삼매경에 빠졌다. 마법어 공부는 아쉽게도 뒷전으로 미룰 수밖에 없었다. 비록 20년 전의 과거로 회귀하긴 했지만 이 당시 문제들의 난이도를 희미하긴 해도 어렴풋이 기억하는 바가 있는 유한이었다.

그러했기에 어느 정도 공부에 대한 압박감은 덜했지만, 그러한 까닭에 유한은 기필코 시험을 과거 때보다 잘 보아야만 했다.

이는 누군가의 강요라거나 강압이 아니었다. 자신의 자존심이 걸려 있는 문제였다. 비록 유강 때문에 형편없는 인생을 살았다지만 배움에 대해서만큼은 항상 성실하고 꾸준하게 해오던 그였다.

마흔 살까지 그렇게 인생을 살아온 그가 중간고사 시험에서 그다지 좋지 못한 성적을 받는다면 그건 그것대로 자신에게 실망하는 일이었다.

유한은 필사적으로, 한편으로는 조금씩 여유를 부리며 공부에 임했다. 노력하는 만큼 좋은 성적이 나오리라는 옛말을 가슴속에 새겨두면서.

"휴우."

닷새간의 중간고사를 마친 유한은 이마의 땀을 닦으며 안도의 숨을 내쉬었다.

'오히려 과거보다 더 좋은 성적이 나올 것 같은데?'

과거로 회귀한 것이 뿌듯해지는 요즘이었다. 그야말로 후회 없이 감사하게 보내고 있었다.

'그럼 집에 돌아가서 시험 때문에 못했던 마법어 공부나 마저 해볼까.'

그리고 선생님의 종례를 끝으로 집에 돌아가기 위해 학교 건물을 나왔다.

유한과 같은 또래의 학생들이 우르르 계단을 내려가고 있었고, 유한은 막 운동장으로 나와 조용히 그 길을 거닐고 있었다.

"어?"

그때 우연히 눈에 띄는 한 사람. 보통 아이들은 하나같이 친구들과 모여서 어디론가 놀러갈 준비를 하고 있는데, 하교하는 사람 중 유독 한 사람만이 유한과 같은 처지로 혼자 걸어가고 있었다.

'…우리 반 왕따 학생이네.'

다만 유한과는 다른 까닭으로 혼자 하교를 하고 있는 것이리라. 유한은 땅을 내려다보며 시무룩 걷고 있는 그 왕따 학생을 옆에서 흘긋 보다가 정면으로 고개를 돌렸다.

무슨 연유에선지 요즘따라 자꾸만 눈에 띄는 것이 유한으로 하여금 신경 쓰이게 만들었다.

'신경 쓰지 말자.'

냉정하게 무시하기로 하고 하교하는 유한이었다.

그렇게 어김없이 집에 도착한 유한은 오늘 역시 어머니가 직장에서 늦음을 확인하곤 마법어 사전과 마법 서적을 가방에서 꺼내 책상에 펼쳤다. 이내 곧장 볼펜을 들어서 빈 공책에 오늘 해석할 마법 서적의 내용을 쓰기 시작했다. 이윽고 그 내용을 다 적은 유한은 훑어보면서 중얼거리기 시작했다.

"기본적인 마법 중 하나가 바로 인간의 신체에 효율적인 도움을 주는 마법이다. 겉으로 보이는 강력한 마법 같은 것은 아니지만, 신체의 특징을 살려주는 이 마법 역시 마법사들이 주로 사용하는 마법. 방식은 간단하다. 일단 마법이란 것은 일반 사람의 몸으로는 사용하는 것이 불가능. 선천적으로 재능이 타고난 사람이라면 모르겠지만 후천적인 노력이 필요한 사람일 경우 잠재된 마법의 힘을 발휘시켜 줄 약이 필요하다.

약……?”

약이라는 단어에서 유한은 더 이상 글을 읽는 것을 멈추었다. 하지만 멈추었던 것도 얼마지 않아 유한은 마저 해석한 글을 읽기 시작했다.

“약의 이름은 코르켄. 하루에 세 알씩 먹는 것이 좋으며 약 일주일 동안 먹게 되면 명상으로 몸 안에 잠재된 마법의 힘을 개방시킬 수 있을 것이다. 코르켄이란 것은 잠재된 마법의 힘을 개방시켜 주는 역할이며, 부작용은 없는 것으로 알려져 있다……. 아니, 굳이 부작용이 있다면 등에 두드러기가 나는 정도…….”

글을 전부 읽자마자 유한은 자리에서 벌떡 일어났다.

“결국 코르켄도 포인트로 구매해야 한다는 건가?”

코르켄이라는 약이 현대 사회인 대한민국에서 판매되는 약은 아닐 터였다. 필시 판타지 세계에서나 볼 수 있는 특이한 종류의 약이리라.

“안 그래도 포인트가 적은 마당에……. 하는 수 없지.”

유한은 자리에서 일어나 현관문을 열고 밖으로 나섰다. 그가 향한 곳은 근처의 피시방이었다. 집에 컴퓨터가 없으니 어쩔 수 없이 피시방을 애용해야 하는 처지였다.

“후불이요.”

그렇게 피시방에 도착한 유한은 컴퓨터 전원을 켜고 휴대폰을 꺼내 메시지 함을 확인했다. 소원이 이루어질 때마다 메시지를 통해 소식이 오곤 했다. 유한은 그 메시지 내용 맨 아래에 적혀 있는 p2p사이트의 주소를 주소창에 입력했다.

─사이트에 오신 것을 진심으로 환영합니다. 유한님.

언제 봐도 오싹한 환영 문구를 뒤로하고 유한은 검색창에 코르켄을 입력해 보았다. 그러자 각종 코르켄을 다운로드받을 수 있는 게시글이 후두두 나열됐다. 그것을 본 유한은 허를 내두르고 말았다.

"뭔 코르켄이 이렇게 많아? 다 종류가 따로 있는 건가?"

마법 코르켄이라는 게 있다면, 검기 코르켄이라는 것도 있었다. 무협의 내공을 사용할 수 있는 코르켄도 있었으며, 심지어 환골탈태에 도움을 주는 불법 코르켄도 판매하고 있었다.

그것을 둘러보던 유한은 마법 코르켄을 클릭해서 창을 띄었다.

"삼백 포인트?"

삼백오십 포인트밖에 없는 유한으로서는 가슴을 쿵 내려앉게 만드는 포인트 값이었다. 얼마 남지도 않은 포인트를 과연 이곳에 투자해도 되는 것일까.

"마법 코르켄이 이것밖에 없나."

창을 잠시 닫고 마법 코르켄에 관련된 글들만 잔뜩 훑어보는 유한이었다. 하지만 이내 유한은 처음에 켰던 코르켄의 창을 다시 띄워 보였다.

오십 포인트에 구매할 수 있는 마법 코르켄이 있었는데, 세트가 아닌 한 알 한 알 따로 파는 것이었기에 오히려 더 비쌌다.

심지어 백 포인트에 구매할 수 있는 또 다른 마법 코르켄은 세트로 팔지만 불법으로 제조된 코르켄인지라 부작용이 매우 심하다고 나와 있어 다운로드할 엄두가 나지 않았다.

"제길. 포인트가 중요한가? 건강이 더 중요하지 뭐."

결국 삼백 포인트에 정식 마법 코르켄을 구매하는 유한이었다. 다운로드 창이 화면에 스쳐 지나가고, 잠시 후 눈을 한 번 깜빡이자 텅 비어 있던 키보드 옆에 손바닥만 한 노란 통이 등장했다.

"코르켄."

통 뚜껑에 마법 코르켄이라 적혀 있었다. 물론 한국어가 아닌 마법어였다. 그것을 한 손으로 쥐어보고 유한은 생각했다.

'하루에 세 알씩. 꾸준히.'

약 일주일 동안 그렇게 하면 몸 안에 잠재된 마법의 힘을 작동시킬 수 있는 것이다. 물론 유한은 자신이 과연 선천적으로 마법에 타고난 사람인지 아닌지 시험하지 못했다.

그러나 시험할 수 있는 방법도 없을 뿐더러 유한은 자신이 그런 몸은 아닐 거라고 생각했다. 때문에 망설임없이 코르켄을 구매할 수 있었다.

'부작용은… 체질이 안 맞으면 두드러기가 전부.'

유한은 주머니 속에 코르켄을 넣으며 자리에서 일어났다. 피시방 비를 계산하고 밖으로 나온 유한은 곧장 집으로 향해 코르켄을 책상 위에 내려놓았다. 조심스레 코르켄의 겉면에 적혀 있는 글들을 확인하다가 뚜껑을 열었다.

"캔디 같이 생겼네?"

통 안에 들어 있는 코르켄은 유한이 상상한 것과는 다르게 캔디 모양이었다. 겉으로 보기엔 맛있어 보였지만, 먹지 않은 이상 아직 속은 모르는 법이다. 유한은 천천히 한 알을 집어 입에 넣었다.

"욱!"

그러고는 씹다가 말고 인상을 찌푸렸다. 손을 입으로 가리고 한참을 헛구역질했지만 결국 참지 못하고 바닥에 뱉어버리는 유한이었다.

"우웩!"

구토를 안 한 게 정말 다행이라고 유한은 이 순간 생각했다.

"크… 이게 뭐야!"

인상을 찌푸리며 소리친 유한은 곧장 마법 서적을 펼쳐 코르켄에 관련된 내용을 줄줄이 읽어보았다. 보아하니 유한이 마지막에 읽지 않은 문장이 하나 있었다.

주의! 코르켄의 맛은 매우 역겹다.

"……."

요컨대 역겨운 것을 참고 먹어야 한다는 것이다. 원래 약이란 쓰면 쓸수록 효능이 좋은 법. 그러나 유한은 예쁜 겉모습과는 다르게 똥으로 가득 찬 코르켄의 속맛에 그야말로 미칠 지경이었다.

"이거 먹으면 입 냄새 엄청나겠다……."

하는 수 없이 유한은 참고 먹기로 했다. 원래 약은 쓰면 쓸수록 효능이 좋은 법이니까.

"에잇."

바닥에 떨어뜨린 코르켄을 물로 닦은 뒤 다시 입속에 투하하는 유한이었다. 하지만 맛이 어찌나 구리던지, 결국엔 물과 함께 삼켜 먹기로 계획을 변경했다.

"삼켜먹는다고 해서 효능이 발휘가 안 된다거나 그러는 건 아니겠지."

코르켄의 크기도 상당해서 젓가락으로 두드려 쪼갠 다음에 먹어야만 했다. 여러모로 먹는 과정이 복잡했지만 유한은 이 정도쯤은 가벼이 넘길 수 있었다.

"꿀꺽. 으웩. 삼켜먹는데도 맛이 느껴지네."

금방에라도 구토할 듯한 표정을 짓던 유한은 배를 만지며 속에 투여됐을 코르켄을 떠올렸다.

"앞으로 일주일이라……."

그 후 유한은 본격적으로 일주일 간 코르켄 섭취에 들어갔다.

수능 공부와 함께 마법어를 외우고, 하루에 세 번씩 코르켄을 투여하는 나날은 유한에게 상당히 길게 느껴졌다. 그렇게 5일이 지난 즈음, 이젠 익숙하게 코르켄을 단숨에 삼키는 유한이었다.

"그게 뭐야? 맛있어?"

"……."

물통의 물과 함께 꾸역 삼키는 유한을 향해 옆에 있던 짝꿍 예진이 말을 건넸다. 유한은 슬쩍 고개를 돌려 예진을 바라보았다. 그녀는 정말로 궁금하다는 눈빛으로 유한을 바라보고 있었다. 하지만 유한은 진실되게 말해줄 생각이 없었다.

"맛없어. 그냥 보통 약이거든."

"에이. 아닌 것 같던데? 그거 캔디 아니야? 캔디처럼 생겼

더만."

"……."

"그리고 캔디를 왜 물이랑 삼켜 먹어? 진짜 약인가?"

'원래 2학년 때 짝꿍이 이렇게 호기심이 많던 아이인가?

워낙 오래된 일인지라 고등학교 2학년 때 일이 잘 기억나지 않을 뿐더러, 예진이라는 여자애가 정말로 2학년 초반 때 자기 짝꿍이었는지 의문마저 들었다. 유한은 대꾸를 않자 계속 빤히 쳐다보는 예진을 향해 하는 수 없이 답했다.

"그냥 약이야."

"흐음."

못 믿겠다는 듯 가슴 깊이 숨을 들이 마시는 예진에게서 고개 돌려 칠판을 바라보는 유한이었다.

'이놈의 코르켄도 앞으로 2일이면 끝이다.'

선생님이 칠판에 글씨를 쓰는 사이 은근슬쩍 코르켄 통을 꺼내 개수를 확인해 보았다. 딱 여섯 알이 있었다. 하트 형태의 캔디처럼 생긴 알약. 이 중에 한 알이라도 잃어버리면 끝장이리라.

"뭐야? 좀 봐봐."

"……!"

유한이 수중에 거머쥔 코르켄에서 잠시 한 눈을 파는 사이, 옆에 있던 그녀가 덥석하고 코르켄을 가로채듯 빼앗았다.

유한은 화들짝 놀라며 예진을 돌아보았다. 그녀는 흥미가 동한 표정으로 코르켄 통을 위아래로 훑어보고 있었다.

"흐음. 한문이 아닌데? 아닌가? 내가 못 읽는 건가?"

"무슨 짓이야!"

일순간 화가 난 유한이 결국 양손을 내뻗기에 이르렀다. 코르켄 통을 훑어보던 예진이 깜짝 놀란 표정으로 그를 바라보았다. 유한은 힘껏 코르켄의 통을 가로챘다. 그리고…….

"아!"

코르켄의 뚜껑을 그녀가 살짝 열어보았다는 것을 그 순간 직감할 수 있었다. 통 안에 있던 코르켄 다섯 알이 뚜껑 너머로 튀어 올라왔고 그것을 본 유한의 안색은 창백해지고 말았다.

"안 돼!"

"무슨 일이냐?"

"꺄아악!"

유한은 마치 미친 사람처럼 허공에서 날뛰는 코르켄들을 잡기 위해 손짓했다.

비명 소리에 선생님을 비롯한 학생들의 시선이 일제히 유한이 있는 뒷자리로 향했다. 마치 덮칠 듯이 광분해서 허공에 손짓하는 유한을 보며 옆에 있던 짝꿍 예진이 비명을 지른 것이다.

“으으!”

다행히 늦지 않았다. 하마터면 구석진 청소함 안으로 들어갈 뻔한 것을 막을 수가 있었다. 비록 조금 더러워지긴 했지만 씻어 먹으면 아무렇지 않으리라.

나머지 코르켄도 무사히 잡은 유한은 손바닥 안에 있을 코르켄의 개수를 세어보았다.

'하나 둘 셋 넷… 넷? 한 개가 부족해!'

분명 허공에 튄 것은 다섯 알이었다. 그런데 유한이 주운 코르켄의 개수는 총 네 개!

또 다른 한 개는 코르켄 통 안에 있을 터였고, 유한은 나머지 한 알의 코르켄을 찾기에 급급한 나머지 주위의 시선도 잊고 교실을 돌아다니기 시작했다.

'뭐지! 어디에 있는 거지!'

“너 지금 뭐하는 거냐! 빨리 자리에 앉지 못해!”

“아…….”

그제야 유한이 현황을 파악하고 한숨처럼 탄성을 터뜨렸다. 모든 아이들의 시선이 유한에게로 향해 있었다. 칠판에 글씨를 끄적이던 선생님 역시 자신의 수업을 방해하자 매우 불쾌한 듯한 표정을 짓고 있었다.

'코르켄…….'

유한은 불안한 감정에 미칠 것 같았지만 결국 학생으로서 가장 좋은 대안을 취하기로 결정했다. 꾸벅 선생님에게 허리 숙여 사과하는 유한이었다.

"죄송합니다……."

그리고 자리에 앉자 주변 아이들이 웅성웅성거리기 시작했다. 하나같이 유한의 행동에 관련하여 얘기하는 것이었으나 정작 유한은 그 부분에 대해서 일절 관심을 갖지 못했다.

'젠장!'

유한은 홱 고개 돌려 짝꿍 예진을 무섭게 노려보았다. 예진은 도무지 아무것도 모르겠다는 사람처럼 얼떨떨한 표정을 짓고 있었다. 그런 그녀의 표정을 보고 있자니 화를 내려고 했던 스스로가 무진장 바보 같아졌다.

'그래, 애한테 화를 내봤자 바보 같은 짓이지.'

코르켄에 대해서 아무것도 모르는 녀석일 뿐더러, 예진은 교내에서 질 나쁜 아이들과 함께 어울린다고 소문난 애들 중에 한 명이었다. 그런 애를 굳이 건드려 봤자 좋을 게 없으리라. 유한은 그냥 못 본 체하고 지나치기로 맘먹었다.

"그럼 숙제 잊지 말고 다음 주까지 꼭 해와라."

"……."

수업이 끝나고 선생님이 앞문을 열고 사라지는 순간 유한은 드르륵 의자를 밀고 자리에서 일어나 주변을 훑어보기 시작했다.

아직까지 유한의 수업 시간에 했던 증세에 대해 의문을 가진 아이들 몇몇이 그를 쳐다보았으나 유한은 여전히 관심조차 갖지 않았다. 유한은 초조함이 보이는 몸짓으로 주변을 살폈다.

'제발!'

"그게 그렇게 중요한 거야?"

짝꿍인 예진이 유한의 모습을 보고 물었다. 하지만 유한은 대답조차 하지 않았다. 그 모습에 살짝 감정이 상한 목소리로 예진이 다시 말을 이었다.

"그게 그렇게 중요한 거냐고. 뭣하면 내가 다시 사줄게. 사주면 될 거 아니야."

'…사줄 수 있는 게 아니라고.'

대한민국의 지폐로는 살 수도 없을 뿐더러 다른 나라의 돈으로도 마찬가지였다.

포인트를 이용해 살 수밖에 없는 코르켄을 어떤 방식으로 구입하겠다는 건가? 그런 약은 이 지구에서 절대로 구할 수 없는 약이 분명할 텐데.

"하아!"

유한은 부글부글 끓어오르는 화를 참으며 숨을 내쉬었다. 결국엔 이놈의 코르켄 한 알은 발견할 수 없었다. 유한은 통안에 있는 다섯 알이라도 잃어버리지 않도록 조심하자며 품

속에 넣었다. 그 모습을 얌전히 지켜보는 예진은 굉장히 감정
이 상했으나 유한은 전혀 신경 쓸 생각이 없었다.

"뭐야, 대체!"

신경질을 내는 그녀를 뒤로하고 유한은 복도로 나갔다. 때
마침 점심시간이 찾아오고 있었다. 잠시 마음을 안정시킨 뒤
못 다한 마법어 공부에나 몰두하자고 생각했다.

"꿀꺽."

집에 돌아와 나머지 코르켄 두 알을 삼킨 유한은 이제 통에
남아 있는 코르켄 두 알을 보며 곰곰이 생각에 잠겼다.

'결국 또 포인트를 사용할 수밖에 없나?

이제 남은 포인트는 고작 50포인트였다.

'50포인트로 정식 마법 코르켄을 한 알씩 구매할 수 있는
건 알고 있어. 하지만……'

왠지 그렇게 사용하기엔 너무나 아까웠다. 하지만 그렇다
고 별 다른 방도가 있는 것도 아니었다. 유한은 결국 피시방
에 가서 나머지 코르켄 한 알을 구입하기로 결정했다.

"여기 천 원이요."

선불로 피시방을 사용하고 유한은 p2p사이트에 접속했다.
그리고 검색창에 코르켄을 입력, 정식 마법 코르켄을 한 알씩
판매하는 글에 마우스를 가져다 댔다.

"어? 이건 50포인트인데 이건 25포인트네?"

그리고 클릭하려던 찰나 불현듯이 유한의 눈에 그 아래에 있는 글이 띄었다. 전에 와서 찾았을 땐 발견하지 못한 새로운 글이었다.

'25포인트에 정식 마법 코르켄을 한 알씩!'

그런 제목으로 게시글이 작성되어 있었는데 유한은 순간 긴가민가했다. 그러다가 어디 한 번 들어가나 보자며 25포인트의 그 글을 클릭했다.

"뭐야? 진짜 내가 먹던 코르켄이잖아?"

글에 작성돼 있는 설명에는 사진도 첨부돼 있었다. 그런데 그 사진에는 바로 유한이 6일간 먹었던 코르켄의 모습이 있던 것이다.

'설마 이거 사기는 아니겠지?'

한 알에 50포인트나 하는 코르켄을 반 가격에 판매하고 있었다. 유한이 의심을 품는 건 당연했다.

'사기일 것 같지만……'

사기일 것 같지만, 유한은 부디 사기가 아니길 애타게 빌었다. 남은 포인트는 고작 50포인트. 근데 그 포인트를 전부 사용하는 게 아닌, 나머지 25포인트를 훗날을 위해 남길 수만 있다면 얼마나 좋을까!

'남는 포인트는 고작 25포인트겠지만.'

앞으로 영영 사용할 포인트가 없다는 생각에 유한은 그만 25포인트 코르켄을 다운받아 버렸다. 그야말로 도박이었다.

다운로드 창이 뜨고 푸른색이 하얀색의 빈칸을 채워갈 무렵 유한은 심호흡하며 전신의 긴장을 풀었다.

"……."

그리고 다운로드가 완료됐을 때 유한은 눈을 한 차례 깊게 깜빡였다. 그러자 굳게 쥐어져 있던 주먹 안에 무언가 들어 있는 것이 느껴졌다. 손을 올려 펴보니 그 안에 코르켄 한 알이 있었다.

"……."

유한은 자신이 늘 보던 코르켄과 별반 다를 게 없는 것을 확인하고 안도의 숨을 쉬었다. 그리고 남은 25포인트로 아직 사이트를 더 사용할 수 있다는 사실에 뿌듯하게 미소 지었다.

"이제 집에 가자."

곧장 자리에서 일어나 피시방을 나가는 유한의 손에는 땀이 묻을 정도로 코르켄이 강하게 쥐어져 있었다. 그러나 유한은 그때까지만 해도 알지 못했다. 반 가격에 판매되는 코르켄은 보통 정식 코르켄이 아닌 불법 코르켄에 가깝다는 사실을 말이다.

드르륵.

다음날 뒷문을 열고 교실에 들어왔을 때 자신의 옆자리에 있는 짝꿍이 가장 먼저 눈에 띄었다.

"흥!"

"……."

그녀는 유한이 올 것을 미리 대비하고 있었다는 듯, 그를 잠시 쳐다보다가 새침하게 고개를 돌렸다. 애초에 그녀에게 별 관심이 없는 유한의 입장에선 도대체 어쩌라는 건지 싶었다.

이윽고 예진의 옆자리에 착석한 유한은 가방을 고리에 걸어두고 품속을 뒤져보았다. 코르켄 통은 무사히 상의 안에 있었다.

'아침에 한 알 먹었으니까 이제 남은 건 두 알.'

오늘은 식사 후에 한 알을 먹고 집에 돌아가서 마지막 한 알을 먹을 계획이었다. 마법어를 외우며 조회 시간을 보내고, 수업 시간이 되자 열심히 공부를 하는 유한.

하지만 평상시 때와는 다르게 가슴이 벅차오르고 있었다.

신비한 마법!

이제 자신도 마법을 쓸 수 있는 신체 조건을 완성시킨다는 것에 마음이 흥분됐다.

'이제 남은 건 한 알.'

점심시간까지 무사히 코르켄 통을 지켜낸 유한은 그 통에서 한 알을 꺼내 입안에 물었다. 물과 함께 삼킨 뒤 이제 남은 코르켄은 단 하나밖에 남지 않았다는 사실에 여러모로 긴장했다.

“후!”

시간이 흘러 학교를 끝내고 집에 돌아온 순간 유한은 두근거리는 마음으로 상의에서 코르켄 통을 꺼내 마지막 한 알을 털었다.

손바닥에 쥐어진 코르켄은 불과 어제 25포인트에 구입했던 그 코르켄이었다.

“합!”

물과 함께 그 코르켄을 입속에 투여하는 유한. 더도 말고 할 것 없이 꿀꺽 삼켜 버리자 몸이 개운해졌다. 먹자마자 바로 코르켄의 증세가 나타난 건 아니었다.

마법 서적에서 언급했던 가장 기초적인 부분의 조건을 완성했다는 사실에 심리적인 압박감에서 탈출한 것이었다.

“……”

그리고 그 자리에서 우두커니 서 있는 유한이었다.

‘뭐지? 아무 증상도 없는데.’

코르켄을 먹은 지 채 1분도 되지 않은 상황에서 몸의 변화를 바라는 것은 아니었지만 그래도 기대와는 어긋나는 결과에 조금은 실망했다.

유한은 자리에 앉아 마법 서적을 꺼내 책상에 펼쳤다. 그리고 저번에 코르켄에 관련된 글을 해석해둔 공책도 펼쳐 보았다.

"그렇구나. 명상을 해야 하는군."

명상에 대한 것을 알게 된 이후 날마다 30분씩 꾸준히 이를 해오던 유한이었다. 이제 그 명상을 통해서 코르켄이 해제시켜 준 신체의 마법을 확인해 볼 차례였다.

유한은 양반 다리 자세 그대로 편안히 눈을 감았다. 조용히 심호흡하며 명상에 빠져들자 불과 어제까지만 해도 느낄 수 없었던 신비한 힘이 느껴졌다.

'이건!'

신체를 감싸 도는 기운! 그것이 마법의 힘을 머지않아 깨닫는 순간 유한은 감았던 눈을 부릅떴다.

"컥!"

그러고는 다짜고짜 신음하며 고통스러워하기 시작했다. 신중하게 명상 자세를 취했던 것도 잠시 바닥에 엎드린 채로 기침을 연이어 하는 유한.

"왜, 왜 이러는… 컥!"

숨이 자꾸만 막히고 미칠 것 같았다. 유한은 서서히 감기는 자신의 눈을 느끼며 생각했다.

‘이대로… 죽는 건가……’

정말 아주 짧은 시간이었지만 죽을 듯이 아팠다. 유한은 온 몸이 식은땀으로 범벅된 것을 통감하며 손을 벌벌 떨었다.

책상 위에 고스란히 올려져 있는 자신의 휴대폰을 쥐려고 했다.

“으으……”

하지만 어머니에게 긴급히 연락을 해야 한다는 생각만 할 뿐, 몸은 뜻대로 움직이지 않았다. 결국 유한은 그대로 의식을 잃어버리고 말았다.

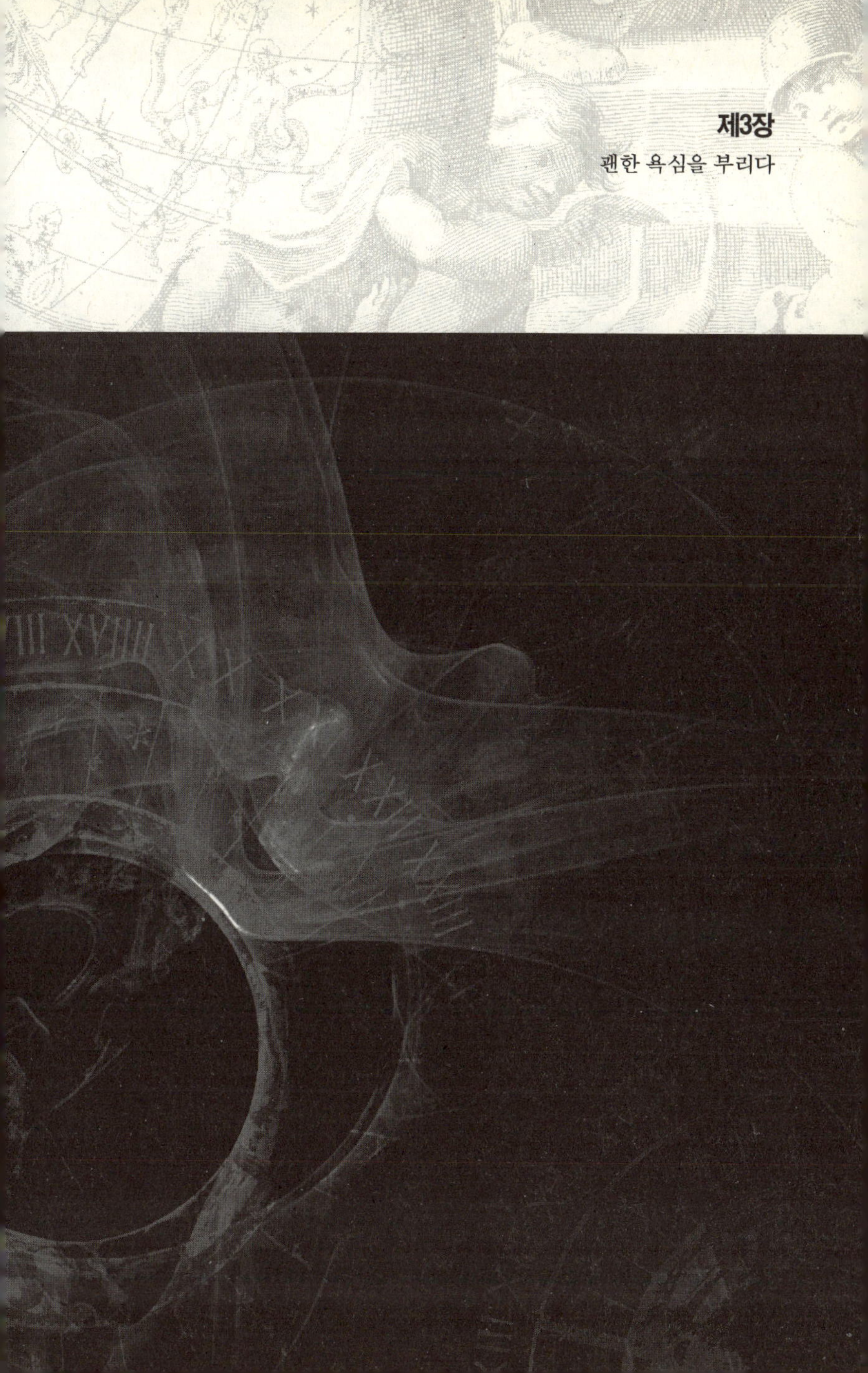

제3장

괜한 욕심을 부리다

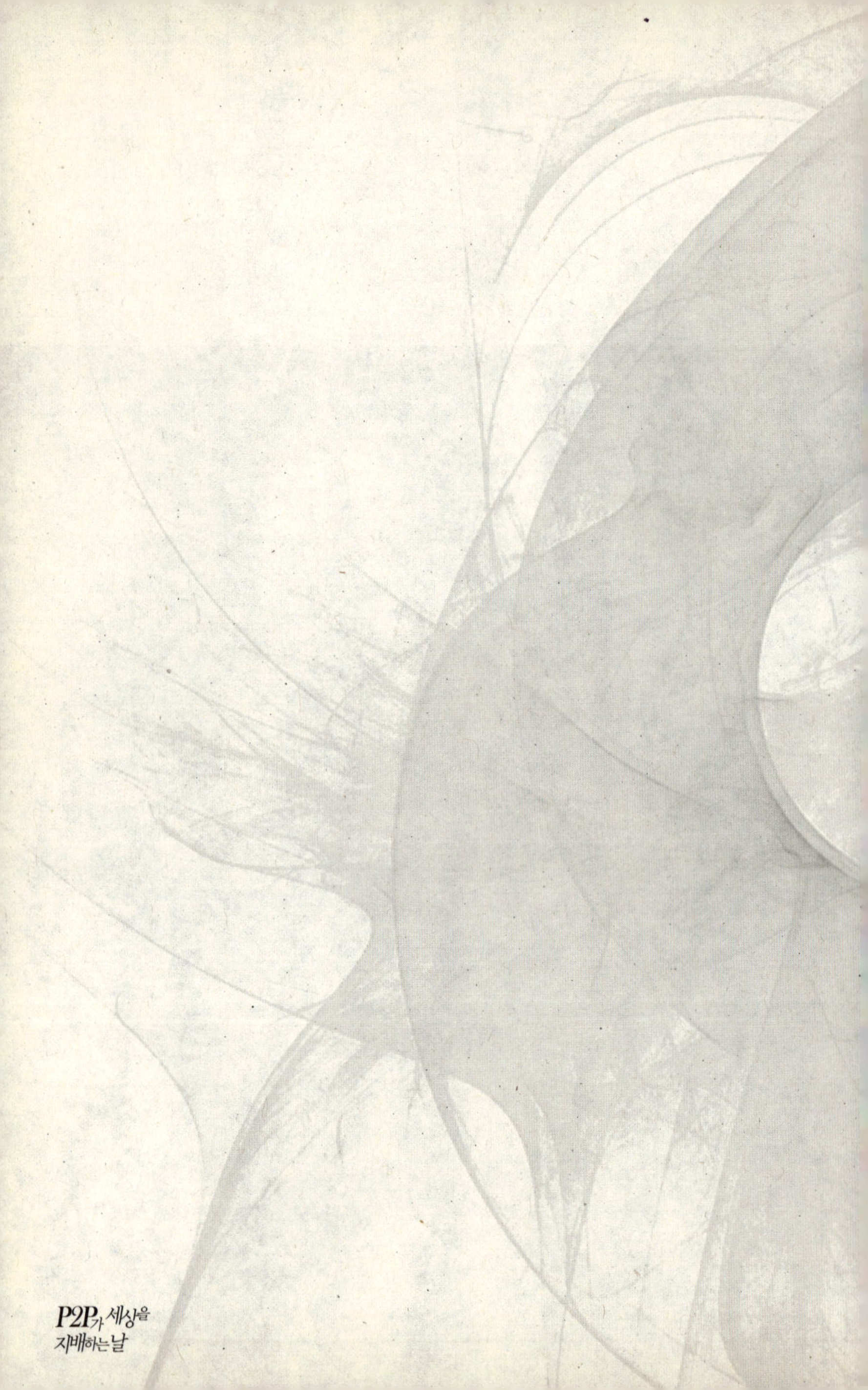
P2P가 세상을
지배하는 날

“……”

유한이 눈을 뜬 것은 한 시간이 지난 후였다.

눈을 감고 있던 시간이 못해도 하루는 될 줄 알았는데, 벽면의 시계가 고작 한 시간밖에 움직이지 않았다는 사실에 유한은 깜짝 놀랐다.

“어떻게 된 거지……?”

그는 상반신을 일으키며 중얼거렸다. 식은땀은 이미 식어 버린 지 오래였고 몸이 으슬으슬 추워왔다. 유한은 천천히 허리와 어깨를 움직여 보았다.

명상 직후에 발생한 증세는 유한의 몸을 쇳덩이처럼 무겁게 만들었는데, 지금은 무슨 연유에선지 깃털처럼 가볍고 유연했다.

"나 살아 있기는 한 건가?"

다행이 죽지 않았다는 사실에 안도하며 유한은 하체도 마저 움직여 보았다. 다행히 일어설 수 있었다.

"후우."

바닥에서 일어나자마자 한숨이 절로 나왔다. 스스로의 몸에 일어난 현상이 무엇인지 궁금했다. 하지만 그렇다고 선뜻 명상에 도전할 자신은 없었다.

혹여나 다시 명상에 도전했다가 아까와 같은 증세가 나타날까 두려웠던 것이다.

"마법 서적을 뒤져봐야겠어."

결국 마법 서적을 뒤지다보면 그 이유가 나오리라 가늠하고 유한은 책상으로 다가가 앉았다. 그리곤 해석하지 않은 다음 부분을 빈 공책에 깨작이기 시작했다.

그렇게 한참을 해석하고 있던 유한은 곧 자신이 겪었던 증상을 언급하는 부분이 나오자 볼펜을 떼고 마법 서적에 집중했다. 이젠 굳이 해석할 필요 없이 마법 서적을 보는 것만으로도 뜻을 이해할 수 있는 경지에 이르렀다.

하지만 완전히는 무리였기에 조금씩 발음하며 해석해야만

했다.

"불법 코르켄을 먹을 시 생기는 현상……?"

혹여나 불법 코르켄을 먹는 사람들이 있을까 주의 사항을 적어놓은 부분 같았다. 유한은 돌연 25포인트에 구매했던 정식 마법 코르켄이 떠올랐다.

"정식 코르켄을 먹으면 부작용이라고는 두드러기가 전부지만, 불법 코르켄을 먹으면 생기는 부작용은 차원이 틀리다. 두드러기는 기본이며 여드름, 알레르기, 심장 마비 등을 일으킬 수 있다. 특히 선천적으로 불법 코르켄에 몸이 맞지 않는 사람이라면 생명에 많은 지장이 있을 수가 있다."

유한은 방금 전 자신이 겪었던 증세를 떠올렸다. 심장이 쿵하고 무너지는 느낌이었고 온몸에서 식은땀이 줄줄 흘러내렸다.

"그, 그럼 나 죽을 뻔한 건가……?"

유한은 진심으로 다시 한 번 안도의 한숨을 쉬었다. 결국 유한이 25포인트에 구매했던 것은 정식 마법 코르켄이 아닌 불법 마법 코르켄이었던 것이다.

'그놈의 포인트 좀 아끼겠다고 불법 코르켄을 구매하다니……. 내가 미쳤지.'

스스로 했던 짓을 반성하며 유한은 자신의 가슴팍에 손을 올렸다.

'그런데 이제는 괜찮은 건가?'

명상을 했다고 바로 증상이 일어난 것을 보면 유한은 불법 코르켄이 전혀 맞지 않는 체질인 게 분명했다. 유한은 몸속에 투여된 불법 코르켄이 가져다주는 부작용은 방금 전 그게 전부인가 의문을 가졌다.

"마저 읽어보자."

불법 코르켄과 관련된 마법 서적의 내용을 마저 읽어보는 유한이었다.

"불법 코르켄은 정식 코르켄과 마찬가지로 마법을 쓰는 데 상당한 힘을 준다. 불법 코르켄이 더욱 잘 맞는 체질인 경우 오히려 정식 코르켄보다 뛰어난 힘을 줄 때도 있다. 하지만 그런 사람이 아닌, 일반 사람이 불법 코르켄을 먹을 시 위에 언급한 병들만이 생기는 것이 아닌… 또 다른 특이한 병들이 생길 수 있다. 그리고 이는 사람마다 다르지만 대부분의 사람들은 이 불법 코르켄 한 알을 먹음으로서 평생 동안 잦은 질병을 안고 살 수 있……."

더 이상 글을 해석해 볼 필요도 없었다. 안색이 창백해진 채로 마법 서적에서 눈을 때는 유한이었다. 그는 대자로 바닥에 누우며 천장을 바라보았다. 자신이 어떤 미친 짓을 저지른 것인지 이제야 실감이 났다.

"포인트 때문에 목숨을 버리려 했다니……."

하지만 이대로 자학만 하고 있을 수는 없었다. 유한은 다시 상체를 일으켜서 마법 서적의 코르켄 관련 다른 부분을 쭈욱 읽어갔다.

아무리 몸에 큰 지장을 일으키는 불법 코르켄이라 할지라도, 치료 방법은 필히 존재하리라 가늠한 것이다. 쭈욱 글을 읽어나가던 끝에 유한은 마침내 그 부분을 발견할 수 있었다.

"하지만 불법 코르켄을 투여한 사람이 5클래스의 마법사라면 5클래스의 마법 힐리어스를 통해서 몸을 치유시키고 불법 코르켄의 독 성분을 처리할 수 있다……."

요컨대 5클래스의 마법사를 불러서 불법 코르켄의 독 성분을 처리해 달라고 부탁을 하거나, 스스로 5클래스 마법을 연마해서 불법 코르켄의 독성을 치료할 수밖에 없었다.

"하……."

그렇게 결론이 나자 유한은 까마득한 어둠 속을 보는 것처럼 할 말을 잃었다. 정말이지 자신이 미쳐도 단단히 미쳤다는 생각이 들었다.

"그놈의 25포인트 하나 아끼겠다고!"

했던 말을 또다시 반복하며 비명을 지르던 유한은 곧 신중하게 생각을 정리하기로 했다.

"아니야. 정신 차리자. …5클래스? 얼마나 많은 시간이 걸릴지는 모르지만 불가능한 일은 아닐 거야. 5클래스가 되면 치유 마법을 써서 불법 코르켄의 독성을 없앨 수 있어!"

절대적으로 유한의 체질과 맞지 않는 불법 코르켄은 언제 유한의 몸에 병을 들일지 몰랐다. 유한은 부디 자신이 5클래스에 도달할 때까지 몸에 아무 증상이 없기를 기도했다.

'결국엔 이렇게 5클래스를 목표로 하게 되는구나.'

무언가를 시도하면 항상 고비가 오는 법이고 또 다른 목적이 생기는 법이었다. 유한은 오히려 이런 식으로라도 목표를 잡고 편안하게 걸어갈 수 있는 현재 상황에 만족하자고 다짐했다. 유강이 있을 때보다는 훨씬 즐거운 인생을 살고 있었으니까.

"해보자."

유한은 잠시 손에서 놓았던 마법 서적을 다시금 잡으며 공부에 전념했다. 이렇게 된 이상 필사적으로 마법을 배울 수밖에 없다는 생각이 들었다.

단순히 간단한 마법을 쓰면서 인생을 즐기는 것이 아닌, 몸속에 들어 있는 최악의 독을 치유하기 위해서!

*　　*　　*

"……"

다음날 찾아온 주말 아침, 일찍이 일어난 유한은 등이 막

간지러운 것을 느끼고 긁적였다. 그러다가 이것 역시 불법 코르켄의 독성 때문에 생긴 증상이 아닐까 과민하게 반응했다.

조금은 예민함을 덜어버리는 게 속편하다고 생각하며 고개를 저었다.

"후우."

주말 아침.

모처럼 어머니가 잠을 자고 계신 실정이었다.

유한은 조심스레 일어나 화장실로 향했다. 가볍게 손발을 씻고 세수를 한 뒤 안방으로 나온 유한은 잠옷 차림으로 양반다리를 하고 앉았다.

'어디 한 번 볼까.'

유한은 어제 공포에 질려서 일절 시도하지 않았던 명상을 오늘 아침이 되어서야 다시 한 번 도전해 보고 싶어졌다.

옆에 어머니도 있었고, 하루 쉬었으니 어제처럼 몸에 그다지 큰 문제는 생기지 않으리라 확신… 아니, 기도했다.

'……'

이윽고 명상에 빠져드는 유한. 잠시 후 신체에 느껴지는 미미한 힘에 유한은 살짝 놀라 움찔했다. 그러다 곧 아무 증세도 나타나지 않자 침묵했다.

'이게 마나인가?'

인간이라면 누구나 가지고 있지만 평생 봉인되어 있어 사용하는 게 불가능하다고 하는 바로 그 힘! 유한은 마나를 온 감각으로 느끼게 되자 심장이 두근두근 떨렸다.

마법 서적에서 보았던 대로 따라해 보았다.

'신체에 흐르는 마나를 한 지점으로 끌어 모으는 게 마법 사용에 기초.'

유한은 마법 서적에서 배웠던 대로 신체에 감도는 마나의 힘을 한곳으로 집중했다. 하지만 그것도 머지않아 유한은 뜻대로 마나가 고정되지 않자 미간을 찌푸렸다.

"으으음……."

처음이라서 그런지 굉장히 어려웠다. 신체의 마나가 미세하게 흔들리기는 했지만 그게 끝이었다. 아무리 헌신을 다해서 이동시키려고 해보아도 흔들리는 것이 전부일 뿐, 결코 움직이지는 않았다.

"역시 굉장히 힘들구나."

쉽진 않을 것이라고 알고 있었다. 그래서 기대했던 대로 되지 않았다고 크게 실망하지도 않았다. 유한은 꿀꺽 침을 삼키고 다시 도전해보았다. 아침부터 공복 상태로 명상에 집중하는 유한의 모습은 누가 보면 도를 닦는 도인처럼 판단될 정도였다.

"뭐하니?"

한참 집중하고 있던 순간 뒤에서 익숙한 목소리가 들려왔

다. 유한은 작게 탄성을 내며 양반 다리 그대로 반쯤 고개를
돌렸다.

"어머니, 깨셨어요?"

유한의 중얼거림에 이부자리에 누워 있던 어머니가 천천
히 상체를 일으켰다. 유한은 자리에서 일어나 조심스럽게 어
머니 앞으로 다가갔다.

"그래, 뭐하고 있니?"

"그냥… 잠깐 명상 좀 하고 있었어요."

그 말에 어머니는 유한을 빤히 바라보다가 고개를 끄덕이
며 일어섰다.

"식사는?"

"아니요."

"그럼 얼른 해주어야겠구나. …으."

"괜찮으세요, 어머니?"

"괜찮단다."

어제까지 일 때문에 많이 고생하셨는지 어머니는 좀처럼
일어나길 힘들어 하는 모습이었다. 오죽하면 어깨를 부여잡
고 잠시 통증을 앓았는데 보는 오한으로 하여금 가슴을 조이
게 만들었다. 맘 같아선 그놈의 공장 일 좀 관두라고 소리치
고 싶은 유한이었으나, 현재 자신의 처지상 어쩔 수 없이 어
머니를 지켜보고 있어야 했다.

“아침 식사는 제가 알아서 차려서 먹을게요. 어머니는 누워서 좀 쉬세요.”

“아니다. 자식 끼니는 내가 챙겨줘야지.”

이윽고 작은 싱크대 쪽으로 향하는 어머니의 뒷모습을 바라보며 유한은 가만히 있었다.

어머니는 유강이 없는 나날에 점차 적응해 나가고 있었다. 애초부터 집에도 거의 들어오지 않고 밖에서 사는 유강이었으나, 그래도 이따금씩 뭐하고 있을까 중얼거리며 자식 걱정을 하던 어머니. 지금 역시 그런 부분이 있긴 했지만 전보다는 줄어들었다.

‘어머니도 역시 알고 있었던 거야.’

유강이 자신을 진정으로 사랑하지 않는다는 것을 어머니도 실은 알고 있었던 것이다.

다만 당신이 일생을 다해 열심히 키운 자식이 그런 야만적인 생각을 할 것이라고는 믿지 못하고 피해왔던 것일 터. 유한은 왠지 모를 이유로 어머니에게 미안해졌다.

‘반드시 제가 행복하게 해드릴게요.’

새삼 그 결심을 다지며 유한은 마법 서적을 다시 읊어갔다. 그렇게 유한의 주말이 보람차게 흘렀다.

다시 찾아온 평일 즈음, 유한은 학교로 일찍이 등교하여 마법 서적을 훑어보고 있었다. 아직 모르는 단어가 몇몇 개 있어 이따금씩 마법어 사전을 사용해야 하긴 했으나 그래도 전처럼 마법어 사전에만 매달리는 나날은 없어지고 있었다.

슬슬 마법어를 읽는데 익숙해지고 있던 것이다. 물론 그만큼 유한이 노력했기 때문에 가능한 일이라고 할 수 있었다. 그는 짬이 나면 필사적으로 마법어를 외우는데 헌신했으니까.

'마나를 한곳으로 제대로 끌어 모을 수 있게 되면 육체적 질병의 치료에도 도움을 줄 수 있다고?'

마법 서적을 읽던 유한이 치료에 관련된 내용을 읊어보고는 생각에 잠겼다.

그는 주말에 싱크대로 향하며 힘들어 하던 어머니의 모습을 떠올렸다. 병원비조차 아까워서 병원에도 들리지 않는 어머니였다.

'비록 큰 병을 낫게 해주는 마법은 아닌 것 같지만. 그래도 기초 마법 중에서 이런 게 있다면 일상에 많은 도움이 되겠지.'

유한이 읽고 있는 마법 서적은 어디까지나 마법에 관련된 기초에 관한 것이었다. 그 뒤의 단계는 또 다른 마법 서적을 읽어야만 했다.

유한은 기초를 통해 사용할 수 있는 마법 목록을 훑어보며 고개를 끄덕였다.

'여기에 있는 걸 다 쓸 수 있도록 노력해 보자.'

어머니와 행복하게 산다는 목표를 다음으로 유한에게 또 다른 목표가 생겼다. 빠른 시일 안에 기초를 마스터하는 것이었다.

불법 코르켄으로 인한 독성도 치료해야 했고, 마법을 배워 일상에서 못 이룬 일들을 이루고 싶은 것도 있었다.

'애초에 마법만 제대로 배우면 불가능한 일이 없겠지.'

그리 가늠하며 유한이 마법 서적에 집중 삼매경을 표하고 있을 즈음이었다.

교탁에서 소설을 독서하고 있던 담임이 안경을 고쳐 쓰며 책을 덮고 일어났다. 그러고는 교탁 위에 고이 두었던 프린트 종이들을 각 분단마다 주기 시작했다. 열심히 공부하다가 그것을 받은 유한의 눈이 커다래졌다. 선생님이 입을 열었다.

"하나 말하는 걸 까먹었구나. 너희들 다음 주가 수학여행이라는 거 알고 있지? 그에 관련해서 회비를 거둬야 할 것 같은데, 못 가는 사람은 일찍 말해줬으면 하고 돈은 이틀 안으로 챙겨오도록 해라."

'…수학여행.'

고등학교 2학년. 단 한 번뿐인 추억의 수학여행. 아쉽게도 유한은 고등학생 때 단 한 번도 수학여행을 간 적이 없었다.

물론 초등학교 때도, 중학교 때도 마찬가지였다.

집안이 워낙 가난해서 수학여행에 돈 한 푼 쓴 적이 없는 것이다. 그래서 유한은 또래 아이들이 익히 알고 있는 수학여행이 무엇인지 제대로 알고 있지 못했다. 그저 아이들과 노닥거리다가 오는 것이겠거니, 상상하는 게 전부였다.

'난 어차피 안 가는 게 좋겠지. 그게 집안에도 편할 테고.'

포기하고 다시 마법 사전에나 몰두하려는 순간, 담임이 그의 이름을 불렀다.

"그리고 유한은 조회 시간 끝나면 바로 내 교무실에 들려라."

돌연 자신을 부르는 소리에 의아함을 가지는 유한. 하지만 마주하는 담임에게 대꾸하지 않는 것은 예의가 아니었다. 점잖게 고개를 끄덕이며 답했다.

"…네."

이윽고 담임이 고개를 다시 돌렸고 유한은 의문을 가졌다. 그다지 유한과 얘기 나눌 거리가 없을 텐데 왜 그를 부르려는 것일까? 의문을 갖는 와중 조회 시간이 끝남을 알리는 종이 울렸다.

선생님이 교탁에서 앞문으로 빠져 나갔고 유한이 뒤이어 자리에서 일어났다. 급속도로 시끄러워지는 교실 내부에서 나와 유한은 저만치 있는 담임의 뒤를 따라 복도를 가로질렀다.

드르륵.

"하아."

"……."

이윽고 교무실을 따라 들어오자 담임이 자기 자리의 의자에 등을 대며 착석했다. 그러고는 가볍게 한숨을 내쉬고 유한을 바라보았다.

"유한아."

"네?"

"내가 너 공부 잘하고 있는 거 알고 있다. 요즘 들어 내신 치루는 걸 보니 더 열심히 하는 것 같더라."

"……."

"급식은 잘 먹고 있니?"

그 물음에 유한은 천천히 고개를 끄덕였다. 유한은 집이 가난해서 무상급식을 받는 학생 중 한 명이었다.

선생님도 그런 그의 집안 사정을 잘 알고 있었기에 무상급식을 해주는 데 거부감을 갖지 않았고 말이다. 이윽고 담임이 본론을 꺼냈다.

"다름이 아니라 이번 수학여행 말이다."

"……."

"이번 수학여행에 들어갈 회비가 부족하다면 내가 조금은 채워줄 수 있는데 어떻게 생각하니.”

담임의 넌지시 말하는 목소리엔 유한의 자존심에 금이 나지 않도록 애써 주려는 노력이 들어 있었다. 그것을 내심 느낀 유한은 자기도 모르게 눈을 휘둥그레 뜨며 놀랄 수밖에 없었다.

‘그러고 보니 분명⋯⋯.’

유한은 옛날의 기억을 되짚어보았다. 학창 시절의 기억은 워낙 오래 전의 것이라서 잘 기억할 수 없었지만, 그래도 고등학교 2학년 때 담임이 어찌나 아이들을 아끼고 사랑스러워하던 선생님인지는 인상 깊게 남아 있었다.

때문에 유한은 수학여행 관련 일로 담임께 끌려온 게 이게 처음이 아님을 떠올릴 수 있었다.

과거로 돌아오기 전, 그때 그 시절에도 현재 담임은 똑같은 용건으로 얘기를 한 것이다.

“⋯⋯.”

하지만 그땐 담임의 제안을 거절해야 했다. 집에서 혼자 생활할 어머니가 걱정이 되었고, 그땐 유강에 관련된 일도 해결이 되지 않은 상황이었다. 하지만 지금은 어떠한가.

‘지금이라면⋯⋯.’

선생님이 베풀어주는 자비에 고개를 끄덕이며 수락할 수 있지 않을까? 이젠 자신에게도 그만한 기회가 생기지 않았을까? 유한은 내심 수락하고 싶은 충동이 일었다.

무엇보다 회귀 전엔 갖지 못했던 추억을 얻을 수 있는 좋은 기회기도 했다. 이왕 새롭게 사는 삶이라면 더욱 많은 추억이나 좋은 기억을 만들고 싶은 욕심이 유한에게 있었다.

"……."

하지만 여전히 머뭇거릴 수밖에 없었다. 수학여행으로 인해 홀로 집에 있을 어머니를 상상하면 자꾸만 걱정이 되고 미칠 것 같았다. 유강은 앞으로 모습을 드러내지 않을 테지만 그럴 것이 확실한데도 유한은 한참을 대꾸하지 못했다.

"바로 대답할 수 없으면 생각할 시간을 주겠다. 내일까지면 되겠니?"

유한의 속내를 꿰뚫고 있었다는 것처럼 담임이 배려 담긴 목소리로 그리 물었다. 유한은 잠시간을 침묵하다가 고개를 끄덕였다.

"네. 고맙습니다."

넙죽 허리를 숙이며 진심으로 고마워하는 유한이었다. 잘하면 그 덕분에 수학여행에 갈 수 있을 테니까.

'하지만 그전에 어머니랑 상의해 봐야 해.'

"그래. 그럼 가봐라. 내일 꼭 얘기해 주고."

"네."

이윽고 교무실에서 나와 복도를 가로지르는 유한의 가슴

속엔 알 수 없는 뭉클함이 남아 있었다. 옛날에만 해도 오로지 신경이 유강에게 쏠려 있던 터라 남들이 건네는 소소한 배려를 느낄 여유가 없었다.

그런데 어느 정도 여유가 생긴 지금, 그제야 남들이 자신에게 베풀었던 그 배려를 느낄 수 있는 것이다. 유한은 이 평온한 나날이 계속해서 지속되었으면 좋겠다고 간절히 애원했다.

그날 밤이었다.

"…어머니."

집에 돌아온 유한은 밤늦게 돌아올 어머니를 눈 뜨고 기다렸다. 그리고 이내 어머니가 직장에서 피로한 얼굴로 돌아오자 유한은 우물쭈물거리며 이야기를 꺼냈다. 유한의 그런 모습에 어머니가 의문 섞인 목소리로 내비쳤다.

"왜 그러니?"

"저기, 그러니까……."

자꾸만 미안했다. 학생이라면 수학여행에 가고 싶은 것이 당연한 일일 텐데도. 유한은 그 용건을 꺼내는 게 이상하리만치 미안했다.

"제가요, 사실은……."

더 이상 말도 못하고 결국엔 조회 시간에 받은 프린트를 가방에서 꺼냈다. 그것을 건네받은 어머니는 프린트의 내용을 잠시 동안 훑다가 조용히 유한을 바라보았다.

"수학여행 때문에 그러는 거니?"

"네. 실은 오늘 교무실에서 담임이랑 한 차례 얘기를 나눴거든요. 거기서 혹시 회비가 너무 비싸서 수학여행에 못 가는 거라면 자신이 조금이라도 보태줄 테니까 꼭 갔다 오라고 하셔서……."

아무리 마흔 살 먹었던 어른이라 할지라도 결국엔 환경에 따라 마음이나 정신 또한 조금은 변하게 마련이다. 유한은 지금 고등학생으로 돌아와 있었고, 어느샌가 저도 모르는 사이 서서히 정말로 가난하고 순수하던 그 시절의 자신처럼 행동하기 시작한 것이다. 다른 누구보다 특히 어머니와 있을 때면 더더욱 그랬다.

"갔다 오렴."

"네?"

고개를 숙이고 중얼중얼 설득하던 유한이 그 말을 듣고 깜짝 놀란 건 한순간의 일이었다. 그리 손쉽게 답할 것이라고는 예상치 못했다는 듯 눈을 크게 뜨고 있는 유한을 향해 어머니는 터놓고 말을 이었다.

"너도 한 번쯤은 학생 때 추억을 쌓아놓아야지."

"……"

하지만 돈 때문에 머뭇거려지는 일이 아닌가? 수학여행 회비도 자그마치 40만 원이었다.

"돈 상관 말고 다녀와. 애초에 수학여행쯤은 보내줄 생각하고 있었어. 그리고 담임에겐 성의는 고맙지만 그럴 필요는 없다고 전해주고."

그래도 이런 일로 담임에게 손을 벌리는 건 한 자식의 어머니로서 도리가 아니다 싶었던 모양인지, 어머니는 자존심을 지키기 위해 그렇게 얘기했다. 유한은 머뭇머뭇하다가 감사를 표했다.

"고맙습니다, 어머니……."

담임이 손을 빌려주겠다는데 그것을 거부하는 어머니의 행동은 어찌 보면 입장에 맞지 않는 것에 속했다. 하지만 그렇다고 유한이 그 부분에 대해서 계속 설득을 한다면, 어머니는 자존심에 상처를 받을 게 분명했다.

자식들에겐 자존심을 버릴지언정 남들한텐 항상 기죽지 않으려고 애쓰는 어머니였다. 일생을 그 생각으로 살아왔는데 그 생각에 먹물을 뿌리는 짓은 할 수 없었다.

'고맙습니다 어머니, 정말로.'

유한은 다시금 고마움을 표명했다. 자식을 소중히 아끼고, 남은 학창 시절에라도 소중한 추억을 만들어 주기 위해 노력하는 어머니의 따뜻함은 유한으로 하여금 눈물을 글썽이게 만들고 남았다.

다음 주의 평일은 굉장히 빠른 시간 내에 찾아왔다. 유한은 그날 있을 수학여행을 위해 어젯밤 준비한 가방의 물건들을 확인해 보았다. 기본적인 물건들을 모두 확인한 유한은 현관문으로 향해 어머니에게 인사했다.

"그럼 다녀오겠습니다."

"그래, 잘 다녀오렴."

수학여행 때문에 학교를 한 시간 더 빨리 가야 하는 실정이었다. 때문에 항상 어머니가 먼저 나오던 집을 오늘은 유한이 먼저 나서고 있었다. 그렇게 어머니와 뭉클하게 인사를 하고서 집밖으로 나온 유한은 후다닥 학교의 등굣길을 거닐기 시작했다.

처음 경험할 수학여행에 어린애처럼 설레었다.

"출석 부른다."

이윽고 학교에 도착했을 무렵 각 반의 학생들이 모여서 줄을 이루고 있었다. 그리고 그 앞줄엔 담임이 있었는데, 유한은 늦을 세라 곧장 그리로 달려갔다. 다행히 지각하지 않고 도착한 유한이었다.

"출석 부른다."

"유한."

“네.”

각 학생들의 이름을 모두 불러본 담임이 출석부를 접고 심드렁한 표정을 지었다. 세 사람이 부름에 대답을 하지 않은 것이다. 개 중에는 유한의 짝꿍인 예진도 있었다. 말도 별로 나눠보지 않았을 뿐더러 그다지 친하지도 않은 예진! 코르켄 사건이 있은 후로 그 사이는 더욱더 멀어져 있었다.

“하아, 하아!”

“지각이다.”

“잉. 선생님. 봐주시면 안 돼요?”

이윽고 예진과 함께 같은 교실의 질 나쁜 학생 두 명이 나타났다. 이로서 세 명 모두 도착한 셈이었고, 담임은 그래도 한 번 더 확인해 볼 겸 출석을 다시 부르기 시작했다.

“유한.”

“네.”

이윽고 출석을 끝내고 확인을 마친 담임이 출석부를 접고 근처의 다른 선생님에게로 다가가 운을 띄웠다. 예컨대 학생들이 전원 모이면 바로 버스를 타도 되냐고 묻는 것 같았다. 이윽고 대답을 받은 담임이 제자리로 돌아와 얘기했다.

“24번 버스다. 저기 있으니 올라타라.”

선생님의 가리킴에 학생들이 일제히 가방을 메고 그 버스 위로 올라탔다. 유한도 줄을 맞춰서 순서를 기다리다가 올라

탔다. 이번에도 줄을 맞춰서 의자에 착석한 유한은 옆이 비어 있음에도 개의치 않았다.

학생들이 끼리끼리 어울려서 저마다 의자에 착석하고 있는 와중에도 유한의 옆자리는 여전히 비어 있었다. 그러나 그것이 당연한 일이었다.

늘 공부에만 신경을 쓰느라 친구를 사귀지도 않은 유한이었다. 이제 와서 뭘 바라겠는가.

유한은 그저 수학여행을 간다는 사실만으로도 충분히 기쁠 따름이었다.

"…어?"

그때였다. 기대도 않고 창가를 바라보고 있는 순간, 누군가가 유한의 옆자리 쪽에 다가오더니 그런 소리를 낸 것이다. 고개를 돌려 소리가 난 곳을 바라보니 조금은 익숙한 얼굴이 있었다.

"나, 나 앉아도 돼……?"

"……."

바로 유한이 생활하는 교실의 왕따 학생이었다. 호리호리하고 연약하기 때문에 늘 아이들에게 괴롭힘을 당하는 게 당연시되는 아이. 하지만 유한은 다수가 싫어한다고 자신마저 그 사이에 끼어들어 똑같이 싫어할 양반이 되지 못했다.

남들이 예라고 할 때 아니요라고 말할 용기가 유한에겐 어

릴 때부터 존재했으며, 어른의 정신까지 갖고 있는 유한이었
다. 분위기에 휩쓸리는 일반 십대와는 다른 것이다.

"그래."

부드러운 목소리로 타이르듯이 말한 것도 아니었다. 하지
만 유한의 그 행동은 왕따 학생에게 예외의 행동이었는지 매
우 놀란 표정이었다.

유한은 창가 쪽으로 다시 고개를 돌리며 유유히 시간을 보
냈다. 직접 나서서 왕따에서 벗어나게 해줄 마음은 없었지만
옆자리에 앉는 것 정도는 허락해 줄 관대함이 있었다.

"고, 고마워……."

머뭇거리며 자리에 앉는 왕따 학생. 그때 뒤 자석에 앉아
있던 질 나쁜 학생 한 명이 살갑게 웃으며 왕따 학생의 머리
를 뒤에서 잡았다.

"악!"

"무슨 일이니?"

왕따 학생이 소리 지르자 맨 앞자리에 앉아 있던 담임이 물
어왔다. 왕따 학생은 일순간 잡혔던 머리끄덩이를 매만지며
모기 소리로 중얼거렸다.

"아, 아니에요……."

"낄낄낄!"

"……."

　뒷좌석에서 왕따 학생을 비웃는 소리가 은근히 유한에게 거슬렸다. 하지만 신경 쓰면 지는 것이었다. 혼자서는 상대하기도 버거운 골 빈 녀석들을 감히 건드릴 자신이 없었다.

　이윽고 버스에 시동이 걸렸고, 잠시 후 수학여행 목적지를 향해 출발했다.

　최종적인 목적지는 일본의 대마도였다. 일본에서 가장 낙후된 지역으로 일본 나가사키현 쓰시마 시에 속하는 곳. 관광특구로 지정되어 있어 외국인들이 자주 드나드는 곳 중 하나였다.

　거기에 부산에서 가까운 점이나 교통편의 문제로 인하여 배편을 통해서 이곳에 들어가는 거나 20인승밖에 없는 소형 전세기를 통하여 주 4회 비행기를 통해 들어가는 것이 보통이었다.

　하지만 학생들에게 다양한 경험을 체험시켜야 한다는 교장의 교육관에 따라 후쿠오카 공항까지 비행기로 이동하여 그곳에서 다시 일본 국내 배편을 통하여 대마도로 들어가는 꽤나 거창한 코스를 거치게 되었다.

　"낄낄. 너 오늘 머리 안 감고 왔냐? 왜 이렇게 떡이 져 있대?"

　"야야. 그만 만져라. 안 그래도 더러운 머리 상할라."

　뒷좌석의 질 나쁜 학생 두 명이 계속해서 옆에 있는 왕따 학생을 괴롭히고 있는 상황. 유한은 은근히 신경에 거슬리는 그들의 소리에 살짝 미간을 찌푸렸다. 한마디해야 할지 그냥 참고 그들이 관두기를 기다리는 게 좋을지 고심했다.

"아, 미안. 왜 떡이 져 있는가 했더니 내가 하도 머리 만져서 그렇구나. 어우, 더러워."

"에라이."

이 정도면 보통 왕따보다도 더 심한 처사였다. 보통 왕따도 그냥 가끔 건드리거나 하지, 이렇게 노골적으로 학생을 괴롭히는 쪽은 없었다. 하지만 그럼에도 불구하고 왕따 학생은 그들에게 일말의 반격조차 하지 않았다. 유한으로선 조금 답답할 수밖에 없었다.

'최소한 한마디쯤은 할 수 있는 거 아닌가, 그만하라고 하든지.'

그만한 용기조차 가지지 못한다는 건 어른으로서의 자존심을 갖고 세월을 살아온 유한조차도 이해할 수 없었다.

"이거 먹을래? 아이고! 손이 미끄러졌네!"

이윽고 뒤에 있던 질 나쁜 학생 중 한 명이 가방에 싸온 과자 하나를 왕따 학생에게 주는 듯하더니 과장된 리액션으로 머리 위에 그것을 떨어뜨렸다.

왕따 학생의 머리가 순식간에 지저분해졌고, 주위에서 이를 지켜보던 다른 남녀학생이 낄낄거렸다. 왕따 학생은 소심하게 머리 위의 과자를 털었고 말이다.

"하나 더 줄까? 이얍! 아이고 또 손이…!"

툭.

그때 질 나쁜 학생의 손이 정말로 미끄러지고 말았다. 그로 말미암아 과자 부스러기가 날아간 곳은 왕따 학생 쪽이 아닌 유한 쪽이었다. 머리 위에 지저분한 과자 부스러기가 얹히자 유한은 살짝 기분이 상한 듯 고개를 돌려 뒷좌석의 두 사람을 바라보았다.

질 나쁜 학생 두 명은 유한을 실수로 건드렸다는 사실에 조금 겁을 먹은 모습이었다. 물론 유한 때문이 아닌, 어디까지나 유강 때문이었다. 다들 유한을 유강의 소문 때문에 무서워하고 있었으니까.

"그만 좀 하지?"

"……."

유한의 슬그머니 던지는 낮은 음성에 두 학생이 일제히 침묵했다. 이를 지켜보고 있던 다른 학생들도 분위기가 삽시간에 삭막해졌음을 느끼고 말문을 닫았다.

그때 주위를 눈치 보던 질 나쁜 학생 중 한 명이 머뭇거리다가 소리쳤다.

"내, 내가 뭐? 나 원 참."

말 한마디에 기죽는 모습은 보이기 싫었던 모양이었다. 이

윽고 뒷좌석의 학생들이 드디어 자리에 앉아 얌전히 시간을
보내기 시작했고, 유한은 한결 편해진 모습으로 한숨을 쉬었
다.

　이를 본 왕따 학생이 살짝 존경의 눈빛을 담아 유한을 쳐다
보았지만 유한은 신경 쓰지 않았다.

　'잠도 안 오는데 마법 공부나 마저 해야겠다.'

　그리고 공항에 가는 동안 유한은 마법 사전을 열심히 공부
했다.

　다시 찾아온 삶에서 조금이라도 더 만족스러운 삶을 이루
고 싶은 욕심이 있는 유한이었다.

　그런 목표를 위해 마법이란 것은 꽤나 큰 도움이 될 것이라
확신하기에 여행을 가면서까지 이를 싸들고 가는 집요함을
보이고 있었다.

　"공항 다 왔다. 자고 있는 애들 깨우고 일어나."

　버스가 멈추고 맨 앞자리에 타고 있던 담임이 자리에서 일
어나 학생들을 향해 말하자 학생들이 어수선해지기 시작했
다.

　담임의 말처럼 공항에 다다른 것이었다.

　"꿀꺽."

　유한은 드디어 올 것이 왔음을 직감하며 침을 삼켰다. 곧장
자리에서 일어나 맨 먼저 가방을 맸다. 학생들이 일제히 버스

밖으로 나가 줄을 섰고 유한 역시 마찬가지로 따랐다.

'드디어 항공기를 타보는구나.'

유한이 긴장하고 있는 것은 바로 그 이유에서였다. 회귀하기 전, 직장 사정으로 인해 항공기를 타볼 일이 있었다. 하지만 그때 사고를 친 유강 때문에 결국 그 일은 다른 동료에게 미뤄야 했다. 그런 이유로 유한은 우역곡절 끝에 타는 항공기에 얼굴 경련까지 내고 있었다.

"……."

이내 다른 반 버스들까지 모두 공항 안으로 이동을 했고 항공기 탑승 시간이 다가왔다.

유한은 줄을 맞춰서 여권과 표를 건네 확인소의 안내원에게 보여주었다.

그런 절차를 맞춰 항공기에 오른 유한은 자신의 자리를 찾아 윗칸에 짐을 올려둔 뒤 자리에 앉았다.

"뭐야?"

유유히 앉아서 시간을 보내고 있을 무렵, 갑작스레 고운 목소리가 들려왔다.

아주 낯설지 않은 목소리에 유한이 잠시 감고 있던 눈을 떠서 옆자리를 보았다.

그곳엔 아직 자리에 앉지 않은 여학생 한 명이 유한을 바라보고 있었다.

“왜 너야?”

“…….”

다짜고짜 너란다. 유한은 그렇게 말을 하는 여학생이 누구인지 익히 알고 있었다. 바로 한예진이었다, 유한의 짝꿍.

아이러니하게도 항공기 옆자리를 차지한 것은 그녀였다.

“끙.”

그녀는 영 내키지 않는 듯 자리에 앉기를 꺼려하다가 결국 앉아 보였다. 유한은 굳이 신경 쓰지 않고 항공기의 창문으로 고개를 돌렸다. 힐끔 예진이 그를 곁눈질하며 얼굴을 훑어봤지만 내색하지 않았다.

“곧 출발합니다. 안전벨트 매주시기 바랍니다.”

여자 안내원 중 한 명이 손 마이크를 꺼내 들고 항공기 출발 전 안내 방송을 했다. 유한은 풀려 있던 긴장이 새삼 들어오는 것을 느끼며 경직했다. 그의 얼굴을 훑던 예진이 ‘오호라’ 싶은 얼굴로 눈치 빠르게 물었다.

“너 혹시 비행기 처음 타봐?”

“…….”

“처음 타보는구나? 얼굴 완전 굳었네.”

신기한 듯 쳐다보는 예진 때문에 유한은 경직된 얼굴을 고스란히 드러내기도 뭐해졌다. 짐짓 숨기려고 노력하지만 눈썰미가 약삭빠른 그녀를 피하는 것은 불가능했다.

'에라이, 모르겠다.'

결국엔 아무래도 좋다는 듯 감정을 가지런히 드러내면서 항공기 출발을 기다렸다.

얼마지 않아 항공기가 슬그머니 움직이는 것이 진동으로 느껴졌다.

우우우우웅.

"……."

이윽고 수 초 동안 바퀴를 굴리며 주위를 뱅뱅 돌던 항공기가 빠른 속력으로 질주하기 시작했다. 그리고 머지않아 하늘로 올라가는 비행기.

'우와아아아아앗!'

어린아이처럼 깜짝 놀란 마음으로 유한은 비행기에 몸을 맡겼다.

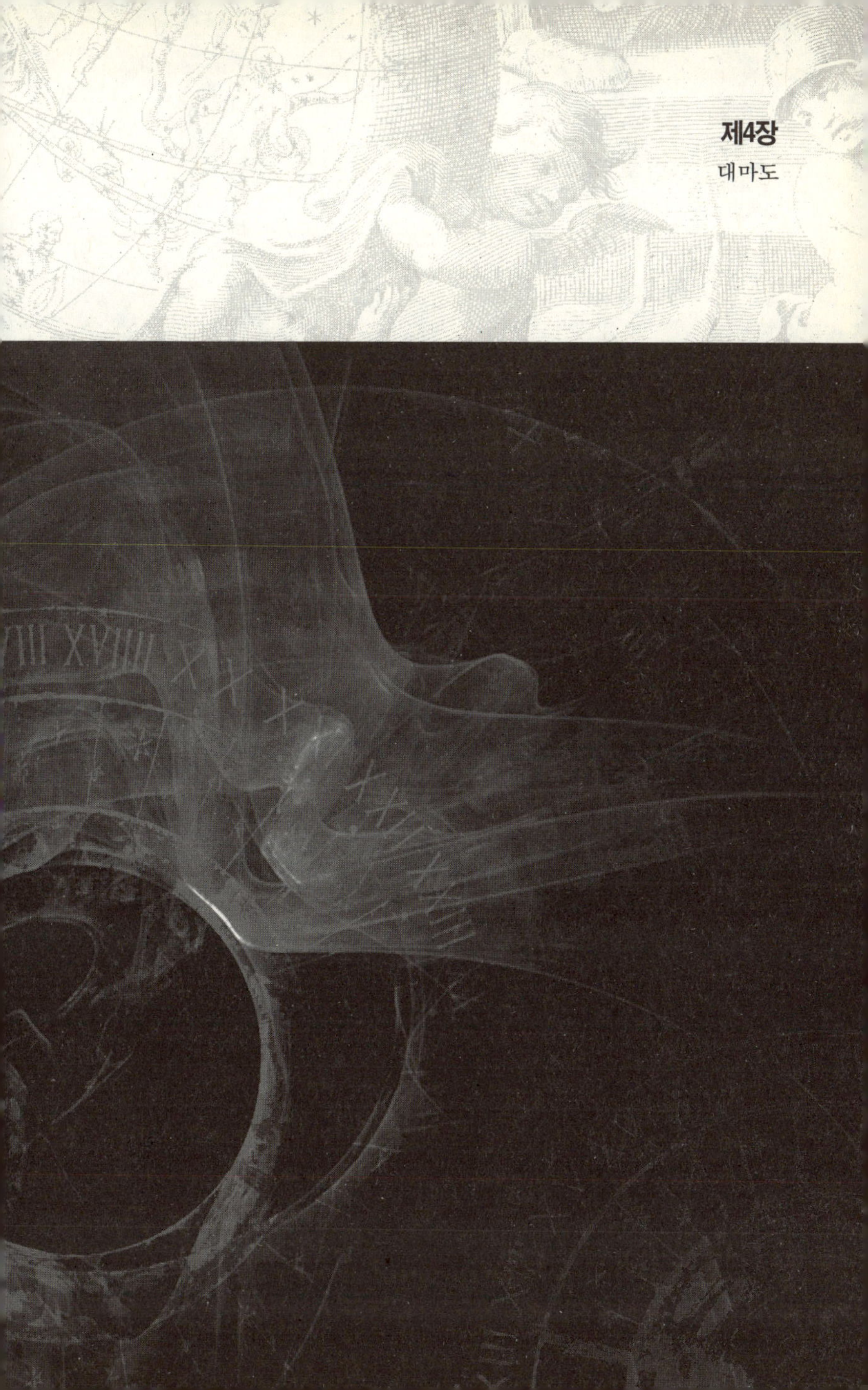

제4장

대마도

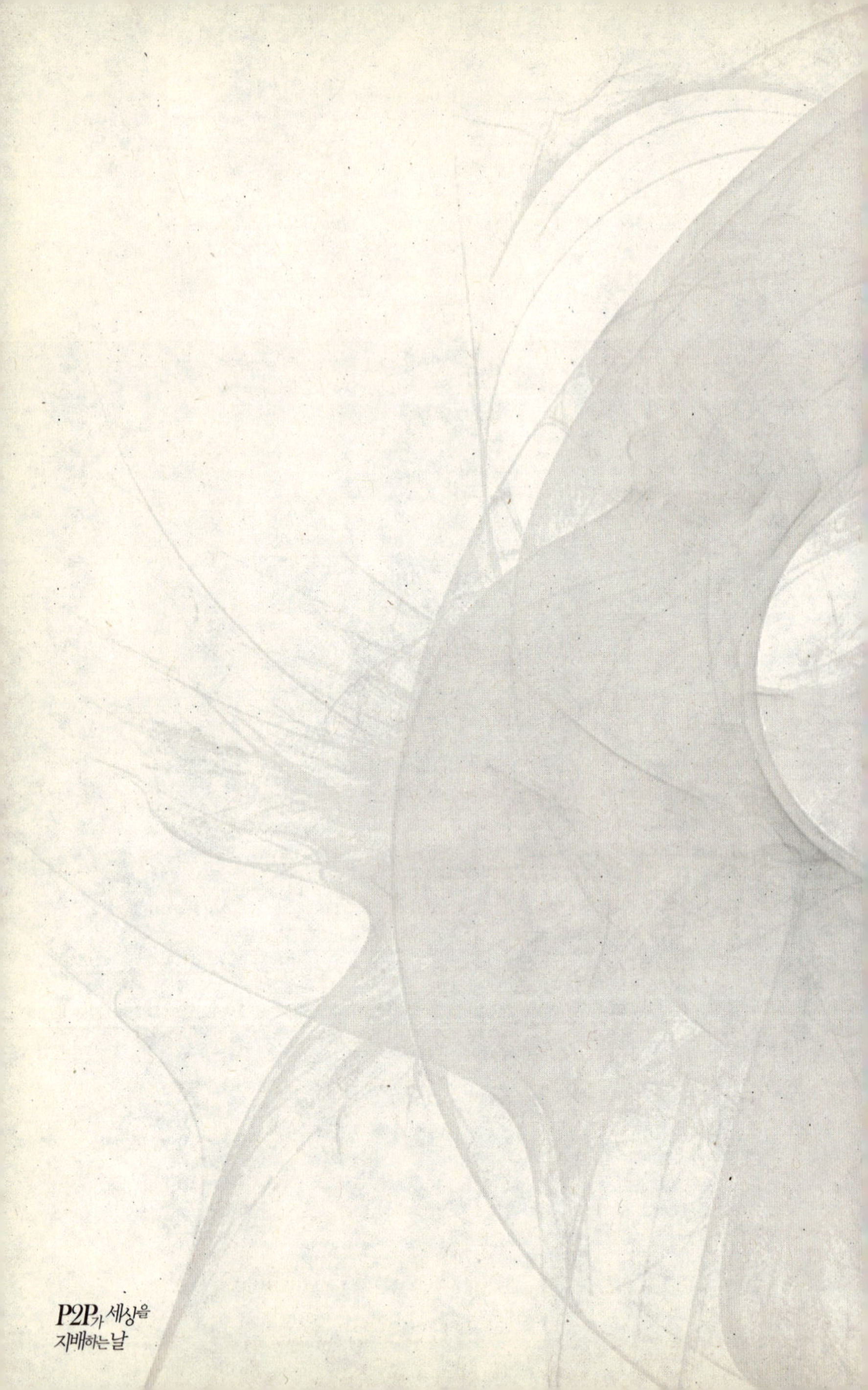

P2P가 세상을
지배하는 날

약 1시간 20분의 시간에 걸쳐 후쿠오카에 도착한 유한 등은 입국 수속을 밟았다. 그런 뒤 다시 이동을 시작하여 비행기로 온 시간보다 더 많은 시간을 소요하여 대마도에 다다를 수 있었다.

이동하는 동안 상당히 많은 시간을 소요한 탓에 도착하자마자 모두는 바로 버스를 타고 짐을 풀기 위해 숙소로 이동을 시작했다.

"숙소 가기 전에 관광지 하나 들르겠다."

"……"

하지만 담임은 무슨 연유에서인지 대마도 시작 일정을 변경하더니 관광지로 향했다. 안 그래도 비행기와 배를 장시간 타서 멀미 기운이 있는 사람이 제법 되는 상황에서 다시 버스를 타고 이동을 하니 괜찮나 싶은 유한이었다.

잠시 줄을 맞추어 버스에서 내려 관광지를 그야말로 훑고만 지나간 뒤 다시 유한 등은 버스를 타고 그제야 숙소로 향했다.

"휴우."

그렇게 숙소에 도착한 것은 대마도에 도착한 뒤 두 시간이 지나서였다. 장시간 여러 이동수단을 타고 이동했던 탓에 유한은 오랜만에 제대로 멀미를 했다.

숙소 앞에 도착하고 나서야 한숨을 쉬며 이마를 어루만지던 유한은 가방을 메고 자리에서 내리기 위해 벌떡 일어섰다. 그러자 옆에 있던 왕따 학생은 거기에 깜짝 놀라며 서둘러 짐을 챙겼다.

'이제부터 시작이겠지만, 하루 온종일 이동만 해서 재미가 없네.'

다시금 아이들을 따라서 버스에서 내린 유한은 반끼리 줄을 맞춰서 차례대로 숙소 건물로 들어가기 시작했다. 숙소 건물의 크기는 상당히 웅장했다. 하지만 그렇다고 거대 호텔처럼 무지하게 멋진 것도 아니었다.

이윽고 건물 안에 들어온 유한은 곧장 강당으로 향하게 되었다. 앞으로 2박 3일 동안 함께할 교관들을 소개하기 위함이었다.

"일본 대마도 숙소에 온 것을 진심으로 환영합니다."

이윽고 강당 안에서 아이들이 자리에 앉아 웅성웅성거릴 즈음, 무대 쪽에서 교관 여럿 중 한 명이 걸어 나와 마이크를 들고 소리쳤다. 하지만 아이들의 소란스러운 소음은 그칠 기미를 안 보였다.

"여러분이 조용하셔야 일찍 끝날 수 있습니다. 조용, 조용!"

한 차례 빽 소리를 지르고 나서야 입을 다물고 무대 쪽으로 시선을 조준하는 아이들. 마이크를 든 교관은 처음부터 강하게 기선제압을 하려는 듯 눈을 부라리고 있었다. 그 모습에 유한의 바로 옆에 있던 다른 반 아이가 웃음 담긴 목소리로 중얼거렸다.

"이야, 일본까지 와서도 교관 두고 감시하냐. 하나같이 애들 기선제압이나 하고 말이야."

"……."

수학여행을 단 한 번도 가본 적이 없는 유한으로선 굉장히 흥미로운 부분이었다. 워낙에 많은 아이들이니 한꺼번에 잠재우기 위해서라도 강하게 기선제압하는 교관이 학교 여행 때면 항시 있다고 누누이 들어오긴 했으나 그 교관을 직접 보는 것은 유한으로서 처음이었다. 하물며 일본에 와서까지 이럴 줄이야. 그제야 조금 지루하던 여행에서 흥미가 샘솟았다.

"방은 2인실에서 4인실까지입니다. 원하는 사람과 같이 쓸 수 있도록 해드렸습니다. 다만 열 시 이후로 밖에 나오는 일은 자제하십시오. 걸리면 처벌을 면하지 못할 것입니다. 알겠습니까?"

"네."

"알았냐고 묻지 않습니까. 소리가 작습니다. 알겠습니까?"

"네에!"

하나같이 애들 기선제압하려고 한다며 툴툴대던 옆에 아이도 빽 소리를 질렀다. 유한은 소리를 크게 지른다는 것이 무척이나 어색해서 입만 벙긋 벌렸다. 유한 말고도 그런 애들이 몇몇 있었다.

그렇게 아이들을 훑어보던 교관이 고개를 끄덕이고는 선생님들이 모여 있는 곳으로 향했다. 그리고 각 반에 필요한 열쇠를 나누어 주기 시작했고, 다른 교관의 명에 따라 앉아 있던 아이들이 하나같이 자리에서 일어났다.

몇몇이 거하게 한숨을 쉬며 드디어 숙소에 들어가는구나 싶어 신이 나 있었다. 유한도 처음으로 가족이 아닌 다른 사람과 함께 2인실을 사용한다는 게 두근거렸다.

'그나저나 누구랑 함께 사용해야 하지?'

이성이 아닌 동성과 같이 사용하는 2인실 방일 것이다. 유한은 누구랑 같이 그 방을 사용해야 할지 곰곰이 고심했다.

'어쩔 수 없지. 남는 애랑 같이 쓸 수밖에.'

하지만 애초에 친한 친구도 없을 뿐더러 유한은 짝이 생기지 않은 동성이 있을 때 그와 함께 사용하자고 다짐했다. 물론 몇 인실에 배정될 지는 알 수 없는 일이지만, 일단 한 사람은 확실히 예상이 가능했다.

그리고 최종적으로 남은 인원 또한 단 한 명, 왕따 학생뿐이었다.

"저, 저기……."

"……."

유한은 선생님에게 최종적으로 배정받은 열쇠를 그 왕따 학생에게 넌지시 건네주었다. 왕따 학생은 유한이 그것을 선뜻 넘겨줄 거라고는 생각도 못했는지 또 한 번 눈을 휘둥그레 뜨고 있었다.

그런 왕따 학생을 향해 유한은 머쓱해하며 말을 건넸다.

"뭐해? 얼른 같이 가서 짐이나 내려놓자."

"그, 그래……."

왕따 학생이 곧장 짐을 들고 일어섰고 유한 역시 짐을 들고 배정받은 방으로 향했다. 방은 5층에 있었다. 그래도 한 학년의 전교생이 모두 머무를 정도로 큰 곳이라서 그런지 숙소 시설은 나쁘지 않았다.

이윽고 왕따 학생이 건네받은 열쇠를 들고 방문을 열자 2인실로 적당한 방이 모습을 나타냈다.

"와아……."

'괜찮네.'

허무하게 감탄사를 내뱉는 왕따 학생에 비해 유한의 얼굴은 평온했다. 하지만 겉모습과는 달리 속내는 상당한 흥미로 부풀어 올라 있었다. 이윽고 어깨에 멘 가방을 자신의 침대에 풀어놓는 유한.

작은 침대 역시 총 두 개가 있었고, 그 앞에 기다란 서랍이 놓여 있었다. 서랍 안을 들여다보자 마실 물과 일본 라면 두 개가 들어 있었다.

'그러고 보니 먹을 것은 어떻게 해야 하지?

세 끼 식사는 급식을 통해 알아서 먹을 수 있을 테지만 군것질은 어디서 구할 수 있단 말인가.

"혹시 이곳에도 매점 있어?"

"어? 이, 있을 거야."

유한의 가벼이 건네는 질문에 왕따 학생이 당황스러운 눈길로 대꾸했다. 유한은 고개를 끄덕인 뒤 침대에 앉아 가방 속에 넣어두었던 물건들을 고이 꺼내기 시작했다. 그 모습을 빤히 쳐다보던 왕따 학생도 머쓱하게 자신의 물건들을 꺼내기 시작했다.

'일단 마법 서적이랑 마법어 사전은 가방 안에 넣어두자.'

괜히 다른 사람들이 관심을 갖고 쳐다보는 것은 원치 않았다. 유한은 그것들은 다 넣어두고 나머지 물건들만 꺼냈다.

칫솔과 치약, 세수에 필요한 비누, 수건, 2박 3일 동안 사용할 가지런하게 개어 있는 옷, 그것이 유한이 가져온 전부였다.

'그리고 어머니가 준 돈도 좀 있지.'

일본 돈은 한국 돈과 실제적으로 차이가 심했다. 그래서 비교적 많이 들고 오려고 노력했지만, 집안 사정상 유한이 지갑에 가지고 온 돈은 총 이만 원이었다.

'그래도 이 정도면 괜찮을 거야.'

그리고 유한은 다음 일정이 진행될 때까지 침대에 누워서 유유히 시간을 보냈다. 마법 사전을 읽어보며 시간을 보내는 유한에 비해, 옆 침대에 누워 있는 왕따 학생은 만화책을 싱글거리며 보고 있었다. 흘긋 그런 그를 곁눈질하던 유한은 뭔가 찝찝함을 느꼈다.

'이런 자리가 처음이라서 그런가. 답답하네.'

무언가 말이라도 해야 할 것 같았다. 이런 어색한 분위기 속에서 앞으로 2박 3일을 같이 보내야 한다는 게 싫었다.

　비록 여전히 친구를 사귀는 데 강한 마음을 가지지 않은 유
한이었으나 그래도 현재 환경상 약간의 친근함은 필히 필수
요소에 가까웠다.

　"그러고 보니 너 이름이 뭐더라?"

　"……."

　유한의 선뜻 건네 그 대사는 사실상 우스꽝스러운 것이었
다. 같이 학교에서 생활한 지 못해도 2, 3개월은 됐을 텐데,
옆에 있는 학생의 이름조차 모른다니. 하지만 왕따 학생은 순
순히 알려주었다.

　"이… 백찬……."

　이백찬. 이름을 알아들은 유한이 누운 자세로 가벼이 고개
를 끄덕였다. 굳이 유한의 이름을 묻지 않는 걸로 봐서 이백
찬은 이미 유한에 대해서 알고 있는 모양이었다. 다 유강 덕
분이라.

　이 짤막한 대화가 오간 뒤 다시 침묵이 흘렀다.

　'음?'

　그렇게 한참을 마법 서적에 집중하던 즈음이었다. 유한의
독해력은 이제 줄기차게 마법어를 읽을 수 있는 실정. 유한은
자신이 방금 전에 읽은 마법어 부분을 다시 한 번 세심하게
읽어보았다.

　'몸을 강하게 해주는 공격 마법? …이제 드디어 공격 마법

인가?

공격 마법! 유한이 지금까지 마법 서적을 통해 습득한 지식은 몸의 건강미에 관한 부분이었다. 아직 서적이 알려준 건강미 관련 마법을 모두 사용해 보지 않은 유한이었으나 그래도 어느 정도 이해하고는 넘긴 실정이었다.

그런 상태에서 드디어 읽게 된 공격 마법이라니!

유한은 자기도 모르게 공격 마법 분야에 집중하는 자신을 느꼈다. 마초적인 것을 좋아하지는 않았다. 하지만 한 번쯤 꿈꿔보았을 강대한 공격 마법. 그것에 관련된 연습 방법과 지식을 습득하게 된다는 것이 유한으로선 너무나도 꿈만 같았다.

'하지만 그렇게 강한 공격 마법은 아니구나. 진짜 강한 마법들은 다음 클래스 서적에서나 나오는 건가?

현재 읽어본 공격 마법들은 하나같이 뚜렷한 모습을 드러내는 마법들이 아니었다. 즉, 손에서 물을 뿜어 나오게 한다든지, 전기를 나오게 한다든지 같은 신비하고 화려한 마법이 아니었던 것이다.

'어스 클래스의 마법.'

어스 클래스의 조건은 그저 땅이 있으면 무조건 사용하다는 것이었다. 가장 유리한 조건에서 싸울 수 있는 최적의 원소 마법. 생명, 차조, 파괴, 강인함의 뜻을 가진 마법이었다.

‘그리스(Grease).’

시전자가 원하는 지역의 땅, 흙, 돌의 마찰 개수를 0으로 만들어 그 위에 있는 자를 넘어뜨리는 기술. 이것은 다행히 클래스 1의 마법이라 조금만 연습해도 가능할 것 같았다.

‘소비되는 마나가 얼마일지는 실전을 통해서 알아보아야겠지. 이따가 한 번 연습이라도 해볼까?

다음으로 확인한 클래스의 마법은 글루(Glue)였다.

‘뜻을 해석하면 접착제라는 뜻인데, 시전자의 발이 땅에 디뎌 있어야 하며 걸리는 상대방 역시 땅에 발을 디디고 있어야 한다. 한 사람이 아닌 한정된 범위 안에 있는 모든 사람의 발을 일정 시간 동안 땅이 붙잡고 있도록 만드는 기술. 이건 쓰기가 많이 힘들겠는데? 하지만 연습해 볼 가치는 있겠어.’

유한은 책을 덮고 잠시 나갔다 오겠다며 침대에서 일어났다. 왕따 학생은 그런 유한을 보면서 어어 하고 당황스럽게 대답할 뿐이었다.

이윽고 밖으로 나간 유한은 자유시간이니만큼 밖에 잠깐 나가도 괜찮겠거니 싶어 계단을 통해 아래로 내려갔다.

“사람이 별로 없네.”

현재 머무르고 있는 숙소의 근처에는 사람의 모습이라곤 보이지 않았다. 유한은 근처를 어슬렁어슬렁거리며 인적이 아예 드물 듯한 장소를 찾다가 흙들이 많은 공터에 도착했다.

공터와 숙소는 상대적으로 멀지 않은 근처에 있었다.

"좋아. 그럼 해볼까. 어떻게 하라고 했었지."

마법 서적은 가방에 넣고 나오는 유한이었다. 골똘히 마법 서적을 통해 보았던 문장을 읊조리던 유한은 고개를 끄덕이고는 눈을 감고 심호흡했다. 일단 몸속에 혼동치는 마나의 힘에 집중하는 게 중요했다.

'그리고 발끝으로 그 마나를 집중시키고 땅으로 마나를 흘려보낸다.'

보통 마법이리 히면 어떻게 구체적으로 사용하는 것인지 나와 있지 않았다. 그러나 유한이 구입한 마법 서적은 아무 구체적으로 알려줬다.

'그리고 그 땅에 있는 마나가 끊이지 않도록 노력하면서 상대방이 있는 땅으로 마나를 집중시킨다.'

그리고 그 마나로 상대방의 발을 일정 시간 붙잡거나 손 형태의 마나를 만들어서 넘어뜨리는 것이다. 그게 바로 마나를 이용한 기술들이었다.

"합!"

정확한 타깃없이 혼자서 사용해 본 유한이었다. 나름 멋지게 기합 소리를 내며 사용해 봤건만 역시 처음이라서 그런지 마나는 어색하게 배출되어 버렸다. 소모된 마나의 양은 그다지 많지 않았기에 몇 분 정도면 금세 채울 수 있을 듯싶었다.

‘쉽게 되지 않네.’

발끝에서 뻗어나간 마나가 타깃 지점으로 정확히 솟아오르는가 싶더니 도중에 증발되고 말았다. 요컨대 마법이 제대로 사용되지 않았다는 것이다.

‘하지만 그동안 기초를 꾸준히 갈고 닦아서 그런지 연습만 반복한다면 쉽게 할 수 있을 것 같아.’

그리고 유한은 약 몇십 분 동안 똑같은 마법을 쓰는데 집중했다. 말이 몇십 분이지, 사실상 따지면 한 시간이었다. 만일 도중에 왕따 학생이 헉헉거리며 유한을 찾아오지 않았더라면 유한은 오늘이 수학여행 첫날이라는 것도 까맣게 잊고 마법 사용에만 몰두했을 것이었다.

“왜 그래?”

“헉헉! 강당에서 장기 자랑 한다고 모이래.”

‘그러고 보니 오늘 장기 자랑한다고 했었지.’

장기자랑이라고 해봤자 노래 부르는 것이 전부일 테지만 유한은 처음 보게 될 장기자랑 무대에 내심 흥미가 돋았다. 높은 집중력으로 한없이 마나를 소비하던 유한은 땀으로 범벅된 얼굴로 고개를 끄덕였다.

“알았어. 잠시 방에 들렀다가 가도 되지?”

“그, 그래.”

방에 들른 유한은 세수를 한 뒤 나왔다. 그리고 왕따 학생

을 따라서 강당으로 향했다. 강당에 도착하자 많은 아이들이
자리에 앉아서 장기자랑을 기다리는 게 보였다. 하지만 그전
에 우선 레크레이션을 하는 게 먼저일 터였다.

"수학여행 첫날부터 무슨 장기자랑이람."

"안 그래도 온종일 이동한다고 버스타랴, 비행기 타랴, 배
타랴 힘들어 죽겠는데. 내일 하면 안 되나?"

하나같이 불만을 툴툴대는 아이들로 가득했다. 하지만 그
러거나 말거나 무대 위에서의 레크레이션은 준비 중에 있었
고 이내 시작되었다.

"어?"

이윽고 유한이 자기 반이 있는 곳으로 향하자 한 학생이
익숙한 목소리로 탄성을 질렀다. 유한이 고개 돌려 정면을
바라보자 반쯤 몸을 돌려 자신을 쳐다보는 한 여학생을 발견
했다.

"뭐하고 왔길래 그리 늦었담?"

예진이 눈을 가늘게 뜨며 질문했다. 하지만 유한은 늘 그녀
에게 해왔던 대로 무반응으로 답했다. 그녀 역시 크게 대답을
바라지 않았다는 듯 정면으로 고개를 돌려 앞에 있는 친구들
과 재잘재잘 떠들기 시작했다.

"자, 여러분! 모두 일본 대마도에 온 것을 진심으로 환영합
니다! 웰컴 투 대마도! 모두 박수! 짝짝짝!"

이윽고 한국인 레크레이션 강사가 마이크를 들고 무대에서 등장했다. 여학생들이 하나같이 박수를 치며 꺄악꺄악거렸고 남학생들 역시 언짢게 박수를 쳐댔다. 그런 함성 속에서 레크레이션 강사가 찡긋 웃으며 다음 대화를 지속했다.

"안녕하세요. 저는 오늘의 진행을 맡은 레크레이션 강사 xx 7기 강천호라고 합니다."

레크레이션 강사의 자기소개가 짤막하게 소개되었다. 하지만 그들 중에 듣는 이는 한 명도 없었다. 들었다손 쳐도 한 귀로 흘리는 게 태반이었다.

"자, 이제 본격적으로 놀아보기로 할까요?"

레크레이션 강사도 지루한 자기소개는 이쯤에서 끝마치고 싶었는지 본격적으로 놀이 궤도에 들어섰다.

"여기서 지글보글박수 아는 분 손? 있으세요. 오, 꽤 있구나. 그럼 모르는 분들에게 가르쳐 주고 바로 시작해 보도록 할까요? 제가 지글을 외치면 왼손, 보글을 외치면 오른손, 짝짝을 외치면 박수를 치는 겁니다. 연습 한 번 해보죠. …지글지글 짝짝! 보글보글 짝짝! 지글 짝! 보글 짝! 지글 보글 짝짝!"

'뭐 어떻게 하는 거야……'

이런 게임은 일생에 처음인지라 유한은 어색하게 손을 놀릴 수밖에 없었다. 하지만 레크레이션 강사는 그런 유한을 못 보았는지 이렇게 말하고 있었다.

"다들 너무나 잘하셨어요. 대단하시군요, 모두. 이제 조금 더 응용해서 해보기로 하죠! …지글 짝! 보글 짝! 지글보글 짝짝! 보글지글 짝짝! 지글 짝! 보글 보글 짝!"

"……."

"이런 세상에나. 여기는 다들 천재만 모여 있나요?"

아예 게임을 포기한 유한은 뒤로한 채로 레크레이션은 극찬에 나서고 있었다. 그 모습에 유한은 저도 모르게 쓴웃음이 지어졌다.

'다 밥벌이하려고 저렇게까지 하는 건데 얼마나 힘들까.'

어른과 아이가 보는 관점에선 이러한 차이가 있었다. 일생을 살면서 온갖 고생을 다 해온 유한은 얼굴에 가면을 쓰고 남들의 비유를 맞춰가며 업무를 한다는 게 어찌나 곤욕스러운 일인지 잘 알고 있었다.그래서 레크레이션 강사가 마냥 즐겁게 보인다기보단, 오히려 씁쓸함이 밀려왔고 강한 동질감이 들었다.

"지글 보글 짝짝! 오? 저기 저 반 어디죠? 저기 몇 반인가요?"

"3반이요!"

"3반에 점수 10점!"

"우와아아아아아!"

조아라 하는 아이들. 유한은 일순간 그 점수에 무슨 의미가 있나 싶어 흥미가 돋았다.

"에라이, 어느 레크레이션 강사든 다 저런 점수 놀이 하더라."

"……."

그것도 얼마지 않아서 곧 옆에서 하는 소리에 아무것도 아님을 가늠했다. 그렇게 레크레이션 강사는 강당의 분위기를 활기차게 만들기 위해 점차 노력을 하였다.

그 노력에 서서히 적응해 나가며 즐기는 아이들이 생기는 반면 이게 뭐가 그렇게 재밌느냐며 유치하게 보는 아이들도 있었다.

"이번엔 앞사람 안마하기! 얼른! 어색한 사이라도 얼른 하세요!"

다음 게임은 레크레이션 강사가 말하는 대로 행동을 취하는 게임이었다. 하지만 그가 제안한 그것은 유한으로서 멈칫하게 만들었다. 앞사람은 사이가 그다지 좋지 않은 예진이었다.

심지어 동성이 아닌 이성이었는데 어떻게 감히 함부로 어깨를 만질 수 있단 말인가. 유한은 그냥 장기자랑이나 기다리자 생각하고 멍하니 앉아 있었다.

"드디어 여러분이 고대하고 고대하던 장기 자랑 시간입니다!"

　그리고 마침내 유한이 그토록 원하던 장기자랑 시간이 다가왔다. 실은 유한은 학교 축제도 몇 번 경험한지라 무대에 참여한 아이들이 대충 어떤 것을 하는지 어렴풋이 가늠하고 있었다. 그래도 수학여행에서 보는 것과 축제에서 보는 것엔 상당한 차이가 있지 않은가. 유한은 조금 기대를 갖고 무대에 오르는 학생들을 바라보았다.

　"나를 위해써어!"

　"……."

　하지만 하나같이 엉망진창으로 노래를 부르는 아이들 덕분에 유한은 웃지도 울지도 못하는 상태가 되고 말았다.

　심지어 어찌나 아이들이 하는 게 똑같은지, 다음 노래가 끝나면 또 다른 학생이 올라와서 또 다른 노래를 부르고 있었다. 그런데 그 노래들이 하나같이 발라드였다. 지루해지는 건 삽시간이었다.

　"야."

　그때 뒤에서 누군가의 목소리가 들려왔다. 유한은 일순간 자신을 부르는 소리인 줄 알고 반쯤 고개를 돌려 보았다.

　"야야."

　그러나 그것은 유한을 부른 목소리가 아니었다. 유한의 바로 뒷자리에 앉아 있던 왕따 학생, 이백찬을 향한 목소리였다. 이백찬 뒤에는 두 사람이 서 있었는데 바로 오늘 버스에서 백찬이를 괴롭혔던 질 나쁜 녀석들이었다.

"잠깐 나 좀 보자."

"예진이가 너 좀 보고 싶대."

"……."

그 소리를 들은 이백찬의 반응은 침묵이었다. 두 사람은 계속해서 이백찬의 어깨를 툭툭 건드렸고, 이백찬은 결국 어쩔 수 없다는 듯 찬찬히 자리에서 일어났다.

인제 보니 아이들은 하나같이 무대에 관심을 갖지 않고 수다를 떨거나 화장실로 직행하고 있었다. 필시 저 녀석들 역시 화장실로 간다고 선생님에게 거짓말을 한 뒤 밖으로 향하는 것이리라.

"……."

살짝 이백찬과 눈이 마주친 유한. 그러나 반쯤 고개를 돌린 자세에서 아무것도 취하지 않는 유한이었다. 이윽고 이백찬이 두 녀석과 함께 강당에서 사라지자 머지않아 앞에 앉아 있던 예진이가 벌떡 일어섰다.

"……."

방금 잘못 들은 게 아니라면 예진이가 백찬이를 불렀다고 하였다. 예진이 역시 평소 질 나쁜 학생들과 노닥거리는 학생으로서 유한에게 좋은 인상이 아니었다. 이윽고 일어선 채로 자신을 기분 나쁘게 흘겨보는 예진을 뒤로한 채 다시 무대에 시선을 옮겼다.

"선생님, 저 화장실 좀 다녀올게요."

"그래라."

선생도 이미 학생들이 뭘 하든 간에 무책임하게 신경 쓰지 않고 있었다. 유한은 정면을 바라보며 막연히 있다가 곧 표정을 굳혔다.

"후우."

고이 한숨을 내쉬며 자리에서 벌떡 일어난 유한 역시 선생님에게로 다가가 화장실에 갔다 오겠다고 거짓말했다. 이윽고 강당 밖으로 나온 유한은 조용한 숙소 건물 안을 맴돌기 시작했다.

그러다가 계단 쪽을 오르게 되었고, 계단 쪽에 설치된 창문을 통해서 바깥에 있는 사람들을 아주 우연히 발견할 수 있었다.

'역시.'

유한의 예상대로 창문을 통해 바깥에 보이는 사람들은 방금 전에 나간 녀석들이었다. 이백찬, 질 나쁜 남자 두 녀석, 한예진.

"……."

유한은 밖으로 나가 그들을 숨어서 볼 수 있는 건물 뒤편으로 향했다. 그리고 그곳에서 그들의 이야기에 조용히 귀를 기울었다. 다행히 멀지 않은 근처라 잘 들을 수 있었다.

"돈 가져 왔어?"

"……."

아무래도 이백찬에게 하는 소리 같았다. 돈 뜯어먹을 셈으로 부른 꿍꿍이 같았다. 이윽고 슬쩍 고개를 내밀어 그들을 바라보자 이백찬이 머뭇거리며 주머니 속에서 지갑을 꺼내는 게 보였다. 그 모습에 가만히 서 있던 질 나쁜 녀석 중 한 명이 눈을 휘둥그레 뜨며 좋아했다.

"이야, 지갑을 가져왔어? 돈 많이 가져왔나 봐? 자식."

"……."

"줘봐."

"어……?"

"줘보라고. 거기서 돈 꺼낼 생각하지 말고. 우리가 거지냐? 너한테 돈을 받게?"

"……."

이내 이백찬의 지갑을 낚아챈 한 녀석이 지갑 속을 뒤적이며 소리쳤다.

"야, 이 자식 장난 아니다! 5만 원이나 있어!"

"오예! 이걸로 우리 담배나 한 갑 사자! 백찬! 너도 같은 생각이지?"

"응? …응."

"자식! 오늘은 맘에 들었다! 감사히 잘 쓰마!"

"자, 잠깐……."

"응? 뭐가?"

"…나 그거 엄마가 쓰라고 준 돈인데……."

삽시간에 분위기가 침묵으로 감돌았다. 해맑게 얘기하던 질 나쁜 녀석 한 명이 앙칼진 목소리로 소리쳤다.

"야, 새꺄, 장난치냐? 지금 우리 거지 취급하는겨?"

"그, 그런 건 아니지만……."

"닥쳐."

퍽! 이도저도 없이 곧장 이백찬의 복부를 발로 밀어 차는 녀석이었다. 한예진과 나머지 한 녀석은 그런 이백찬을 팔짱 끼고 재미있게 바라보고 있었다.

"우우……."

"자식. 한 번만 더 까불기만 해봐라. 우리가 여기서 멈춰주는 걸 고마워해."

이백찬은 신음하며 복부를 부여잡고 어깨를 바들바들 떨었다. 유한은 잠시 동안 고심했다. 괜히 나섰다가 자신에게 불똥이 튀는 건 아닐까 걱정이 됐다. 그러다가 돌연 유한에게 좋은 생각이 떠올랐다.

'그 마법이 있었지.'

방금 전에 연습해 보았던 마법, 그리스와 글루였다. 유한은 이참에 저들에게 두 가지 마법으로 벌을 주는 게 어떨까 싶었다.

"그, 그래도……."

"어? 그래도 이 새끼가 또?"

"너 진짜 죽고 싶냐?"

이윽고 한예진에게 지갑을 건네주고 두 녀석이 천천히 이백찬한테 걸어갔다. 유한은 등을 보이는 세 사람을 보며 이때가 기회다 싶었다.

'……'

마나에 정신을 통일하고 고개만 살짝 내민 채 그들에게 마법을 시전하는 시전자, 유한!

"이! 어어어억!"

비명이 들려온 건 한순간이었다. 이백찬에게 막 주먹을 휘두르려던 한 친구가 걸음을 삐끗하며 바닥에 쿵하고 주저앉았다.

세게 엉덩방아를 찧는 그 추한 모습에 옆에 있던 다른 친구 놈이 풋하고 웃음을 터뜨렸다.

"푸하하하하하하! 너 뭐냐! 지금 주먹 휘두르려다가 넘어진 거냐?"

"크으… 아, 아니야 자식아! 에라이……."

"푸하하하하하! 어? 어엇!"

콰당!

다음으로 넘어진 상대는 한창 비웃고 있던 친구 놈이었다. 배가 터져라 비웃다가 그만 발이 미끄러져 머리를 박고 쓰러진 것이다. 출혈이 없는 것을 보아하니 머리에 큰 문제가 생긴 것 같진 않았다.

"으으."

"풋! 새끼. 꼴좋다."

"뭐야. 돌에 걸려 넘어졌나?"

머리를 매만지는 상대가 땅바닥을 둘러보았다. 하지만 땅바닥에 돌은커녕 이물질 따위는 일체 없었다.

'성공했어.'

유한이 사용한 마법은 그리스였다. 시전자가 원하는 지역의 땅으로 마나를 흘려보내 그곳의 마찰 개수를 0으로 바꿔버리는 마법.

그것을 사용해서 마나가 흘려보내진 땅은 밟는 상대마다 의도치 않게 넘어지고 마는 것이다. 지금도 역시 마찬가지로.

'그리스.'

"우왓! 이거 왜 이래!"

"아놔! 갑자기 뭐야! 왜 자꾸 미끄러져!"

쿵!

쿵!

아무렇지 않게 땅바닥을 짚고 일어나다가 계속해서 미끄러지는 그들. 팔이며 다리며 일어나는 즉시 땅에 박으며 넘어지는 꼬락서니가 굉장히 우스꽝스러웠다.

그리고 그런 그들을 잠잠히 바라보고 있던 한예진은 어느새 얼떨떨한 표정으로 묻고 있었다.

"니들 지금 뭐하는 거야?"

"우리가 이러고 싶어서 이러는 줄 알아! 이상하게 안 일어나진다고!"

"안 일어나져?"

세 사람에게 위협을 겪던 이백찬 역시 패거리 중 두 명이 쇼타임을 벌이는 황당스러운 상황에 얼떨떨한 표정이었다. 이윽고 한예진이 홱 고개를 돌려서 이백찬을 쳐다보았다.

"네가 한 짓이야?"

"아, 아니야."

"아니긴 뭐가 아니야! 우리가 여기로 오라고 할 줄 알고 미리 기름칠이라도 해둔 거겠지!"

"그, 그럴 리가……."

말도 안 되는 어거지로 이백찬에게 책임을 떠넘기는 세 사람이었다.

'무슨 짓을 겪든 간에 모든 책임을 재한테 떠넘길 생각이구나.'

고개를 흘긋 내밀고 현황을 지켜보며 유한은 생각했다. 겉으로 표현은 안했지만 그들의 행동에 내심 불만을 품고 있었다. 그건 필시 같은 반 아이들 역시 마찬가지이리라.

'그리스.'

쿵!

"아씨, 또!"

유강을 통해서 별의별 짓은 다 경험해 본 유한이었다. 하지만 유강은 그래도 유한을 가족으로서 의식하고 있었기에 남을 대할 때처럼 완전히 막무가내로 행동하진 못했다.

그래서 가족이 가족을 괴롭힐 때의 형태는 익히 알고 있었지만, 남이 남을 괴롭힐 때의 형태에 대해선 자세히 모르고 있는 유한이었다.

'저것도 저것대로 괴롭겠구나.'

왕따 학생에 대해서 일체 관심도 가지지 않았던 유한이었다. 구체적으로 알고 싶은 생각도 없었고 자신의 일 때문에 늘 정신이 없었기에 보지 못한 것도 있었다.

하지만 인제 보니 타인에게 괴롭힘을 받는 피해자의 모습은 상당히 심각했다. 미칠 만큼 못 살게 굴던 유강의 모습이 저기 가해자 삼인방과 겹쳐 보였다.

'그리스.'

삼인방을 향한 유한의 마법은 계속되었다. 한예진은 우두

커니 서서 가만히 있었기에 건드리지 않았다. 다만 폭력을 사용하려는 두 사람에게만 반복해서 마법을 사용했다. 그들도 열 번 즈음을 반복해서 넘어지자 직감적으로 이상함을 느낀 것인지 주위를 훑기 시작했다. 유한은 내밀고 있던 고개를 뒤로 빼면서 땅속으로 이어져 있는 마나를 통감했다.

'아직 성장하고 있는 단계라서 그런지 마나가 많은 편이 아니야. 이 마법도 지속적으로 쓰는 건 무리겠어.'

사람마다 선천적으로 일정한 마나양을 가지고 태어난다. 날 때부터 아주 많은 마나를 갖고 태어나는 사람이 있고, 미미한 양을 갖고 태어나는 사람도 있는 것이다. 유한은 굳이 따진다면 그 중간에 속했다.

'글루.'

마나의 부족함을 깨달은 유한이 다음으로 선보인 마법은 글루였다. 접착제라는 뜻을 가진 그 마법은 시전자가 반드시 두 발을 땅에 딛고 있어야 하며 상대방 역시 땅에 발을 딛고 있어야 했다.

"됐다!"

"크으, 이 자식. 넌 이제 죽었어!"

그리스가 끝났음을 직감적으로 파악한 두 가해자가 자리에서 벌떡 일어나며 이백찬에게로 달려가려 했다. 왈칵 겁을 집어먹은 이백찬은 그저 찔끔 눈을 감고 맞기를 기다리고 있

는 가운데, 유한이 사용한 마법이 돌격하던 두 가해자의 발목
을 잡고 말았다.

"으악!"

"이번엔 뭐야!"

세 걸음만 뛰어가면 잡을 수 있을 것을, 코앞에서 놓치고
마는 두 가해자였다. 들려오는 비명 소리에 서서히 눈을 뜨는
이백찬. 그의 얼굴이 다시 황당함으로 무장되는 것은 삽시간
의 일이었다.

지켜보는 또 다른 사람, 예진이 역시 도통 까닭을 알 수 없
다는 듯 물음표를 얼굴에 새기고 있었다. 이윽고 그들의 행동
을 기다리고 있던 예진이 단단히 화가 나서는 소리쳤다.

"너희들 뭐하는 거야! 자꾸 장난칠래!"

"거 참! 장난치는 게 아니라니깐!"

"이번엔 뭔가가 우리 두 발을 꼭 잡고 있는 것 같다고! 으으
으!"

이제 가해자 두 명은 줄지에 자신의 양발을 잡고 땅에서 떼
기 위해 애쓰는 꼴이 되었다. 이를 보는 예진과 이백찬은 계
속해서 까닭을 모르고 갸웃거렸으며, 진실을 알고 있는 유한
은 저도 모르게 비웃음을 그렸다.

"풋."

"응?"

그런 유한의 작은 폭소를 놓치지 않고 귀에 담은 예진이 획하며 오른쪽으로 고개를 돌렸다.

"에이씨! 젠장!"

"이게 뭐야!"

"저, 저 그러니까……."

"됐어! 안 때릴 테니까 그냥 꺼져!"

"돈 얘기 하지 마라! 짜증나게!"

"……."

질렸다는 듯이 가라고 손짓하는 두 남학생의 모습에 이백찬은 머뭇거리다가 고개를 끄덕였다. 더 이상 돈을 받아내려고 애를 써봤자 돌아오는 건 폭력밖에 없다는 사실을 인지하고 있었다.

이윽고 몸을 돌려 먼 길로 사라지는 이백찬을 뒤로한 채 글루에 걸린 두 남학생은 발을 떼기 위해 열심히 애를 썼다.

"거기 누구 있어?"

그때였다. 유유히 퍼지는 예진의 목소리. 그것은 다름 아닌 유한을 향한 것이었다. 유한은 입가에 그리고 있던 웃음기를 지우고 긴장이 역력해진 얼굴로 소리에 귀를 기울였다.

저벅저벅.

이쪽으로 걸어오는 예진의 발 소리가 들려왔다. 유한은 잽싸게 철제 계단을 올라 건물 뒤편의 문을 열었다.

"어! 갑자기 움직여진다!"

"진짜!"

문을 닫기 직전 유한의 발끝을 기점으로 퍼져 있던 마나가 사라지고 가해자 두 명의 환희에 찬 목소리가 들려왔다.

쿵.

이윽고 문을 닫고 자취를 감추는 유한.

"……."

저벅저벅.

방금 전까지 유한이 있던 자리로 걸어온 예진이 슬쩍 고개를 들어 철제 계단 쪽을 얌전히 주시했다.

불미스러운 일이 있긴 했으나 5만 원을 거머쥐었다는 사실에 뿌듯해하는 가해자 두 명을 뒤로한 채 예진은 의문스러운 눈동자로 그 계단만 쳐다볼 따름이었다.

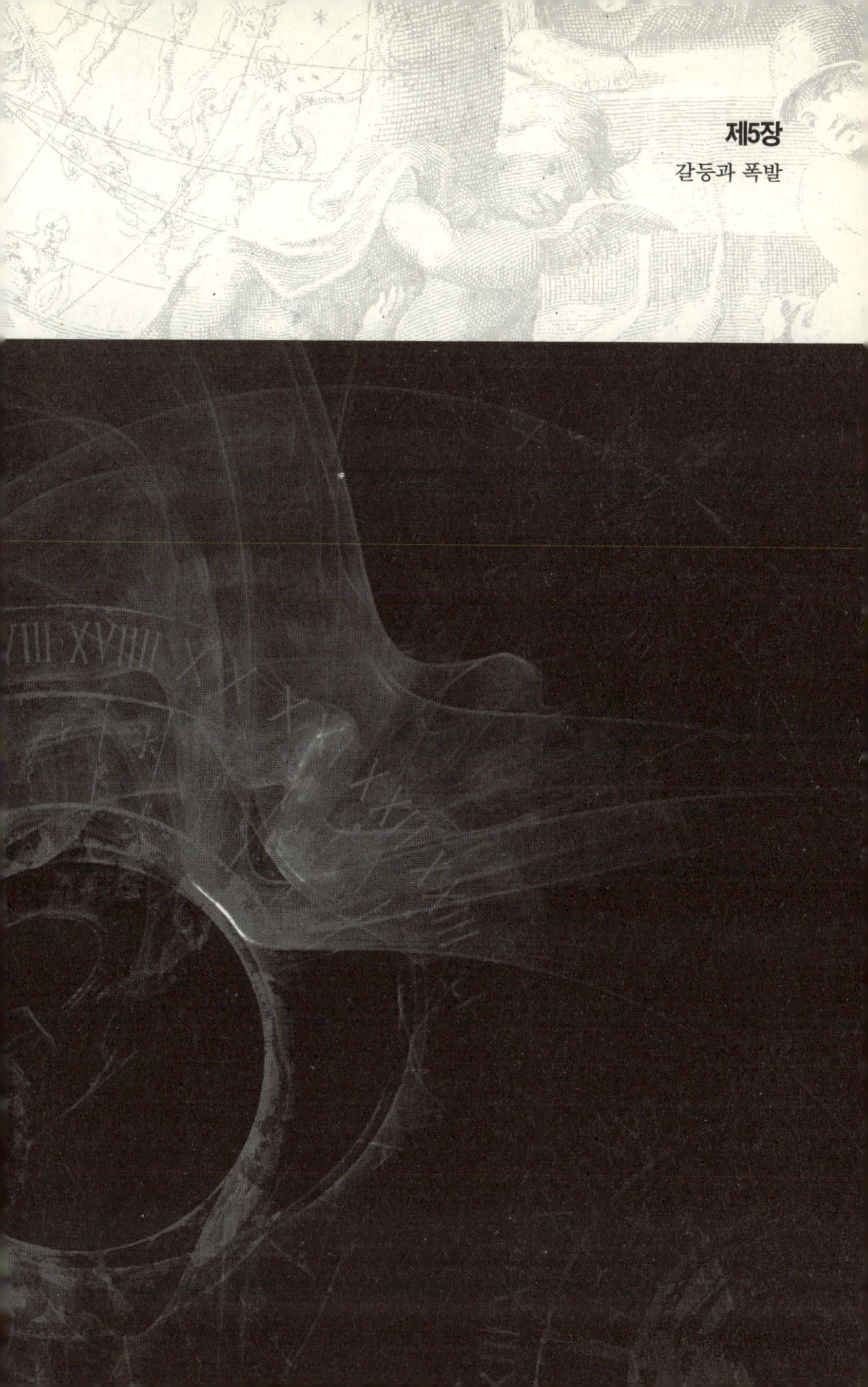

제5장

갈등과 폭발

P2P가 세상을
지배하는 날

'글루도 무사히 성공했다.'

화장실 핑계를 대고 밖으로 나갔던 유한이 다시금 강당에 돌아온 것은 이십 분만의 일이었다. 유한은 한 시간 연습한 것치곤 두 개의 마법을 잘 소화했음에 스스로를 기특해했다.

갑작스레 글루를 사용했을 때 왈칵 겁을 집어먹었던 두 사람의 얼굴이 떠올랐다. 다리가 뜻대로 움직이지 않자 안절부절못하던 그 우스꽝스러운 모습은 유한을 통쾌함에 빙그레 웃게 했다.

드르륵.

이윽고 강당의 뒷문을 열고 이백찬이 들어왔다. 의자에 앉아서 문지기처럼 뒷문을 지키고 있던 선생님이 한마디했다.

"왜 이렇게 늦게 돌아오냐."

"죄송합니다……."

넙죽 고개를 숙여 사과를 하고 이백찬은 빈자리로 향했다. 유한이 열 걸음 정도 가야 얼굴을 확인할 수 있는 거리였다.

거의 구석진 곳에 앉아 조용히 무대의 장기자랑을 감상하는 이백찬의 표정을 보며 유한은 침묵했다.

나름 복수의 의미를 담아 마법을 써줬다는 사실을 모르는 이백찬으로선 그저 수중의 돈 5만 원을 탈취당했다는 사실에 가슴 아파할 것이 자명했다.

드르륵.

"왜 이렇게 늦게 돌아오냐."

"죄송해요, 선생님."

다음으로 들어온 사람은 한예진이었다. 그녀는 곧장 호통이라도 칠 듯 으르렁거리는 문지기 선생님을 향해 애교를 부리며 사과하고 있었다. 그녀의 진실된 모습을 오늘 두 눈으로 확인한 유한으로서는 마냥 좋게 바라볼 수가 없었다.

"어?"

이윽고 유한의 주시하는 눈빛을 눈치챈 예진이 고개를 돌려 그가 있는 쪽을 바라보았다. 유한은 담담한 표정 그대로 다시 시선을 옮겨 전방의 무대 쪽을 직시하였다. 예진은 그런 유한의 옆얼굴을 잠시 지켜보다가 애교 섞인 목소리로 문지기 선생님에게 물었다.

"선생님. 저 뭐 하나만 여쭈어 봐도 돼요?"

"뭐냐."

문지기 선생님은 외모도 괜찮은 편에 속하고, 성격도 귀여운 듯한 예진의 물음에 얼마든지 답해주겠다는 태도였다.

"저기 저 들어오기 전에요. 누구누구 들어왔어요?"

"화장실 갔다가 돌아온 녀석들 말이냐?"

"네. 그러니까 저 오기 전… 한 5분 전에요."

"흠. 저기 저 두 녀석들인데."

"쟤네들이요?"

"그래."

선생님이 가리키는 두 사람의 얼굴을 번갈아 쳐다보는 예진이었다. 한 명은 익히 알고 있는 남학생이었다. 방금 전 건물 뒤편에서 돈을 뜯어냈던 녀석이었으니까. 그리고 나머지 다른 한 명은…….

'유한?'

그를 본 예진은 살짝 놀란 마음에 눈을 크게 뜨고 말았다. 믿기지 않는 마음에 정말로 저 두 사람이 맞느냐고 물음을 던지자 선생님의 확인 사살이 이어졌다.

예진은 침묵하며 무대를 얌전히 관람 중인 유한을 뚫어져라 처다보았다. 정작 유한은 그러거나 말거나 무대에만 집중하는 모습이었다.

"장기자랑에 참여해 주신 학생 분들에게 아낌없는 박수를!"

'드디어 이 지긋지긋한 장기자랑도 끝이네.'

장기자랑 시간이 끝날 마당에 가까워지자 유한은 한숨을 쉬며 졸린 얼굴을 드러냈다. 기대했던 것과는 영 딴판인 수학여행 첫날에 실망스러우면서도 아직 희망을 잃지 않는 유한이었다. 그래도 다음날에는 분명 뭔가 있겠거니 상상 중이었다. 이윽고 레크레이션 강사가 자기 일을 마치고 무사히 무대에서 내려온 뒤였다.

학생들이 각자 방으로 돌아가기 전에 알려줘야 할 규칙을 언급하기 위함에 삐쩍 마른 선생님 한 명이 무대 위에 올라와 마이크를 들었다.

"이제 모두 방으로 돌아가서 취침 준비해라. 늦게까지 있을 생각 말고. 혹시 밤새려는 녀석들 있으면 관두는 게 좋을 거야. 교관들이 두 눈 뜨고 돌아다닐 거다. 저녁 식사는 이따 교관들이 복도 돌아다니면서 나오라고 할 거다. 그때 나와서 차례대로 줄 선 다음에 식당으로 가면 돼. 알았냐?"

"네에."

간단히 요약하자면 밤에 시끄럽게 떠들지 말고 내일을 위해서 일찍 자라는 것이었다. 유한은 선생님의 충고에 맞게 따를 계획이었다. 애초에 늦게까지 대화할 친구도 없을 뿐더러 시험 전날을 빼고 밤을 새본 적이 없었다.

차례대로 일어서서 줄을 짓는 아이들을 따라 움직이는 유한. 강당 출구로 나가던 도중 이백찬과 눈을 마주쳤다. 유한은 대화할 간격이 되자마자 그에게 말을 건넸다.

"열쇠 너한테 있지? 먼저 가서 좀 열어줘."

"알았어……."

유한은 자각하지 못했으나 이백찬에게 친근하게 말을 건네는 학생은 교실에서 그 하나뿐이었다. 그를 제외한 태반의 애들은 백찬이를 무시하거나 함부로 다루는 모양이 잦았다. 때문에 이백찬은 자신을 그나마 부드럽게 대해주는 유한에게 약간의 호감을 느끼고 있었다.

하나 현재 입장상 백찬은 유한이 건넨 부드러운 목소리에 도무지 좋게 반응할 수가 없었다. 자꾸만 탈취 당한 5만 원이 머릿속에서 어른거리는 것이리라.

'후우.'

그런 백찬이의 내면을 꿰뚫고 있는 유한으로선 그저 안타까울 따름이었다. 이윽고 강당의 아이들이 스르르 빠져 나가고 유한도 그 뒤를 밟게 되었다.

엘리베이터 대신 계단을 타고 머무는 층에 도착한 유한은 먼저 와서 방을 열어둔 백찬이를 확인했다. 이윽고 방으로 들어간 유한이 침대 위에 몸을 뉘기 전 가방 속에 있는 물건들을 천천히 살펴보았다. 마법 서적도 마법어 사전도 그 외의 기본 물품도 다행히 있었다.

'교관들이 부를 때까지 기다리는 일만 남았나.'

그때까지 마법 서적이나 읽어야겠거니 가방을 뒤적이려던 유한이었다. 침대에 누워 등을 돌린 백찬의 모습을 못 보았더라면.

"……."

유한은 작디작게 한숨을 내쉬고는 입을 열었다.

"자?"

그 질문에 수 초 이상 잠수를 타던 백찬이 베개를 머리로 짓누르며 고개를 저었다.

"아니……."

침묵이었다. 유한은 이 이상 말을 걸어봤자 좋을 게 없음을 직감하고 가방을 뒤적거리던 손짓이나 이어갔다. 이윽고 마법 서적을 꺼내 다시 마법 내용을 공부하며 시간을 보냈다. 그리고 공부한 지 어연 10분쯤 지났을 때.

"나와라! 식사 시간이다!"

닫힌 문 너머로 쩌렁쩌렁한 교관의 목소리가 들려왔다. 마법 서적을 가방 속에 집어넣고 침대에서 슬슬 일어나는 유한. 이백찬 역시 어깨에 기운이 없었지만 어떻게든 식사는 해야겠다는 듯 비적비적 일어나고 있었다.

"빨랑빨랑 나와!"

느릿느릿 문을 나가는 이백찬의 뒤를 따라 복도로 나온 유한은 금세 줄을 서서 식사를 기다리고 있는 학생들을 바라보았다. 이내 유한이 그 뒤를 따라서 줄을 서자 교관이 학생들의 숫자를 눈빛으로 계산하고는 소리쳤다.

"따라와."

밥을 먹는다는 소식에 신이 난 듯 교관을 따라가는 학생들. 유한 역시 매한가지로 따라가는데 돌연 무슨 소리가 그의 발을 붙잡았다.

"야. 이백찬."

유한을 부르는 소리는 아니었다. 하지만 자연스레 고개를 돌려 뒤에 있는 상대방을 바라보게 되었다.

"……"

방금 전 건물 뒤편에서 백찬이를 괴롭혔던 남학생 두 명이었다. 같은 교실의 학생이기도 한 그 두 명은 유한의 시선에 흘긋 그를 바라보았다 백찬이에게로 고개를 돌렸다.

"잠깐 우리 좀 보자."

“…….”

　그 말에 이백찬은 거절할 용기도 없었는지 마냥 고개만 끄덕일 따름이었다. 유한은 앞에 서 있던 이백찬이 자신을 비켜 지나가 두 사람의 품으로 향하는 것을 보며 복잡한 감정을 느꼈다.

　이윽고 남학생 두 명이 이백찬을 데리고 복도 저 편으로 자취를 감추었다. 홀로 남은 유한은 줄곧 제자리에 서 있다가 몸을 돌려 식당으로 향했다. 식당에서 배급 받은 식사는 학교 것과 별반 다를 게 없었다.

　혼자서 유유히 식사를 치른 뒤 자기 방으로 돌아간 유한은 ‘아’ 하고 탄성을 지었다.

　‘맞아. 열쇠가 그 녀석에게 있지.’

　골치 아프게 되었다. 머리를 긁적거리며 난처해하는데 돌연 유한의 눈동자에 문틈의 사이가 들어왔다. 인제 보니 문틈의 사이가 벌어져 있었고 그 틈새로 조명 빛이 환하게 비추고 있었다.

“…….”

　무언가 불길함을 감지한 유한이 문손잡이를 잡아당겨 안으로 들어섰다. 고개를 움직여 주위를 살펴보자 겉으로는 달라진 게 하나도 없었다.

　“핫!”

하지만 유한은 곧 동그래진 눈으로 후다닥 자신의 침대 쪽으로 달려갈 수밖에 없었다. 정확히는 침대가 아닌, 가방이 있는 곳으로 향해 말이었다.

'없어.'

지퍼가 열린 가방 안을 손으로 뒤적이던 유한은 중요한 물건 두 개가 사라졌다는 사실을 깨우쳤다.

'없어!'

마법 서적과 마법어 사전이 가방 속에 없었다.

'누구지?'

창백해진 안색으로 유한은 머릿속이 순식간에 패닉으로 휩싸이는 것을 느꼈다.

'이백찬?'

이 방문의 열쇠를 가지고 있는 사람이라면 이백찬밖에 없었다. 하지만 유한은 이 짓거리를 저지른 사람은 그가 아닌 다른 사람일 것이라 믿어 의심치 않았다.

'그 녀석들이야.'

이성의 줄이 뚝하고 끊기는 게 느껴졌다. 아무리 질 나쁜 녀석일지언정 남의 물건까지 함부로 훔치는 녀석들이라곤 생각지 못했다. 무엇보다 유한은 자신을 만만히 보고 이런 짓을 저질렀다는 사실이 굉장히 심적으로 불쾌했다.

'…침착하자. 일단 그 녀석들이 어디에 있는지부터 알아

야해.'

　물건을 훔쳤다는 사실을 숨기고 시치미를 뗄 수 없는 상황에서 부닥쳐야 한다. 유한은 한순간 폭발할 뻔했던 감정을 진정시키며 방 안을 빠져 나왔다. 철컥 문을 닫고 다른 학생들이 머무는 방을 똑똑똑 노크하기 시작했다.

　"낄낄. 이 만화책 되게 재밌네."

　"재밌게 볼게. 고맙다, 백찬아."

　"여기 과자도 먹어봐. 백찬이가 우리 주려고 사온 거래."

　"오, 그래? 황송하게도 백찬이가 사준 건데 반드시 먹어야지. 냠! 음! 맛있어라!"

　305호실. 5층에 머무는 유한의 방과 약 2층 차이가 났다. 삼인방 패거리는 옆에 백찬이를 두고 사이좋게 과자를 집어먹으며 만화책을 보고 있었는데 그 꼬락서니는 어지간한 양아치들도 감히 흉내 내지 못하는 것이었다.

　"야야 백찬아. 네가 사준 건데 너도 먹어야지. 야야. 말 좀 해봐."

　"아… 으응……."

　"어디 우리를 위해서 과자를 사주신 백찬님에게 이 영광을 받쳐야 하지 않겠냐? 내가 과자 집어줄 테니까 한 번 먹어봐. 자, 아. 아 소리 내면서 먹어봐. 아."

"…아."

"아, 냠냠 맛있어라."

"……."

"하하, 자식아! 닭살 돋게 내가 왜 너한테 과자를 먹여주냐!
내가 호모냐, 자식아! 하하!"

퍽퍽!

틈만 나면 백찬이의 뒤통수와 등을 후려갈기며 시간을 보
내고 있었다. 백찬이는 점차 세지는 주먹의 강도에도 얌전히
입을 다문 채 그들의 비위를 맞춰주고 있었다.

이러고 싶지 않다는 의지가 얼굴에 강하게 드러나 있었지
만 용기가 없어 그들을 따르는 기색이 역력했다. 그리고 그런
백찬이의 태도를 전부터 쭈욱 알아왔던 패거리 삼인방은 아
무 걱정도 않고 때리고 웃는 것이었다.

"새끼, 그거 좀 안 해줬다고 삐졌냐?"

"……."

그들의 곁에서 주먹 한 번 쥐지 못하는 스스로가 원망스러
운 백찬이었다. 그때였다. 백찬이 앉아 있는 침대 그 맞은편
에 있던 남학생 한 명이 바닥에 내팽개쳐져 있는 책 한 권을
펼쳐 보면서 중얼거렸다.

"그런데 대체 이거 무슨 책이라냐? 뭐 알 수 없는 언어들로
써 있는데. 일단 예진이가 가지고 와보래서 갖고 왔다만."

“어디 좀 줘봐.”

예진이 뻗은 손바닥에 그 책을 건네주는 남학생. 예진은 흥미 돋은 얼굴로 그 책을 펼쳐 안을 둘러봤다. 그러다가 곧 인상을 찌푸리며 책을 덮더니 바닥에 던져 버렸다.

“걔 사이코인가?”

“누구?”

“유한 말이야. 재랑 같은 방 쓰는 애. 나랑 짝꿍이기도 하고.”

“아, 걔?”

“옆에서 자꾸 이상한 책 읽고 있길래 뭔가 싶어서 가져오라 한 건데. 저게 뭐야? 순 알 수 없는 글자들로만 이루어져 있고.”

“이 책은 그나마 한글이 적혀 있는데? 이거 봐봐. 막 알 수 없는 단어들 뜻풀이가 되어 있어.”

“흐음. 어디 고대 시대 때의 글자인가? 걘 이런 거 배워둬서 뭘 할 거람.”

“그러게.”

이윽고 남학생 한 명이 유한에 관련하여 입을 열었다.

“그런데 걔 엄청 싸가지없지 않냐? 지 형 믿고 너무 까부는 것 같던데.”

“아서라, 아서. 나도 솔직히 걔 맘에 안 들긴 하는데 그래도 그 형 빽이 있으니까 든든하게 학교생활하는 거지. 만일 그런 거 없었어봐. 백찬이처럼… 아, 미안, 백찬아, 너 옆에 있었구나. 미안해.”

“…….”

그들이 의도적으로 비꼬아 말하는 것을 알고 있었다. 하지만 백찬은 여전히 아무 말도 하지 못했다.

쿵!

그때였다. 아무도 오지 않을 것이라 가늠하고 열어두었던 방문을 누군가가 세게 열어젖힌 것이었다. 깜짝 놀란 패거리 일동이 일제히 고개를 돌려 문 쪽을 바라보았다.

“…….”

그곳에 서 있는 사람은 유한이었다. 그는 갖갖이 물건들로 어질러져 있는 방바닥과 담배 냄새로 쾌쾌한 방 안을 눈으로 훑어보았다. 그리고 마침내 근처 바닥에 떨어져 있는 마법 서적을 발견했다.

“…….”

그들이 지켜보는 것도 상관 않고 천천히 다가가 마법 서적을 줍는 유한이었다. 횤횤 주위를 둘러보며 다음 책을 찾는 유한. 그러던 유한의 시선이 남학생의 물건을 거머쥔 수중으로 집중되었다.

삼인방 패거리 중 한 명에 속하는 남학생은 유한이 가방에서 탈취했던 책을 돌려받으러 왔음을 추측하고는 궁색하게 변명했다.

"아, 이거? 백찬이 방에 들렀다가 잠깐 호기심 때문에 가져왔⋯⋯."

애초부터 대화조차 건넬 생각이 없었다. 유한은 슥하고 손부터 내뻗었다. 가치없는 변명 따위 듣기 싫다는 그 손짓에 말을 잇던 남학생이 입을 다물었다. 삽시간에 분위기가 악화일로로 접어들고 있는 가운데, 남학생은 맞은편의 친구를 흘긋 곁눈질했다. 친구는 유한의 상태를 잠시 훑다가 곧 돌려주라고 턱짓했다. 책을 쥐고 있던 남학생은 어쩔 수 없다는 듯 유한에게 책을 건네주었다.

"⋯⋯."

모든 책을 무사히 돌려받은 유한은 냉정한 눈빛으로 방 안의 네 사람을 훑어보았다. 남학생 두 명, 그리고 한예진, 마지막으로 이백찬을 바라보게 되었을 때 유한은 이백찬이 미안한 기색을 보이고 있단 사실을 통감했다.

"⋯⋯."

하지만 그건 그거고 이건 이거. 아무리 강압적으로 강요를 당해 어쩔 수 없이 행한 것이라 한들 유한은 그 미안함을 납득할 수가 없었다. 이윽고 천천히 몸을 돌려 밖으로 나가는 유한.

쿵!

복도에 퍼질 정도로 세게 문을 닫고 복도로 나온 유한은 저벅저벅 5층의 자기 방으로 가기 위해 걸음을 옮겼다.

"저 새끼가……."

그리고 그런 유한의 당당한 태도에 남학생 두 명은 이를 갈 수밖에 없었다. 아무리 든든한 형을 빽으로 삼고 있다 한들 저렇게까지 도발을 표한다면 도저히 참을 수가 없다고 생각했다. 다만 한예진은 여전히 뭔가 알 수 없다는 듯 아리송한 얼굴이었다.

"후우."

빼앗은 책 두 권을 돌려받은 유한은 방으로 돌아오자마자 한숨을 내쉬었다. 큰일없이 무사히 물건을 돌려받았다는 사실이 안도스러웠다. 이 역시 유강의 이미지가 한 몫 한 것이리라. 마법 서적과 마법어 사전을 가방에 넣고 침대 위에 올려놓은 뒤 유한이 그곳에 몸을 뉘었다. 눈을 감자 피로가 곧장 쏟아졌다.

다음날 아침에 눈을 뜬 유한은 일단 가방부터 확인했다. 혹시나 자는 사이에 다시 그 둘이 훔쳐갔을까 걱정했건만 다행이 그런 끔찍한 일은 일어나지 않았다. 유한은 침대에서 뒤척이며 자리에서 일어났다. 옆 침대를 보자 이백찬이 등을 돌리고 누워 있는 게 보였다.

"……."

어제 그런 일이 있었지만 유한은 이백찬을 원망하지 않았다. 철없던 시절이라면 어떻게 자신의 물건을 훔칠 수가 있느냐며 죄 없는 백찬을 꾸짖었을 것이다. 그러나 백찬이 누구의 명령으로 그것을 훔칠 수밖에 없었는지 상상력을 동원해 떠올리자 유한은 화도 나지 않았다.

삐이익!

"앞으로 30분 후에 아침 식사 시간이다! 모두들 나올 채비 갖추고 준비해라!"

'가방은 항상 계속 들고 다니는 게 좋으려나? 아무래도 마법 사전이랑 마법어 서적을 생각해서라도 그렇게 하는 게 좋겠지?

유한은 생활에 필요한 물품들만 빼서 가방을 가볍게 하고는 마법 사전과 마법어 서적을 그곳에 넣었다. 옆 침대에 누워 있는 이백찬은 아직 눈을 감고 잠에서 깨지 않은 실정이었다.

먼저 화장실로 가서 세수를 하고 이빨을 닦은 유한은 가볍게 옷을 갈아입고 나갈 준비를 하였다.

"으음……."

그때 이백찬이 침대에서 뒤척이며 눈을 떴다. 수건으로 덜 마른 머리를 말리고 있던 유한이 질문했다.

"일어났어?"

"……."

유한의 질문에 말문을 닫는 백찬이었다. 아무래도 유한을 못 낮이 없다고 스스로 인지하는 모양이었다. 얼굴에서 그 감정이 고스란히 드러나는 모습을 확인하고 유한이 다시금 부지런하게 머리를 말리며 얘기했다.

"몇 분 전에 교관이 복도에 와서 30분 후에 아침 식사가 있을 예정이니 얼른 준비해 두라고 했어. 내가 보기엔 바로 식사 끝나자마자 관광지로 향할 것 같으니까 옷도 미리 갈아입어놔."

"아, 알았어……."

유한의 무미건조한 음성에 담긴 친절함이 백찬은 눈도 못 마주치고 더듬거리며 대꾸했다. 이윽고 수건으로 머리를 말리는 유한을 비껴 지나가 화장실로 들어가는 백찬. 어색한 분위기에 얼굴을 가리고 한껏 수건으로 머리 터는 데만 집중하던 유한이 그제야 손을 멈추었다.

"하아."

절로 한숨이 나오는 상황이었다.

"모두 나와서 줄 서라!"

이내 식사 시간이 찾아오자 아이들이 줄줄이 방밖으로 나와 교관을 기점으로 줄을 섰다. 차례대로 줄을 서는 그 모습에 유한도 따라 줄을 섰고 그 뒤는 이백찬이 섰다. 교관이 식사 후 있을 일정에 대해 간략하게 설명해 주었다.

"아침 식사 끝나는 즉시 10분 동안 텀을 줄 테니 그때 관광지 돌아다니는 동안 필요한 소품 챙겨오도록 하길 바란다. 그럼."

몸을 돌려 계단 쪽으로 향하는 교관을 따라 우루루 몰려가는 아이들. 유한은 반쯤 고개를 돌려 뒤에 있는 이백찬을 살펴보았다.

'오늘은 부르지 않는 건가.'

분명 이백찬은 어제 저녁 식사도 제대로 때우지 못한 실정이었다. 그건 하루 새에 급격히 야위어 버린 볼만 보아도 눈치챌 수 있었다. 유한은 고개를 내리숙인 채 비관적인 모습을 취하는 백찬을 잠시간 뚫어져라 바라보다가 줄을 따라 이동했다.

1층으로 내려와 커다란 식당으로 향한 유한이 식판을 챙기고 식사를 나눠주는 아주머니에게로 향했다. 식판에 음식을 배급받아 자리를 찾기 위해 주위를 살펴보니 유리문 근처의 테이블이 보였다.

"…백찬아."

고개를 돌려 막 뒤에서 음식을 배급받은 백찬에게 소리쳤다. 백찬은 익숙한 목소리가 자신을 부르자 깜짝 놀라 유한을 쳐다보았다. 유한은 빈자리를 턱짓으로 가리키며 말했다.

"저기 앉자."

"…어, 으응."

유한의 가리킴에 더듬거리며 백찬이 뒤를 따랐다. 이윽고 기다란 테이블의 빈자리에 착석한 두 사람. 유한의 맞은편 의자에 착석한 백찬은 아직도 왈칵 겁을 집어먹고 유한의 눈치를 보고 있었다. 어젯밤 생긴 일이 못내 미안했던 모양이었다.

"…후룩."

하지만 그러거나 말거나 유한은 일단 수저를 집어서 태연한 동작으로 국을 떠먹기 시작했다. 백찬도 한참을 미안해하며 식사하길 꺼려하다가 수저를 들었다. 요란스럽게 끼리끼리 모여 떠드는 식당 안에서 두 사람만이 무거운 침묵으로 일관하고 있었다. 하지만 그것도 잠시 백찬이 결국 스스로를 향한 중압감을 버티지 못하고 사과를 건넸다.

"미안……."

"……."

"저, 정말 미안……."

그렇게 말미를 흐리며 사과하는 백찬은 다음에 말을 덧붙이지도 않았다. 구차한 변명 따위로 스스로를 방어하기 싫다는 의미 같았다. 그 진실한 태도에 수 초간 말없이 국만 떠먹던 유한이 한마디했다.

"괜찮으니까 식사나 하자."

백찬이의 수저를 거머쥔 손이 바들바들 떨리는 것을 애써 모른 체하며 유한은 계속해서 식사에만 집중했다. 백찬이는 분명 마음이 여리고 타인에게 상냥한 아이였다. 다만 대부분의 악랄한 타인들은 그런 그를 친구로서 대해주기보다는 노예로서 대하고 싶어 하는 이들이 많았다. 유한은 그 사실이 내심 맘에 들지 않았다.

식사 시간이 끝난 뒤 유한은 5층의 호실로 돌아가 준비를 마쳤다. 백찬 역시 급히 방으로 돌아와서 가방을 어깨에 멨다. 유한과는 다르게 필요 없고 무게만 드는 물품들을 꺼내지 않는 백찬이었다. 그 사실이 몹시 궁금해 유한은 입을 열었다.

"가방 무겁지 않아? 소소한 물품들은 다 이곳에 두고 가."

"아? 아, 아니야. 난 그냥 다 들고 갈래."

베시시 웃으며 백찬이는 유한의 제안을 거절했다. 가방에 어떤 진귀한 물품이 있는 것인지 호기심이 동한 유한이었으나 곧 고개 돌려 복도로 나갈 따름이었다. …이윽고 식사 시간이 끝나고 10분간의 텀도 종료된 상황, 교관을 따라 줄을 서고 이내 1층으로 내려와 담임을 마주하게 된 유한의 반 아이들은 일제히 버스로 걸음을 옮겨 탑승하기 시작했다.

"야!"

막 자리에 앉아 등받이에 등을 댔을 즈음이었다. 유한의 옆자리에 조심스레 앉아 보인 백찬의 뒤통수를 아침부터 건드리는 사람이 있었다. 누구인가 싶어 뒤를 바라본 유한은 입을 굳게 다물고 생각했다.

'어제 그 녀석들이네.'

이름은 알지도 못했다. 같은 교실 학생인데 이름도 모르는 게 말이 되냐 쏘아붙일 수도 있지만 평소에 애들에겐 관심조차 가지지 않는 유한이었다. 지금 역시 백찬을 괴롭히는 그 두 사람의 명찰에 시선을 조준해 볼 생각도 없었다.

"잘 잤냐? 물건은 잘 챙겨왔고? 한번 꺼내봐라."

"으, 으응."

이윽고 이백찬이 가방 속에서 물건들을 꺼냈다. 과자 봉지였다. 이를 본 유한의 두 눈이 휘둥그레졌다. 하지만 그러거나 말거나 백찬은 뒤에 있는 두 사람에게 그 과자 봉지를 건네 보였다.

"자식 잘 가지고 왔네."

'가방에 저 녀석들 물건을 넣어둔 거였단 말이야?'

왜 그토록 가방 안을 드러내기 싫어했는지 이제야 이유를 알 수 있었다. 유한은 어이없는 얼굴로 백찬을 바라보았다. 유한의 시선을 통감한 백찬이 머쓱해하며 유한을 눈치 보았다. 아무리 십대 때의 시절로 돌아왔다 한들 유한은 마흔 살까지 인생살이를 경험해 본 남성이었다. 가해자 삼인방이 백찬이에게 하는 행위는 그야말로 쓰레기에 가깝다는 것도 인식하고 있었다.

그러나 한때 어른이었다고 현실에서 무엇이든 이룰 수 있는 것은 아니다. 맘 같아선 백찬을 그들에게서 벗어나도록 구해주고 싶었지만 현재로서 유한은 저들을 상대할 자신이 없었다. 차곡차곡 가슴에 쌓이는 불쾌한 감정을 참아내며 정면으로 고개를 돌렸다. 늦지 않게 버스가 시동을 걸고 출발했다.

"……."

버스가 이동하는 가운데서도 백찬을 괴롭히는 뒷자리 두 녀석의 행위는 지속되었다. 유한은 짐짓 무시하며 가방 속에서 마법 서적을 꺼냈다. 그러고는 마치 남남인 관계처럼 마법 서적을 읊으며 시간을 보냈다.

'내가 이렇게까지 찌질하게 행동해야 하는 건가? 잘못된 건 잘못된 거니까, 그걸 바로 잡으려고 노력하면 안 되는 건가?

유한이 정확히 무서워하는 것은 저 두 사람이 아니었다. 저 두 사람과 이어져 있을 인맥들이었다. 분명히 학교에서 불량하기로 소문난 녀석들이니 질 나쁜 다른 친구들 역시 곧잘 알고 있으리라.

아무리 유강이 교내 안에서 악독한 이미지로 자리 잡았다 한들 그들이 작정하고 덤빈다면 유한은 포기하고 주저앉아야 하리라. 이윽고 유한은 새롭게 삶을 살고자 과거로 도약한 현재 저들과 부닥치는 것만큼 불운한 언행은 없다고 가늠했다.

"자식, 웃어봐."

"헤헤⋯⋯."

"새끼, 웃으라고 한다고 진짜 웃네."

툭툭!

백찬이의 머리를 건드리는 남자 아이들을 뒤로하고 유한은 마법 서적을 계속해서 읽어갔다. 옆에서 들려오는 소란스러운 소음이 몹시 신경에 거슬렸지만 이렇다 할 방법이 없었기에 그냥 쭈욱 서적을 읽는 데 몰두했다.

"다 왔다, 내려라."

버스를 타고 두 시간 남짓 이동했을 즈음이었다. 어느 틈엔가 노닥거리는 것을 끝내고 잠들어 있던 학생들이 담임의 목소리에 서서히 눈을 뜨고 있었다. 유한 또한 책을 덮고 잠시간 눈을 붙였다가 일어난 뒤였다.

"으으, 힘들어."

"그냥 숙소 가서 뒹굴면 안 되나."

이곳저곳에서 불평이 터져 나왔지만 담임은 꿋꿋하게 질서를 맞춰 아이들을 버스 밖으로 데려올 따름이었다.

이윽고 가방을 어깨에 메고 마지막으로 나온 유한을 끝으로 버스의 문이 닫혔다. 대개의 학생들이 빈손으로 버스에서 내렸고 가방을 들고 내린 건 유한과 몇몇 학생들에 지나지 않았다.

'어쩔 수 없어. 이렇게 해서라도 마법 서적이랑 마법어 사전을 지켜야지.'

어젯밤 한 차례 벌여졌던 사건 덕분에 유한은 많은 깨달음을 얻은 뒤였다.

"이제 길 잃어버리지 말고 따라와라."

다른 버스의 다른 학생들도 모두 각 반의 담임 권고에 따라 줄을 맞춘 후였다. 유한의 담임이 몸을 돌려 먼저 관광지를 둘러보는 데 앞장섰다. 아이들이 일제히 발걸음을 옮겨 담임을 따라가기 시작했고 유한도 관광지 풍경을 둘러보며 이동했다.

수학여행 이틀째 유한이 당도한 첫 관광지 지역은 이즈하라마치의 쓰쓰자키였다. 쓰쓰자키는 대한해협과 쓰시마 해

협의 경계에 해당되는 곳으로 대마도 최남단에 위치한 절경
지였다. 주변에는 작은 암초들이 점점이 이어져 있었고 조금
먼 곳에 하얀 등대가 떠 있었다.

유한과 같은 반 학생들은 쓰쓰자키의 산책로를 거닐며 그
등대 쪽으로 이동하고 있었다. 계곡 바위를 넘실거리는 맑은
바다가 몇 번이고 때리고 있었다.

"우와."

"저것 좀 봐. 멋있다."

몇몇 감수성이 풍부한 아이들은 그 절경을 감상하며 감탄
사를 내뱉고 있었다. 지나가는 산책로에 푸르게 펼쳐져 있는
바다. 유한은 이따금씩 불어오는 세찬 아침 바람에 시원한 기
분을 만끽하며 산책로를 가로질렀다.

"다음엔 바다 간다고 했지, 선생님이?"

"바다 가는 거 오랜만인데 간만에 모래사장도 보겠네. 근
데 일본 바다는 좀 다르려나?"

"으이구, 다른 게 어디 있어. 바다가 다 똑같지."

앞에 걷고 있는 학생들의 소리를 엿들은 유한의 가슴이 쿵
쾅 뛰었다.

'바다.'

창피하다면 창피한 일이겠지만 유한은 바다를 본 적이 한
번도 없었다. 유강 때문이라고 핑계를 댈 것도 아니었다. 아

무리 과거로 돌아가기 전 유강에게 무수히 많은 괴롭힘을 받았다 한들 그 정도 시간은 있었으니까. 단지 갈 심리 상태가 아니었던 것이다.

'그건 좀 기대되는데.'

첫 번째 관광지 쓰쓰자키는 등대가 있는 곳까지 도착하여 30분가량 시간을 보내다가 마치게 되었다. 다시 버스에 올라탄 유한은 버스 특유의 답답함에 조금 멀미가 나올 것 같았다.

'어머니가 가져온 멀미약이 어디 있더라.'

가방을 뒤져 멀미약을 꺼내 한 알 깨문 유한은 잠시 눈을 붙였다. 한 시간 후 눈을 떴을 때 버스는 이미 교실의 전 학생을 태우고 출발한 실정이었다.

옆에서 스르르 눈을 붙이고 잠에 들어 있는 이백찬. 그런 이백찬을 가만히 바라보던 유한은 다시 고개를 돌려서 가방 안의 마법 서적에 손을 댔다. 이 지겨운 버스 안에서 그가 할 수 있는 것이라곤 독서와 공부밖에 없었다.

'마법에 관련된 기본적인 지식은 끝났고 이제 구사할 수 있는 마법들을 전문적으로 알려주는 페이지인가?'

거의 겨드랑이에 마법 서적을 끼고 다녔기 때문인지 어느 틈엔가 마법 관련 기본 지식은 페이지를 통해 모두 습득한 유한이었다. 아직 수련할 것은 아니지만 한 번 눈요기라도 해볼

겸 다음 페이지의 전문 마법들을 훑어보았다.

'스트렝스.'

그렇게 여러 마법을 훑어보던 도중 유한의 이목에 들어온 마법 하나가 있었다. 스트렝스(Strengh) 근력 강화 마법.

'신체의 근력을 일정 시간 강화시키는 마법이다. 1클래스에 속하는 신체 마법으로 전신의 근력을 강화시키는 스트렝스는 더 높은 단계에서 배울 수 있다. 1클래스의 스트렝스는 신체의 한 부위에 근력을 집중시키는 강화 마법으로 일반인이 가진 근력의 열 배 이상을 단시간 발휘할 수 있다.'

스트렝스는 한 번 사용 시 몸속의 마나가 바닥을 드러낼 때까지 지속적으로 사용이 가능한 마법이었다. 신체의 한 부위를 특별히 강화시켜 일반인의 몇 배에 달하는 근력을 사용할 수 있다는 점에서 유한은 흥미가 생겼다. 천천히 스트렝스 수련 방식을 읊어보았다.

'스트렝스는 전신의 마나를 한 부위로 옮기는 것에서 시작된다. 분산하게 흩어져 있는 마나들을 한곳으로 집합시켜 뭉치는 순간 스트렝스가 발휘된다. …결국 마나를 한곳으로 모을 수 있으면 스트렝스 사용이 가능하다 이건가?

유한은 날마다 계속된 수련 끝에 마나를 곳곳으로 옮기는 것까진 가능했다. 글루나 그리스를 사용할 수 있는 것이 그 증거였다. 하지만 모든 마나를 한곳으로 집합시켜 뭉친다는 것은 한 번도 해본 적이 없는 일이었다. 유한은 다음 관광지까지 가는데 걸리는 시간도 있겠다, 눈을 감고 스트렝스를 한 번 시도해보았다.

'마나를 한곳으로 집합시킨다.'

뜻대로 되지 않았다. 머리 쪽과 골반 쪽의 마나가 혈액을 따라 공공연히 움직였지만 그 외의 부분들은 쉽게 움직여 주지 않았다. 가까스로 머리 쪽과 골반 쪽의 마나를 손에 집합시켜 두고 다른 부위의 마나에 신경을 쓸 때면, 손에 있던 마나가 분산되어서 제자리로 흩어지기 일쑤였다.

'끄응.'

50분 남짓 흘렀을 즈음이었다. 그래도 날마다 꾸준히 기초를 단련해 와서인지 유한은 곧잘 다른 부위들의 마나까지 끌어 모을 수 있는 경지에 이르렀다. 그러나 나머지 한 부위가 문제였다.

'오른쪽 발목.'

오른쪽 발목의 마나가 혈관을 타고 올라오다 말며 멈춰 버리는 것이었다. 살짝 신경질이 났다. 하지만 버스 안에서 난동을 부릴 만큼 유한은 다혈질이 아니었기에 인내심을 갖고 계속해서 수련에 몰입했다.

"도착했다. 모두 일어나."

"아!"

　만일 수련 도중 선생님의 말씀이 있지 않았더라면 유한은 스트렝스를 발휘할 수 있을 때까지 무한히 시도했을 것이었다.

"모두 일어나라. 바다다."

"바다다!"

"바다! 내리자!"

　바다라는 단어 하나에 학생들이 눈을 초롱초롱 빛내며 창문을 바라보았다. 보는 것만으로도 마음이 시원해지는 바다가 바로 눈앞에 있었다.

　'바다……'

　유한은 일생에 처음으로 보는 바다의 풍경에 가슴이 아려오는 것을 느꼈다.

　'남들은 한 번쯤 가보았을 이런 곳조차 우리 가족은 가본 적이 없었지.'

　심리적으로 여유가 없었던 탓이 크리라. 가장 노릇을 해야 할 유강의 막무가내 언행, 자식들을 먹여 살리기 위해 필사적으로 일에 몰두하신 어머니, 빨리 취직을 해서 그런 어머니를 편하게 모시고 싶다는 생각하에 공부에만 전념했던 유한.

　여유가 없던 일상의 나날을 보내왔던 탓에 남들은 한 번쯤 눈에 담았을 이런 절경 따위도 바라볼 수 없던 것이다.

　'나중에 어머니랑 꼭 한 번 찾아와야겠다.'

혼자서 약속을 하고 유한은 아이들을 따라 버스에서 내렸다. 신발을 신었음에도 모래사장의 뜨거운 기운이 발끝까지 올라왔다. 쨍쨍한 햇볕 아래에 노련히 움직이는 바다 물결. 유한은 어느새 뛰놀고 있는 같은 반 학생들의 뒤를 이어서 유유히 모래밭을 밟으며 바닷가로 향했다. 천천히 파도치는 바다의 물을 만져보았다.

'마치 이러니까 다른 행성에 살다가 온 외계인 같네.'

바다를 신비롭게 보는 스스로의 모습을 그렇게 표현했다. 유한은 한참 동안 바닷물을 만지작거리다가 모래밭을 가로지르며 시간을 보내기 시작했다.

과자들을 판매하는 가게 앞 테이블에 옹기종기 선생님들이 모여서 시시콜콜 대화중인 것을 보니 이곳에서 30분가량 머물 모양이었다. 그렇게 유한이 한가로이 바다 바람을 맞으며 기분을 전환하고 있을 때였다.

"이 새끼가 그럼 맨손으로라도 가지고 왔어야지."

"윽!"

"우리가 아직도 네 친구인 줄 아냐. 넌 그냥 졸개야, 졸개. 졸개 주제에 어디서 우리한테 말대꾸를 해."

"으으윽!"

"야야, 그만해. 그러다가 애 죽겠다. 쩝. 과자 하나쯤은 그냥 가게에서 사먹으면 되지 뭐."

"씹. 난 못 참겠다. 야, 너 가서 네 돈으로 과자 하나 사와."

"…돈이 없는데."

"아놔, 이 새끼가!"

퍽! 퍽! 퍽! 퍽!

길게 이어진 모래벌판의 끝에 이르렀을 즈음이었다. 앙칼진 목소리와 함께 두드려 맞는 소음이 유한의 귀에 닿았다. 소리만 듣고도 그것이 일방적인 구타임을 알 수 있었다. 유한의 고개가 왼쪽으로 돌아갔다. 모래벌판 끝에 자리 잡은 거대한 돌무더기들. 그 뒤에서 들려오고 있었다.

"으으윽!"

"사오라고 할 때 사오지 왜 이렇게 말을 안 들어!"

유한은 몸을 돌려 방금 전 돌아왔던 길을 되돌아가려고 했다. 괜히 일에 가담하는 것은 미련한 짓이라고 생각하였다. 하나 다음으로 들려온 익숙한 음성에 그의 걸음이 뚝하고 멈춰버렸다.

"제, 제발……."

"제발 뭐? 제발 뭐!"

'…이백찬?'

돌무더기로 가득한 그곳에서 들려온 피해자의 목소리는 다름 아닌 백찬의 것이었다. 무슨 일인지 사고기관으로 빠르게 상황을 판단한 끝에 유한은 한 가지 추측에 도달했다.

아니, 그것은 추측이 아닌 거의 확신에 가까웠다.

'또다시 괴롭힘 당하고 있는 거구나.'

"아윽!"

퍽퍽!

'어떻게 하지? 이대로 그냥 내버려 두고 가?'

혼란스러웠다. 하지만 그 혼란스러움은 다음으로 들려온 가해자의 목소리를 통해서 바로잡을 수 있었다.

"네 엄마는 돈도 안 주는 거지새끼냐! 뭔 놈의 자식이 수학 여행에서 과자 한 봉지 살 돈이 없어!"

"……."

자신을 겨냥한 소리가 아니었음에도 유한은 머릿속 끝까지 화가 차올랐다. 아무리 이런저런 이유로 욕을 먹어도 절대 부모님을 겨냥한 욕 따윈 해선 안 되는 것이었다. 그런데 얼마나 백찬이 만만하면 저 가해자는 감히 그런 말까지 서슴없게 할 수 있는 걸까. 정의로움 때문에 나서려는 것이 아니었다. 철없는 가해자의 말에 상처받았을 백찬이 안타까워 나서기로 작정한 것이었다.

저벅저벅.

유한은 말없이 그 돌무더기를 올라갔다.

"부, 부모님 욕은……."

"부모님 욕은 뭐? 그만하라고? 계속하면은 어쩔 건데? 네가 뭘 어쩔 거냐고, 새끼야!"

"……"

돌무더기에 오르자 그 너머의 작은 모래벌판이 보였다. 주눅 든 채로 쓰러져서 맞기만 하는 이백찬의 모습을 가만히 지켜보던 유한은 주먹을 꾸욱 쥐었다. 그리고 저벅저벅 그 돌덩이들을 밟고 작은 모래벌판으로 뛰어내렸다.

터억!

"뭐야?"

또 다른 인기척에 이백찬을 구타하고 있던 가해자 한 명과 이를 지켜보며 즐기고 있던 가해자 두 명이 일제히 유한이 있는 쪽으로 고개를 돌렸다. 그리고 그들의 표정이 짐짓 진지해졌다.

"후우."

유한은 현기증이라도 일어날 듯이 머릿속이 뜨거워지는 것을 느꼈다. 그는 곧장 쓰러져 있는 백찬에게로 걸어갔다. 그를 일방적으로 때리고 있던 남학생은 유한이 이 일에 끼어들 것이라고는 생각지 못했는지 조금 당황을 머금은 인상으로 그의 언행을 쳐다보았다.

"괜찮아? 일어설 수 있겠어?"

이백찬 역시 그가 찾아올 것이라고는 생각지 못했는지 얼떨떨한 표정이었다. 이윽고 그가 고개를 끄덕이자 유한 역시 고개를 끄덕이며 손을 내밀었다. 그 손을 천천히 잡아 보이는 이백찬. 그때 뒤에서 얌전히 지켜보고 있던 가해자 한 명이 앙칼진 목소리로 말했다.

"너 뭐야?"

"……."

"네가 뭔데 이 일에 끼어들어? 미쳤냐?"

아무래도 가해자 역시 유한에게 저번 일로 앙금을 품고 있던 모양이었다. 하지만 그러든지 말든지 유한은 이백찬을 손으로 끌어당겨 일으키려 하고 있었다.

"이 새끼가!"

결국 격노한 가해자가 뒤에서 유한의 엉덩이를 걷어찼다. '큭!' 하고 넘어지는 유한과 이백찬. 뒤에 있던 남학생이 단단히 뿔이 나서 넘어진 유한의 얼굴을 흠씬 두들기기 위해 덮쳐왔다. 유한은 그 순간 발끝의 마나를 땅바닥으로 배출했다. 일정한 땅이 그의 것이 되었다.

"글루."

땅바닥에 마나를 배출하여 그것으로 일정한 범위까지 발을 못 움직이도록 만드는 접착제 마법! 달려오던 도중 그 마법에 걸린 남학생은 달려오던 속도를 주체 못하고 우뚝 멈춰서며 상체를 기울였다. 그 타이밍에 벌떡 자리에서 일어난 유한이 글루를 취소하고 오른쪽 주먹을 휘둘렀다.

빠악!

턱을 돌아가게 하는 강한 일격이었다.

"크억!"

"민찬아!"

그 주먹에 맞은 민찬이라 불린 남학생이 비틀비틀거리면서 물러났다.

유한은 가볍게 숨을 고르고 두 주먹을 들었다. 이를 뒤에서 잠잠히 구경하던 민찬의 친구, 강수가 흉악해진 눈빛으로 소리쳤다.

"이 자식이!"

"그리스."

민찬이라 불린 남학생이 턱을 부여잡으며 신음하고 있을 때 친구 녀석이 대신해서 달려들었다. 유한은 이번에도 역시 발끝의 마나를 모래벌판에 주입하여 자신의 범위를 만들었다. 그리고 달려오는 강수의 발에 마나를 주입하여 넘어뜨렸다. 콰당!

"으악!"

퍼억! 유한은 이 기회를 놓치지 않고 잽싸게 달려가 넘어져 있는 녀석의 턱을 발로 걷어찼다. '캑!' 하고 고개를 쳐드는 녀석을 향해 있는 힘껏 두 주먹을 휘두르기 시작했다.

빠악! 빠악!

두 방 정도가 정타로 들어갔을 즈음이었다. 머리 골이 아련하게 울려왔다. 비틀거리며 물러나니 턱의 괴로움에서 해방된 민찬이 단단히 화가 난 모습으로 달려들고 있었다.

'그리…….'

"새꺄!"

마법을 사용할 여유가 없었다. 마나로 공간을 다시금 확보하기도 전에 민찬이 무섭게 공격을 가해왔다. 후려치는 두 주먹의 힘은 상당했다. 싸움에 조예가 깊지 않은 터라 일단 팔꿈치로 얼굴을 가리고 방어하던 유한은 몇 대를 정통으로 허용해 주고 말았다.

"큭!"

뒤늦게 쓰러져 있던 강수도 일어나서 유한을 때리는 데 돕기 시작했다. 이리하여 이 대 일로 정면 전을 붙게 된 유한은 거의 위기에 당도한 것이나 다름없었다. 날아오는 주먹마다 허용하여 시야가 흐릿해진 가운데 유한은 가늘게 눈을 뜨고 당면을 주시했다. 쉴 틈 없이 어깨를 움직여 노련히 펀치를 내뻗는 두 남학생의 어깨 너머로 한 여학생의 모습이 눈에 드리웠다.

"……!"

한예진! 그녀의 모습이 두 눈에 들어오자 유한은 이성의 줄이 팍하고 끊기는 것을 통감했다.

'뭐가 좋다고 지켜보는 거지?'

말리지 않을망정 일방적으로 구타당하는 광경을 지켜보고 있었다. 절로 소름이 돋았다. 그리고 격하게 화가 났다. 정작 본인은 힘도 없고 나약한 주제에 겉으로만 허세를 부리면 다 되는 줄 안다. 그 사실이 몹시도 실망스럽고 화가 나서 유한은 불끈 주먹을 쥐었다.

'스트렝스.'

순간적인 집중력이 발휘되는 순간이었다. 유한은 전신의 마나가 함축된 오른손을 들어 민찬부터 때려눕혔다.

빠악!

쿠당탕!

딱 한 방이었다. 더도 말고 더도 말고, 턱뼈를 정확히 노려 힘을 가하자 민찬이라 불린 녀석은 입에 거품을 물고 모래벌판에 자지러져 버렸다.

"헉헉."

"……."

이를 본 민찬이의 친구 강수가 당혹스러움을 머금고 침묵했다. 잠시간 틈이 생기자 유한이 얼굴을 가리고 있던 팔꿈치를 내려 보았다.

"이 새끼가!"

강수가 뒤늦게서야 제정신을 차리고 주먹을 뻗어왔다. 그러나 분위기의 주도권은 이미 유한의 것으로 넘어와 있었다. 고개를 기울여서 날아오는 주먹을 가까스로 피한 다음 아직 걸려 있는 스트렝스의 오른손을 들었다. 망설일 것도 없이 이번에도 턱뼈를 노리고 돌진시켰다.

빠악!

강력한 타격 소음과 함께 강수도 민찬처럼 입에 거품을 물며 쓰러졌다.

"하아, 하아."

두 사람을 혼자서 초토화시켰다. 그것도 학교에서 소위 잘나간다고 하는 그룹의 아이들을 두 명씩이나 말이었다. 유한은 급격이 떨어진 체력 저하에 가파르게 숨을 고르며 정면을 바라보았다. 유한의 악독한 눈빛은 바위에 앉아 있는 예진이를 향한 것이었다.

"뭐, 뭐야?"

"……."

별로 할 말도 없었다. 어차피 저런 식으로 살아가는 게 인생의 폼이고 낙인 줄 아는 녀석이었다. 유한은 그냥 딱 이 한마디만 하고 관두자고 다짐했다.

"너… 그렇게 살지 마."

"……."

그 말을 고이 내뱉고는 몸을 돌렸다. 당황을 머금은 얼굴로 벌판에 주저앉아 있는 이백찬의 모습이 보였다.

"크……."

셀 수는 없었지만 추측컨대 한 삼십 대쯤 맞았을 것이다. 유한은 짜릿짜릿한 고통에 머리에 손을 가져갔다. 비틀거리며 백찬에게 접근한 유한이 서서히 입을 열었다.

"괜찮아?"

정작 그 말을 담아야 할 사람은 따로 있었다. 그러나 유한은 그렇게 먼저 백찬의 상태를 물어보았다. 자연스럽게 손을 건네며 안부를 묻는 유한의 태도에 백찬은 한동안 어쩔 줄 몰라 하다가 천천히 고개를 끄덕였다.

"괘, 괜찮아……."

건네는 손을 붙잡자 유한이 있는 힘을 다해 어깨를 당겼다. 덕분에 거뜬하게 몸을 일으킨 백찬은 정말 그의 상태가 괜찮은 것인지 걱정이 역력한 얼굴로 유한의 몸을 훑어보았다.

"너야말로… 괘, 괜찮은 거야?"

그 말에 유한은 다시금 머리를 만지면서 대꾸했다.

"머리가 조금 아프긴 한데, 괜찮아."

"왜, 왜 그렇게 나를……."

금방에라도 흐느낄 듯한 목소리로 중얼거리는 이백찬. 그는 여러모로 마음이 여리고 심성이 고운 아이였다. 유한은 단지 그런 녀석이 타인의 완력에 주눅 들어 학교생활을 강요당하고 살아야 한다는 게 못마땅했던 것이다. 가능하면 이곳에서 몇 마디 더 이야기를 이어가고 싶었지만 타인의 시선이 있던 지라 유한은 말을 달리했다.

"일단 장소를 옮기자. 여기서 대화를 나누긴 조금 불쾌하거든."

한예진을 겨냥한 소리였다. 필시 그녀도 그 대사가 의미하는 바를 깨달았으리라. 하지만 든든한 두 학생이 기절한 지금, 선뜻 입을 열 자신이 없는 모양이었다. 유한은 '그럼 그렇지'라고 생각하며 백찬을 데리고 돌무더기를 내려왔다.

지저귀는 하늘의 새들과 쏴아아 모래를 덮치는 파도의 소리가 귓속에 닿아오는 가운데 유한은 버스가 있는 쪽으로 걸어가며 운을 띄웠다.

"왜 그렇게 맞고 살아?"

그 질문에 이백찬은 고개를 내리 숙이고 침묵했다. 그 침묵 속에 숨겨진 이백찬의 속말이 무엇인지 유한은 곧잘 가늠할 수 있었다. 그 역시 이런 생활을 하고 싶어서 학교에 다니고 있는 게 아닐 터였다. 유한은 더 이상 그를 핀잔하지 않기로 다짐하고는 모래벌판을 가로지르는 걸음에 속도를 높였다.

"빨리 가자. 늦겠다."

"으응."

버스에 올라탔을 때 많은 학생들이 유한의 얼굴을 보고 웅성거렸다. 같은 또래의 두 녀석에게 몇 십 대를 한없이 맞았던 유한이었다. 얼굴에 티가 안 날래도 안 날 수가 없었다. 유한의 뒤를 이어 버스에 탑승하고 있던 이백찬은 그런 학생들의 소근거림에 매우 불안한 표정이었다. 그러나 정작 당사자인 유한은 아무렇지도 않다는 것처럼 자기 자리로 얌전히 들어가 착석했다. 이윽고 옆자리에 이백찬도 착석하자 버스 조종석 바로 뒷자리에 앉아 있던 담임이 혼잣말같이 중얼거렸다.

"나머지 세 명은 왜 이렇게 안 와?"

유한과 방금 전 사투를 벌였던 학생들을 의미하는 것이리라. 그러나 유한은 신경도 쓰지 않고 창가에 팔꿈치를 올리며 턱을 괴었다. 유유히 창문을 바라보며 얼른 버스가 출발하길 바라고 있었다. 그로부터 10분이 흘렀을까.

"어딜 갔다 오는 거야."

"…죄송해요."

"너희들 때문에 다른 학생들도 시간 지체하게 됐어. 빨리 들어가."

담임에게 야단을 맞고 버스 안으로 들어오는 세 명의 학생. 개 중에 두 명은 턱 쪽이 시퍼렇게 부어 있었고 이 역시 학생들의 화젯거리가 되었다.

"싸웠나 봐."

"유한이랑 쟤네들이? 그럼 누가 이긴 거래?"

"유한이 먼저 들어왔으니까 유한이 이긴 거 아니야?"

노골적이진 않았지만 현 분위기 상 학생들의 신경은 모두 유한에게로 쏠려 있었다. 하지만 유한은 그 관심에도 무반응으로 일관했다. 좌석에 앉기 위해 안으로 들어가던 민찬과 강수가 분한 눈으로 유한을 노려보았다. 하지만 아예 작정하고 무시하는 유한의 태도에 두 사람은 이내 혀를 차고 각자의 좌석으로 착석할 따름이었다.

"……."

정작 그들의 싸움에 가담한 적 없는 이백찬이 두려움에 발발 떨었다. 이윽고 여학생 한예진도 마저 자리에 앉게 되었을 때 버스에 시동이 걸렸고 출발하게 되었다. 유한은 잠시 쉴 틈이 생긴 만큼 마법 서적으로 다시 공부나 하고 있을까 생각했다.

'아니야. 잠시 눈 좀 붙이자.'

하지만 방금 전의 싸움으로 소모된 체력이 심했던 편이라 유한은 편안하게 휴식이나 취하자고 다짐했다. 그리고 책을 덮어 가방에 넣으며 곧장 눈을 감았다.

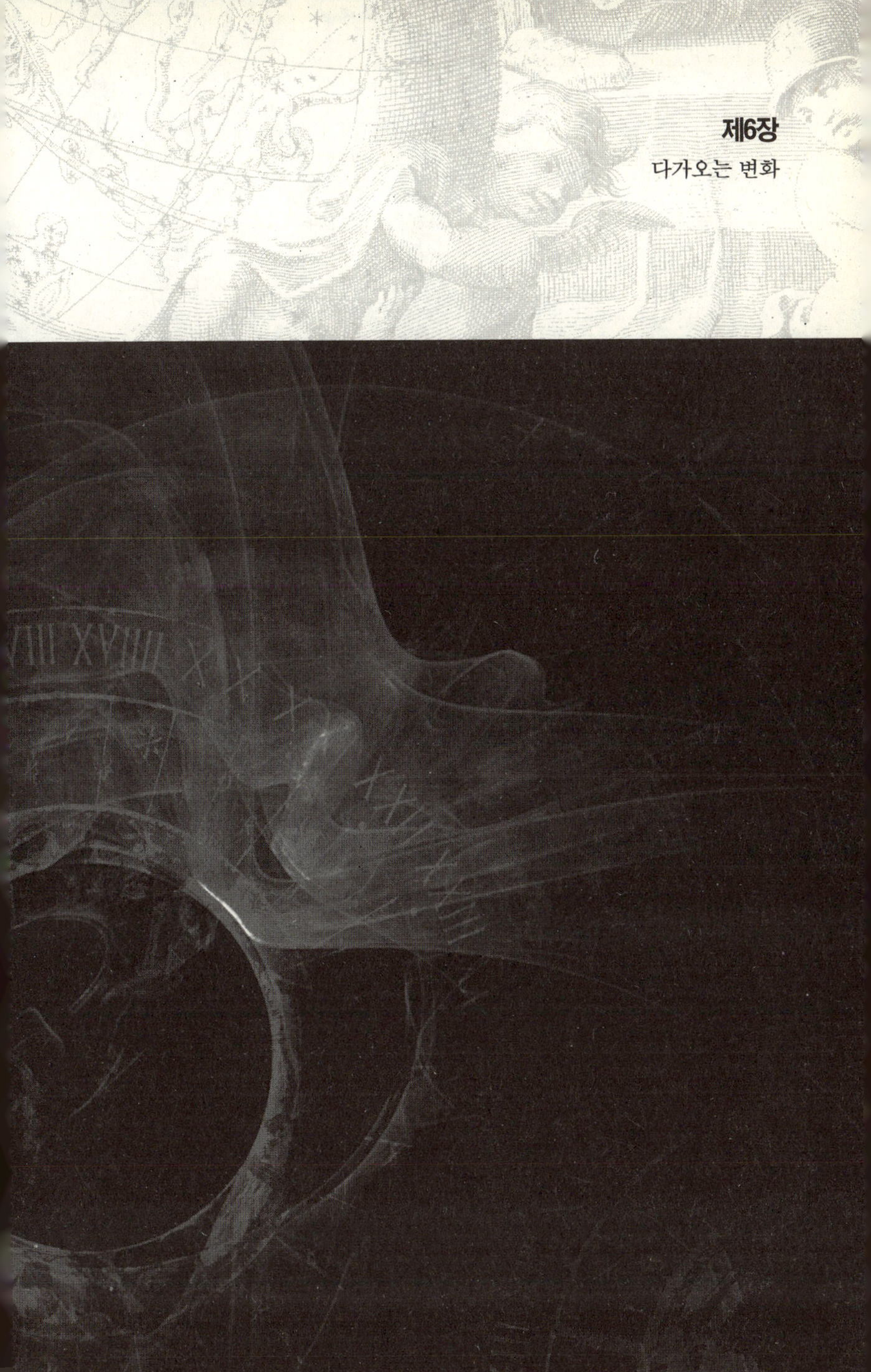

제6장

다가오는 변화

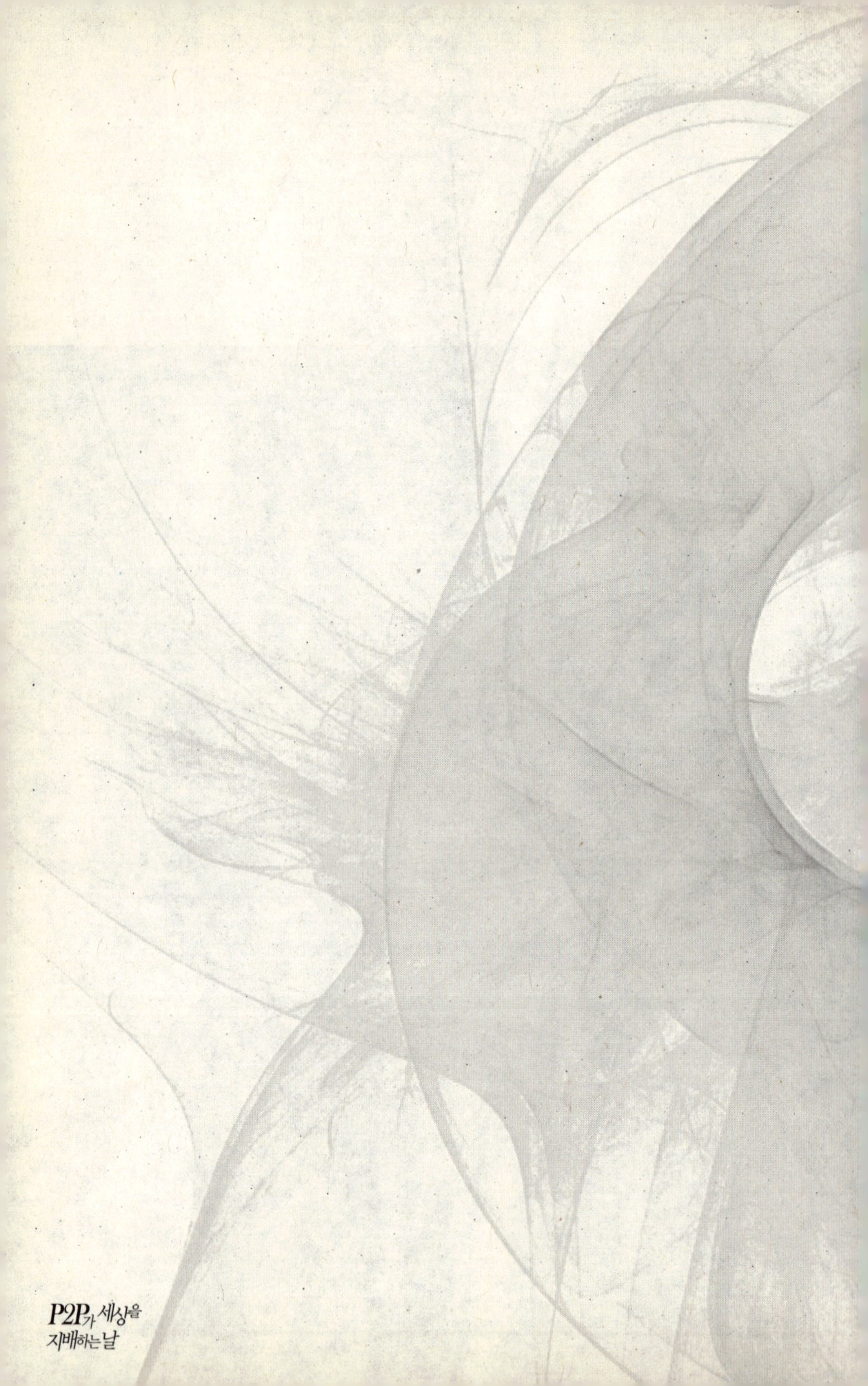

P2P가 세상을
지배하는 날

버스에 탑승하여 구경만 한 관광지가 무려 일곱 곳이 넘었다. 학생들은 모두 기진맥진해진 모습으로 숙소에서 내려 줄을 지었다. 맨 앞에 서 있던 담임이 큰 소리로 다음 일정에 대해 설명했다.

"저녁 식사 후 방에 돌아가서 대기해라. 캠프파이어를 끝으로 오늘 일정도 끝이다."

'아직도 남았어? 캠프파이어라고?'

진 빠진 모습으로 유한은 캠프파이어에 대해 골똘히 의혹을 가졌다. 몇 번 들어본 적이 있는 단어였다. 하나 그것이 의미하는 자세한 내용은 알지 못했다.

'장기자랑이랑 비슷한 거로는 알고 있는데 말이지.'

결국 궁금증을 못 참고 옆에 서 있던 이백찬에게 물었다. 백찬은 급작스런 질문에 잠시 뜸을 들이다가 곧 설명했다. 역시 유한이 예상했던 대로 장기자랑과 비슷한 종류의 것이었다. 이윽고 저녁 식사 시간이 찾아오고 줄을 지어 서 있던 학생들이 일제히 식당가로 진입했다.

"저……."

"……?"

"아까처럼 같이 먹으면 안 돼……?"

뒤에서 조심스럽게 물어오는 이백찬에게 유한은 사이를 두다가 고개를 끄덕였다.

"그러자, 그럼."

흔쾌히 승낙하는 유한의 태도에 이백찬은 실로 기쁘다는 듯 웃음을 머금고 식판을 들었다. 동성 친구가 아닌 이성 친구였다면 어지간한 커플의 분위기가 풍겼으리라. 하지만 아쉽게도 두 사람은 동성 간의 사랑에는 일절 관심을 갖지 않는 남자들이었다.

이윽고 배급받은 음식을 들고 빈자리에 착석한 유한과 이백찬. 서로 조금씩 터놓고 얘기를 하는 모습에서 소위 친구라 칭할 만한 분위기가 피어나고 있었다.

“으득.”

그리고 그 모습을 저만치서 멀리 지켜보고 있던 두 사람이 이를 갈았다. 민찬과 강수였다. 한예진 역시 두 사람과 같은 곳을 바라보고 있었으나 품고 있는 감정은 상이했다.

“맘에 안 들어.”

분해 죽겠다는 듯 중얼거리는 민찬을 뒤로하고, 유한과 이백찬은 서서히 친구로서 관계를 잡고 있었다.

“나와라!”

캠프파이어 시간이 찾아온 것은 저녁 식사 후 방에서 조용히 시간을 보내고 있을 때였다. 교관의 울림 있는 목소리에 학생들이 하나둘씩 복도 밖으로 나오기 시작했다.

이젠 노련하게 줄을 서 보이는 학생들이 흡족했는지 교관은 고개를 끄덕이고 몸을 돌렸다. 이내 교관을 따라 학생들이 따라간 곳은 숙소 뒤편에 있는 높은 산이었다. 어둑한 저녁에 그 깊은 산속을 오르자니 조금 으스스했다.

다행 중 다행이라면 많은 학교의 학생들이 이곳에 오곤 해서 그런지 인위적으로 만들어진 길이 있던 것이다. 그곳만 곧 잘 따라가면 아무런 문제도 없었다. 이윽고 한참 산을 올라 어느 지점에 다다랐을 때 교관은 걸음을 멈추고 돌아섰다.

“자리에 앉아서 다른 반 학생들 올 때까지 기다려라.”

　교관의 말대로 유한의 반 학생들은 모래 바닥에 엉덩이를 대고 앉아 시시껄껄 얘기를 떠들며 기다리기 시작했다. 이윽고 다른 반 학생들도 서서히 캠프파이어를 진행할 위치에 도착했고, 2학년의 전교생들이 모두 도착한 순간 교관은 바로 앞에 있는 무대 쪽으로 몸을 돌렸다.

　유한도 따라서 무대를 보았다. 시설 자체로만 따진다면 형편없는 무대였다. 조명도 다섯 개가 전부였고 무대 위가 텅 비어 있어 보는 맛이 별로 없을 것 같았다. 하지만 결국 재미라는 건 분위기를 주도하는 사람이 만들어내는 것이다.

　캠프파이어 축제에서의 재미를 장식해 줄 레크레이션 강사가 무대 위로 성큼성큼 올라왔다.

　"여러분 안녕하세요! 어제 보고 오랜만이죠?"

　어제를 마지막으로 떠난 줄 알았던 레크레이션 강사가 이틀째 되는 날에 다시금 무대 위에서 모습을 드러냈다. 당연지사 실망한 유한이었다. 역시 마흔 살로 사회 경험까지 해본 어른이라서 그럴까.

　유한은 진행되는 수학여행에 큰 감흥을 못 느끼고 있었다. 오죽하면 자금을 수학여행 회비로 낭비한 게 아닌지 후회까지 밀려왔다.

　"다들 모였으니 일단 몸 풀기부터 시작하겠습니다!"

레크레이션 강사는 오늘 작정하고 분위기 업을 하러 나왔는지 마이크를 들고 크게 소리쳤다. 대개의 학생들이 아주 신이 나서는 방방곡곡 들리도록 소리 질렀다. 유한은 그 흥이 나는 현장 속에서 그냥 어색하게나마 무대를 관람할 따름이었다.

그렇게 얼마나 시간이 흘렀을까. 다음으로 레크레이션 강사가 진행한 게임은 부르는 숫자대로 학생들이 뭉치는 게임이었다. 유한은 이번 게임엔 상당한 흥미를 가졌는데 반 학생들과 친하지 않다 보니 선뜻 즐기기를 꺼릴 수밖에 없었다.

"먼저 두 명!"

첫 스타트에서 레크레이션 강사가 손가락 두 개를 들어 보였다. 유한은 그냥 관두고 애들 하는 거나 지켜보자며 탈락하려고 하는데 돌연 누군가가 양손을 불쑥 잡았다. 이백찬이었다.

"괘, 괜찮지?"

"……."

어색하게 웃음을 머금고 양손을 잡는 이백찬을 주시하며 유한은 침묵했다. 다음으로 레크레이션 강사가 네 손가락을 들었다.

"이번엔 네 명입니다!"

이백찬이 머쓱해하며 다른 이들에게 먼저 다가가지 못하는데, 그것을 막연히 보고 있던 유한이 발걸음을 옮겼다. 그는 이백찬을 이끌고 근처에 있는 두 학생을 잡아서는 손을 잡게 만들었다. 이로써 총 네 명이 손을 잡고 서 있는 모습이 되었다.

유한에게 붙잡혀 두 번째까지 살아남은 두 학생은 조금 당황스러운 얼굴로 유한을 쳐다보았지만, 아무래도 좋았다. 게임을 시작한 이상 최선이라도 다해보자는 생각이었다.

"세 명!"

그렇게 유한은 이백찬과 함께 레크레이션 강사가 진행하는 게임에 몰입했다. 처음엔 내심 유치하다고 생각하면서 튕겼던 유한이었지만 곧 그 누구보다도 열심히 하게 되었다. 사실상 이런 식으로 또래 친구들과 해맑게 노는 것은 유한에게 처음 있는 일이었다.

어릴 때부터 빈곤한 생활과 유강의 압박 때문에 늘 꿈도 못 꿀 미래만 보며 살아왔기에 친구들을 사귄 적도 논 적도 없었다. 따지고 보면 그가 수학여행에 별 다른 감흥을 못 느끼는 이유도 필시 친구들 때문이리라.

"다섯 명!"

슬슬 탈락한 학생들의 숫자가 많아지고 있었다. 게임에서 이긴다고 해서 상금을 주는 것도 아닌데 유한은 필사적으로

남은 학생들을 찾기 시작했다. 그러다가 저기 등을 돌리고 있
는 세 사람을 보고는 달려가 덥석 손을 잡았다.

"아."

이백찬과 함께 두 손을 맞잡고 그들을 마주하는 순간 유한
은 그렇게 탄성을 지었다. 마주 잡힌 세 사람 역시 토끼 눈으
로 놀란 것은 마찬가지였다. 세 사람은 바로 이백찬을 구타하
던 가해자 삼인방이었다.

한예진과 민찬 그리고 강수.

"……"

"……"

다섯 사람은 서로를 쳐다보며 잠시간 아무 말도 없이 손만
잡고 있었다. 그러나 그것도 잠시.

"됐습니다!"

레크레이션 강사가 신호를 외치자마자 곧장 손을 회수하
는 다섯 사람이었다. 이후 몇 번 더 게임이 이어졌고 유한과
이백찬은 결국 도중에 탈락하고 말았다. 하지만 처음으로 게
임을 즐겨보는 유한이었기에 그 맛에 한동안 빠져서 저도 모
르게 미소 짓고 있었다.

"자, 모두 정숙하십시오."

그리고 캠프파이어를 본격적으로 시작하는 때가 다가왔
다. 유한은 말로만 들었던 캠프파이어의 분위기에 몰입하며

고개를 내리 숙였다.

어느 틈엔가 신명나게 놀기 위해 작동하던 조명들은 전원 꺼지고, 학생들 모두 자리에 앉아 고개를 숙이고 정숙했다. 레크레이션 강사가 정적 속에서 천천히 뜸을 들이다 운을 띄웠다.

"여러분을 여기까지 오도록 도와주신 것은 어머니 덕분입니다. …어머니는 피와 땀을 흘려 여러분이 생활할 수 있는데 편안한 안식을 드렸습니다."

어머니에 관련된 얘기가 나오자 분위기가 무거워졌다. 물론 개중엔 한두 번 캠프파이어를 경험해 본 게 아닌 모양인지 그럴 듯한 표정으로 졸고 있는 학생들도 있었다. 유한은 무거운 분위기 속에서 이어지는 강사의 목소리를 경청했다.

"직장에서 뼈 빠지게 일을 하며, 오로지 자식들을 생각하고 힘을 내시는 어머니!"

일순간 왈칵하고 눈물을 흘릴 뻔한 것은 유한이 평생토록 안고 갈 비밀이었다. 그는 글썽거리는 눈물을 애써 드러내지 않으려고 애를 썼다. 그때 근처에 있던 몇몇 애들이 훌쩍 흐느끼기 시작했다.

"울어?"

"쟤 우는 거야?"

소곤소곤거리는 아이들의 목소리. 진짜로 눈물 콧물을 질질 흘리며 슬퍼하는 학생들이 몇 명 있었다.

"흑."

그것은 옆에 있던 이백찬 역시 마찬가지였다. 어지간히 속이 여린 탓에 어머니만 떠올려도 감사하고 마음이 아픈 모양이었다. 유한은 울음은 둘째치고 평소에 남들 앞에서 눈물을 보이는 타입이 아니었기에 꿋꿋이 참아냈다.

거의 마지막 일정이라 볼 수 있는 캠프파이어도 끝나고 유한과 이백찬은 방으로 돌아가게 되었다. 방으로 돌아가기 전 잠시 들렀던 강당에서는 오늘 밤에 돌아다니지 말고 일찍 자라는 교관의 충고가 있었지만, 아무래도 학생들 대부분 눈을 뜨고 밤을 지새울 의지인 듯싶었다.

"후."

방에 돌아온 유한은 한숨을 내쉬며 겉옷을 벗고 개어 가방 속에 넣었다. 곧장 샤워부터 할 생각이었다.

"화장실 내가 먼저 쓸게."

"그, 그래."

이백찬에게 허락을 맡고 화장실로 향한 유한은 곧장 온몸을 구석구석 씻기 시작했다. 허름한 자기 집의 화장실과는 비교가 될 정도로 너무나 고급스러운 화장실 내부였다. 그렇게 기분 좋게 몸을 씻고 나온 유한은 곧장 침대에 누워 눈을 감 았다. 벌써부터 졸음이 쏟아졌다.

"…자려고?"

이백찬이 물어왔다. 유한이 고개를 돌려 옆 침대에 앉아 있 는 이백찬을 보고 반문했다.

"할 거 있어?"

"……."

잠시 침묵하고 있던 이백찬이 머뭇거리며 주변을 둘러보 더니 다짜고짜 가방 속을 뒤지기 시작했다. 잠시 후 녀석이 꺼내든 물건은 체스판이었다.

"체, 체스 있는데 같이할래?"

체스. 말로만 들었지 해본 적은 한 번도 없는 게임이었다. 유한은 졸려움 가득한 목소리로 중얼거렸다.

"…해본 적 없는데."

"그래……?"

아쉬운 듯 들어 보였던 체스판을 내려놓는 이백찬. 얼굴에 실망한 기색이 역력했다. 그런 백찬의 얼굴을 멍하니 주시하 고 있던 유한은 곧 생각을 고치고 상체를 일으켰다.

"웃차. 그래, 한 번 해보자."

"어? 자, 자려고 했던 거 아니야?"

"그냥 한 번 해보자고. 일단 샤워부터 하고 와."

수학여행 마지막 밤이었다. 유한도 내심 마지막 밤이라도 좋은 추억을 만들고 싶었다. 이백찬 역시 그럴 의지가 다분히 넘쳐 보였다.

"알았어!"

이윽고 이백찬이 화장실로 곧장 향해서는 몸을 씻었다. 잠시 후 그가 편한 복장으로 갈아입고 방 안으로 나왔을 때, 유한은 체스판을 펼쳐두고는 질문했다.

"어떻게 하는 거야?"

"내가 알려줄게."

의문을 던지는 유한을 향해 백찬이 용기를 내서 체스하는 방법을 알려주기 시작했다. 그렇게 두 사람은 친구로서 나름 우정을 쌓아가는 밤을 보냈다.

대마도에서의 시간은 나쁘지 않았다. 나름 좋은 추억을 안고 수학여행을 마친 것이었다. 사실 수학여행에 가기 전만 해도 그런 쓸데없는 곳에 돈을 뭣하러 많이 쓰나 생각했던 유한이었다.

하지만 모든 것을 끝내고 집으로 돌아갈 시간이 인제 막 다가오니 유한은 왜 어릴 때 추억을 쌓아두라고 말하는 것인지 이해할 수가 있었다.

'고맙습니다, 어머니.'

오래 전 느꼈던 고마움을 새삼 다시 한 번 느끼는 유한이었다. 선생님에게 가난한 제자로 인식되는 것을 원치 않는다며 열심히 일한 돈을 수학여행에 투자해 주신 어머니.

타인이 보기엔 공짜로 갈 수 있는 기회를 왜 자존심 때문에 버린 것인지 이해가 안 된다며 불만을 표할 수도 있었지만 그래도 유한 딴에선 그런 어머니가 몹시 존경스러웠다.

아니, 자식들을 위해 하나같이 헌신하는 부모님들이 경건하고 대단해 보였다. 이러나저러나 많은 깨달음을 얻고 가는 유한이었다.

"얼른 탑승하렴."

수학여행 마지막 날, 관광지 하나를 들리고 버스에 탑승하여 공항으로 향하는 길이었다. 유한은 아직 읽을거리가 산더미인 마법 서적을 꺼내 펼쳤다. 마법어 사전의 도움을 통해 기본적인 마법 언어는 모두 읽을 수 있게 된 유한이었다. 불과 몇 달 채 되지 않아 얻은 노력의 성과였다.

'현재 내가 사용할 수 있는 마법은 가장 기초적인 세 가지, 그리스, 글루, 스트렝스.'

스트렝스는 그나마 기초적인 마법 중에 단계가 높은 마법이었다. 이외에 그리스와 글루, 이 두 가지는 기초적인 마법 중 마법사들이 가장 쉽게 배운다는 단계 낮은 마법이었다.

마법사들 눈엔 그 세 가지 마법밖에 사용하지 못하는 유한이 아직 초보 애송이로 보일 테지만 유한은 생각하는 바가 달랐다.

이곳은 현대 시대였다. 마법이 공존하지 않는, 오로지 첨단 과학만이 존재하는 세상. 그 세상에서 이 세 가지의 마법을 사용하는 것만으로도 얻을 수 있는 효득이 많을 거라 짐작했다. 예컨대 이백찬에 관련된 사건이라든지 말이다.

"……."

유한은 스윽 손을 들어 자신의 얼굴을 만져 보았다. 예진이 일행에 속한 두 친구와 한 치레 주먹다짐을 한 끝에 생긴 상처였다. 살짝 따끔따끔거렸는데 아직 멍이 완전히 낫지는 않은 모양이었다.

'그래도 걔네들보단 낫겠지.'

스트렝스 마법을 걸어 휘둘렀던 주먹이었다. 비록 두 친구 모두 한 대씩 때렸지만 아직도 그 충격에 머리가 얼떨떨할 것이다. 그건 당해보지 않아도 알 수 있는 사실이었다.

유한은 어제 마나 소비가 좀 과했던 것을 떠올리고 잠시 자신의 신체에 흐르는 마나를 느껴 보았다. 다행히 하루 편히 쉬어서 금세 돌아온 모습이었다.

'그건 그렇고 불법 코르켄 독 성분도 얼른 치료해야 하는데.'

유한은 몸속에 흐르는 마나를 보고는 잠시 스쳐 가는 코르

켄의 독 성분을 떠올렸다. 정식 코르켄이었다면 없을 독 성
분. 괜히 포인트를 아낀답시고 욕심을 냈다가 화를 부르는 일
에 당한 것이었다. 유한은 불법 코르켄의 독 성분을 처리하기
위해서라도 꾸준히 마법 공부에 임할 것을 각오했다.

"……."

그때 돌연 자신을 보는 듯한 눈길에 유한은 고개를 돌렸다.
그리고 잠시간 침묵했다. 자신을 보고 있는 상대는 옆자리에
앉아 있는 이백찬의 그 사이 너머에 앉아 있었다.

한예진이었다. 그녀는 웬일인지 이백찬을 따돌리던 두 친
구와 노닥거리지 않고 있었는데 계속 눈을 피하지도 않고 자
신을 쳐다보니 유한은 내심 부담스러웠다.

'신경 *끄자*.'

이백찬에 관련된 사건으로 그녀를 향한 이미지는 이미 너
무나도 안 좋아진 유한이었다. 폭력을 쓰는 당사자들도 나쁘
다고 하지만 그걸 지켜보면서 낄낄 웃는 방관자들도 가해자
들과 별반 다를 게 없다고 유한은 생각했다. 이윽고 그녀에게
서 아예 시선을 끄고 마법 서적을 공부하고 있자 한참 동안
유한을 쳐다보던 예진은 결국 포기했다는 듯 획 고개를 돌려
정면을 바라보았다.

"너… 그렇게 살지 마."

유한이 예진에게 했던 소리였다. 그 소리에는 여러모로 쓰디쓴 감정이 묻어나 있었다. 그래서 그때 느꼈던 굴욕감과 억울함을 예진은 도무지 머릿속에서 버릴 수가 없었다.

'하지만 그건 오해인데?'

예진은 지금 유한이 자신에 관하여 뭔가 오해를 하고 있어도 단단히 오해하고 있다고 생각했다.

'설마 내가 이백찬이 내 친구들에게 당하는 것을 방관하며 즐겼을 거라고 생각하는 거야? …절대 아니라고!'

예진은 오래토록 함께했던 두 친구가 느닷없이 나쁜 길로 빠지자 그러지 못하도록 꽁꽁 묶으려고 했다. 하지만 민찬과 그의 친구는 결국 약한 녀석을 괴롭히는 질 나쁜 학생으로 전락했고 예진은 그들에게 괴롭힘 당하는 학생들이 혹여나 더 심하게 당하진 않을까 염려하여 곁에서 은근슬쩍 피해자들을 도와준 것이다.

물론 속사정을 모르는 타인의 눈으론 그것이 그저 방관하고 즐기는 것으로 보일 지도 몰랐다. 하지만 예진은 진심으로 억울했다. 1~2년을 함께한 남자애들이 갑작스레 나쁜 길로 빠지니까 어느 틈엔가 그녀도 양아치들과 노닥거리는 날라리로 오해받기 시작한 것이다.

'내가 걔네들이랑 어울렸던 건 걔네들이 다시 올바른 길로

가도록 잡기 위함이었어. 피해자가 더 심한 길로 가지 않도록 제지하려는 것도 있었고!'

그런데 아무것도 모르면서 다짜고짜 그렇게 충고를 하다니……. 예진으로선 이해가 되면서도 심히 불쾌할 수밖에 없었다. 맘 같아선 지금 당장 오해에 관하여 해명하고 싶었으나 무슨 꿍꿍이인지 모를 유한을 상대로 그런 말을 선뜻 던지기도 뭐했고 먼저 말을 거는 건 그녀 입장에서 상당히 자존심 상했다. 애초에 그 약통 사건 이후로 사이가 점점 안 좋아지고 있었고 말이다.

'대체 그때 그 약이 뭐라고?'

잔뜩 심통이 난 얼굴로 예진은 생각했다. 그러나 혼자 골똘히 생각한다고 해서 답을 내릴 수 있는 문제가 아니었다.

올 때와 마찬가지로 배편을 거쳐 유한 등은 후쿠오카 공항에 도착했다. 공항에 도착 직후 비행기 탑승을 위해 빈 의자에 착석하여 학생들은 대기 시간을 기다렸고, 머지않아 탑승 시간이 다가와 승무원들에게 여권과 표를 건네며 하나둘씩 확인 절차를 이행했다.

그런 절차 끝에 이윽고 비행기에 오른 유한. 설치된 계단을 올라 학생들 중 맨 마지막으로 비행기 내부에 발을 딛게 된 그는 번호표를 보고 앉을 자리를 찾았다.

“…….”

그리고 앉을 자리의 옆자리를 확인했을 때 유한은 침묵했
다. 그는 마지막 순서로 비행기에 탑승했기에 먼저 앉아 있는
학생들을 바라볼 수 있었다. 이윽고 유한이 앉을 옆자리의 상
대가 그의 눈길을 느끼고는 뭐냐는 듯 고개를 쳐들었다. 그리
고 유한과 시선이 마주치게 되자 곧 얼굴을 굳히며 침묵하는
모양새였다.

“…….”

“…….”

유한의 옆자리에 앉게 된 상대는 다름이 아닌 민찬이었다.
수학여행 바다에 간 날, 이백찬을 괴롭히던 질 나쁜 녀석 중
한 명으로서 유한과 우격다짐을 한판 벌였던 상대. 녀석과 아
직 갈등도 제대로 풀리지 않은 상황에서 같은 자리에 앉게 된
것이다.

어떻게 운명이란 것이 이토록 기괴한 것인지 유한은 순
간적으로 하늘이 원망스러웠으나 곧 상대를 겨눈 어색함을
거두게 되었다. 어차피 이백찬을 제외하곤 다른 친구들과
평소부터 어색한 사이에 말 한마디 제대로 나눠본 적 없었
다.

민찬이란 녀석도 싸운 것을 제외하곤 대화 않는 다른 녀석
들과 별로 다를 게 없었다. 유한은 곧장 짐칸에 자신의 가방

을 올려두고는 민찬의 옆자리에 착석했다.

　자연스레 서로의 시선이 반대로 향하였다. 유한은 창문을 보게 되었고 민찬은 스튜어디스가 오가는 복도 쪽을 보게 되었다. 그렇게 서로 간에 어색함이 느껴지는 침묵 속에서 슬슬 출발 신호를 알리는 듯 비행기의 시동이 걸렸다.

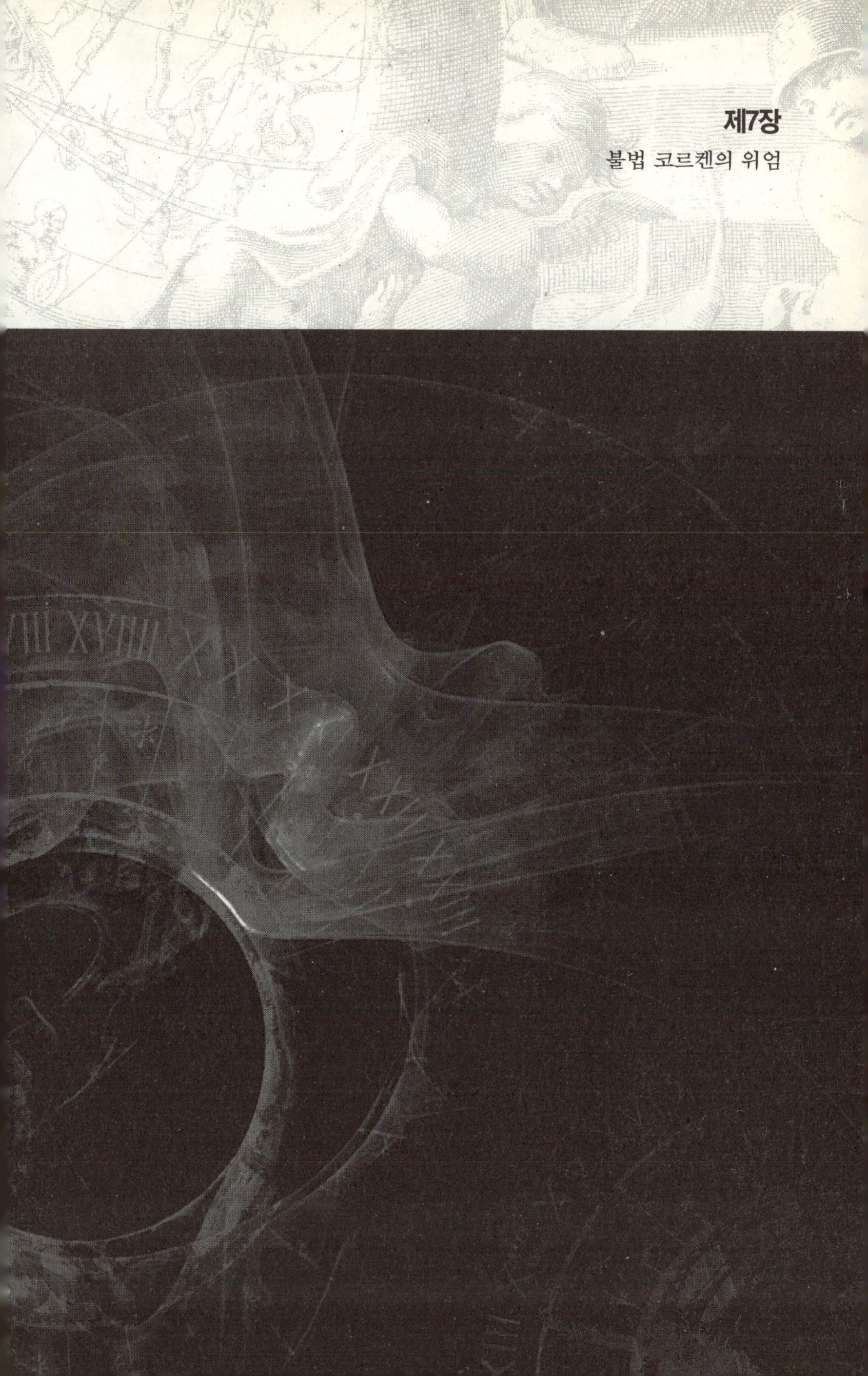
제7장
불법 코르켄의 위엄

P2P가 세상을
지배하는 날

　아침 일찍 눈을 뜬 유한은 어머니의 따뜻한 배웅 속에서 학교를 향하게 되었다. 과거와 비교할 때 그의 일상에서 조금 바뀐 부분이 있다면, 교실에 당도했을 때 반겨주는 친구에 관련된 것이었다.

“유, 유한아.”

먼저 교실에 와있던 이백찬이 기다렸다는 듯 손을 흔들었다. 수학여행에서 그와 사이를 어느 정도 진전시킨 유한은 똑같이 손을 흔들어 인사해 주었다. 교탁 쪽 창가에서 대화를 나누고 있던 민찬과 강수의 시선이 자연스레 뒷문의 유한에게로 향했다.

이윽고 유한이 자신의 창가 뒷자리에 가방을 내려놓고 착석하자 이백찬이 드르륵 의자를 밀고 일어나서 그의 비어 있는 옆자리로 다가왔다. 유한은 여전히 자신을 쳐다보고 있는 민찬과 강수의 시선을 느끼다가 이백찬에게 작은 목소리로 물었다.

"오늘 아침에 저 녀석들이 괴롭혔어?"

"…이젠 안 그러는 것 같아."

"무슨 일 있으면 숨기지 말고 바로 말해."

"응. …고마워."

유한의 딱딱하지만 친구를 위한 조언에 이백찬은 진심으로 고맙다는 듯 감사를 표했다. 유한은 수업 준비를 위해 가방 속에서 교과서들을 꺼내 정리하기 시작했고 이백찬은 그런 그의 옆에 말없이 착석해 있었다.

"뭐야?"

이윽고 두 사람의 시선이 자연스레 옆으로 향하게 되었다. 그곳엔 이제 막 학교로 등교한 한예진이 인상을 찌푸리고 쳐다보고 있었다.

"내 자리에 왜 네가 앉아 있어?"

불쾌한 어조로 중얼거리는 그 목소리에 이백찬은 '…아' 하고 허둥지둥 의자에서 일어나 자신의 자리로 돌아갔다. 예진은 그런 이백찬을 심기 불편한 얼굴로 바라보다가 이내 자기 자리에 앉아 보였다. 그리고는 흘긋 옆에 있는 유한을 쳐다보는데, 유한은 쳐다보든 말든 신경 안 쓴다는 듯 오로지 수업 준비에만 집중했다.

"흥."

예진도 무시하는 것에선 뚫리지 않는다는 듯이 세차게 정면을 돌아보고는 수업을 준비하기 시작했다.

점심시간이었다. 유한은 처음으로 혼자가 아닌 친구와 함께 식사를 하게 되었다. 물론 그 친구라는 인물은 교실에서 왕따로 통하는 백찬이었다. 하지만 평소에 사람 인성이 중요하지, 겉으로 드러난 이미지에 관해선 신경 쓰지 않는 유한이었기에 굳이 그와 식사를 한다고 해서 거리낌이 있거나 하지 않았다.

'어?

식사 도중 순간 이상함을 느낀 유한이 수저를 놀리던 것을 멈추고 자신의 몸속에 흐르는 마나를 확인해 보았다.

'설마?'

유한은 일순간 불안감을 느끼고는 자신의 마나에 더더욱 집중해 보았다. 맞은편에 있던 백찬이 심각함을 느끼고 왜 그러냐며 질문을 던졌지만 유한은 순수하게 답할 수가 없었다.

“윽!”

설마 뜻하지 않게 아픔이 몰려올 거라곤 생각도 못한 유한이었다. 그는 잠시 명치 쪽에 아픔을 느끼고는 고통을 호소했다. 그 모습에 식사 중이던 백찬이 눈을 휘둥그레 뜨면서 수저를 놓고 물었다.

“왜, 왜 그래? 어디 아파?”

“…아니.”

유한이 애써 대꾸했다.

“양호실 가야 하는 거 아니야?”

“……”

양호실에 간다고 해서 해결될 일이 아니었다. 애초에 이것은 불법 코르켄으로 인한 부작용이었으니까 말이었다.

‘제대로 치료하지 않으면 평생 동안 질병을 갖고 살아가게 된다고 했던가?’

아무래도 지금 유한의 명치 언저리가 따끔거리는 것도 불법 코르켄의 독 성분으로 인한 질병 같았다. 어느 방식으로 어떤 병이 생길 지는 마법 서적에도 구체적으로 적혀 있지 않았다. 애초에 마법의 기초를 배우기 위한 서적이었지 코르켄에 대한 전문적인 지식이 끄적여진 책은 아니었으니까.

유한은 맞은편에서 걱정스러운 눈길로 바라보는 이백찬에게 신경 쓰지 않아도 된다고 대꾸한 후 가까스로 배를 채우기 시작했다. 음식을 놔두고 양호실로 향해 누워 있을 만큼 유한은 사정이 넉넉한 편이 못 되었다. 아무리 상태가 안 좋더라도 일단 허기는 채워야 한다는 게 그의 입장에선 당연한 생각이었다.

"……."

이백찬은 가까스로 식사 중인 유한에게 더 이상 묻기도 뭐해 염려스러운 눈길로 쳐다볼 뿐이었다. 유한은 가능한 한 상대방에게 신경이 쓰이지 않도록 노력하며 식사를 마쳐 나갈 따름이었다. 이윽고 무사히 음식으로 점심의 허기를 달랜 유한이 명치 쪽을 굳게 잡으면서 이백찬에게 자신의 비어 버린 식판을 건네 보였다.

"백찬아… 미안한데 나 바로 양호실 가볼 테니까 대신 식판 좀 치워줄래……?"

"그, 그래. 그럴게. …그러니까 얼른 가서 쉬어."

백찬도 자신을 구해준 친구가 아파하는 꼴은 보기 싫었는지 냅다 그의 식판을 받으며 어서 가보라는 듯이 손짓했다. 유한은 그런 백찬의 행동거지에 고마움을 느끼고 찬찬히 자리에서 일어나 걸음을 옮기기 시작했다.

마치 다리에 문제가 있는 사람 마냥 절뚝절뚝거리며 양호실에 도착한 그는 문을 열고 비어 있는 양호실의 선생님 자리를 확인했다. 아무래도 식사 때문에 잠시 자리를 비운 모양이었다.

"…으."

유한은 신음하면서 곧장 비어 있는 양호실 침대에 몸을 눕혔다. 그제야 조금 살 것 같았다. 아픈 명치의 언저리 부분을 손으로 살짝 어루만지면서 유한은 눈을 감았다. 그리고 30분 정도 쉬고 있자니 어느 정도 몸의 고통이 사라지는 느낌이 들었다.

'정말 포인트 아끼겠답시고 미친 짓을 해가지고.'

유한은 아직도 그때 불법 코르켄을 구매했던 날을 떠올렸다. 정말이지 그때로 돌아갈 수 있다면 잠시나마 흑심을 품었던 자신을 때려주고 싶었다. 그러나 이미 시간이 지날 대로 지나버린 상황, 과거로 돌아갈 수도 없었고 p2p를 이용해서 돌아갈 수 있다 한들 포인트가 아까워서 못할 짓 같았다.

'맞아… p2p.'

그러고 보니 아직 유한이 사용했던 그 소원 p2p에는 25포인트가 남아 있었다. 고작 25포인트 가지고 뭘 할 수 있겠느냐 딴죽이 걸릴 수도 있었지만 그 p2p사이트에선 일반 사람들이 평생토록 손아귀에 담지 못하던 많은 소원들이 존재했다. 그리고 그 소원들을 이룰 수 있도록 포인트만 있으면 도와주는 사이트였다(물론 별개의 소원도 있었다).

'혹시 이 불법 코르켄의 독 성분을 해결해줄 수 있는 약이 있을까?

　유한은 혹여 그런 생각이 들었다. 25포인트 가지고 그런 독 성분을 치료해 주는 약을 구매할 수 있을는지 의문이었지만, 일단 그 부분은 제쳐두고 독 성분을 처치해 줄 수 있는 약품이 있는지 알아보고 싶어졌다.

　"……."

　어느 정도 상태가 나아진 유한은 양호실 침대에서 일어나 벽면의 시계를 확인했다. 이제 머지않아 5교시 수업 시간이 찾아올 터였다. 안 그래도 유강 때문에 결석을 조금 했던 유한이었다. 소리 소문도 없이 더 이상 결석을 하는 것은 그의 먼 훗날에도 좋은 영향을 끼치지 못하리라. 유한은 살짝이나마 찌릿찌릿한 명치 언저리의 고통을 참고 양호실 밖으로 나갔다. 이윽고 교실에 도착한 유한은 뒷문을 열고 안으로 들어갔다. 그러자 5교시 수업을 위해 막 교탁에 자리 잡고 서 있는 선생님이 보였다.

　"얼른 자리에 앉아라."

　"…예."

　다행히 5교시 수업 선생님은 속이 좁은 분이 아닌지라 조금 늦었다고 벌을 받거나 하지 않았다. 유한은 선생님께 꾸벅 고개를 숙인 다음 자신의 자리로 향했다. 이백찬은 뒷문을 열고 들어온 유한을 염려스러운 눈길로 주시하고 있었는데 방

금 전 식당가에서 고통을 앓던 그의 모습이 떠올랐기 때문이
었다.

"너 어디 보고 있어? 수업에 집중 안 해?"

하지만 곧 교탁의 선생님이 야단치자 이백찬은 허둥지둥
정면을 바라보며 교과서에 시선을 두었다. 드르륵 의자를 밀
고 자리에 앉은 유한은 얼굴에 자연스레 묻어나는 식은땀을
교복의 소매로 훔쳐냈다. 그러고는 아까보단 덜하지만 여전
히 찌릿찌릿한 명치 언저리의 아픔을 작은 숨소리로 해소하
는데, 바로 옆자리인지라 그것을 의도치 않게 엿듣게 된 한예
진이 고개를 돌려 그를 바라보았다.

잠시 동안 침묵하며 유한을 보던 한예진이 곧 눈치챈 듯 질
문해왔다.

"너 어디 아파?"

"……."

하지만 유한은 대답하지 않았다. 평소에 남들에게 곧잘 대
꾸하는 타입이 아닐 뿐더러 예진은 수학여행 때 이백찬 사건
으로 한 차례 마찰을 빚은 적이 있었다. 비록 그때 그 사건에
서 그녀는 직접적으로 나선 적은 없으나 그래도 가해자들이
하는 짓을 방관하며 지켜본 짓은 결단코 좋은 언행이라고 생
각할 수 없었다.

'어이없네.'

　예진은 당돌하게 자신을 무시하고 정면을 쳐다보는 유한의 모습에 진실로 어이없는 표정을 지었다. 그러고는 곧 홱 고개를 돌리면서 그를 따라 칠판을 바라보았다.

　'아프다고 말했으면 선생님에게 부탁해서 양호실에 가게 해줬을 텐데.'

　대답도 않고 자신을 얕보는 유한의 행위에 예진은 실망하여 더 이상 말을 걸지 않았다. 하지만 그것은 어디까지나 예진이 유한의 상태에 대해서 모르고 있기에 생각할 수 있는 행위였다.

　유한은 일반 현대 의학으로는 감히 고칠 수도 없는 불법 코르켄의 독성을 앓고 있었다. 유한이 앓고 있는 고통 또한 그 독 성분으로 인한 것이었기에 양호실에 가서 몇 분 쉰다 하여 나을 수 있는 게 아니었다.

　'…아무래도 안 되겠어.'

　한참 동안 고통을 참던 유한은 곧 5교시가 끝나자마자 교무실로 향하게 되었다. 식당가에서 처음 아팠을 때보단 고통이 덜했지만 그래도 여전히 수업에 집중조차 어려울 만큼 그를 힘들게 했다. 교무실에 당도한 그는 곧장 담임에게로 향했는데, 조퇴를 부탁하기 위함이었다.

　"정말로 심하게 아파 보이는구나."

　평소라면 꾀병을 부린다고 조퇴조차 시켜주지 않던 담임

이었다. 그런 그가 학생이 진실로 아프다는 것을 알아챌 수 있을 정도였다. 그만큼 유한은 얼굴이 식은땀으로 가득했다.

"바로 조퇴하고 병원에서 무슨 문제 있으면 연락하거라."

"고맙습니다."

그리고 담임에게 조퇴 허가 종이를 받게 된 유한은 교실로 돌아가 가방을 메었다. 쉬는 시간이니만큼 그를 기다리고 있던 이백찬이 교실로 돌아와 대뜸 취하는 그의 행동에 놀란 표정으로 물어왔다.

"조, 조퇴하려고?"

"…그래. 아무래도 오늘은 집에 가서 좀 쉬어야 할 것 같아."

"응. 그, 그래……. 잘 가."

이백찬은 조금 아쉬운 마음이었지만 친구가 아프다는데 붙잡을 수 없는 노릇이었다. 유한은 그런 이백찬을 뒤로하고 뒷문으로 걸음을 옮겼다. 유한의 짝꿍인 한예진은 그런 그의 모습을 보면서 혀를 내둘렀다. 이윽고 정문의 경비원에게 조퇴 허가증을 보여준 유한은 곧장 거리를 활보하여 근처 피시방으로 이동했다. 바로 집에 갈 생각은 없었다. 집에서 누워 있는다 하여 나을 수 있는 것이 아니었으니까.

명치 언저리를 쿡쿡 찌르던 강도도 어느덧 많이 낮아져 유한의 호흡도 많이 정상으로 돌아와 있었다.

‘얼른 접속하자.’

유한은 뚜껑으로 된 휴대폰을 꺼내 들었다.

유한이 과거로 회귀하는 소원을 이룬 직후, p2p 소원 사이트에서 제공해 준 물건으로서 상대방에게 연락하는 것은 계정이 없는지라 불가능했다.

그냥 현 시각을 확인하거나 갖가지 기능을 사용하기 위한 물건이었다.

유한이 이 물건을 가지고 다니는 것은 소원이 이루어졌을 때 꼬박꼬박 메시지가 오기 때문이며 p2p사이트의 주소가 휴대폰 기능 중 하나인 메모장에 입력되어 있는 것이었다.

피시방의 의자에 앉아 모니터의 전원이 들어오기만을 기다리고 있던 유한은 이윽고 컴퓨터가 켜지자 카드 번호를 입력 후 메모장의 p2p사이트 주소를 인터넷 검색창에 입력했다. 그리고 잠시 기다리자 마침내 유한이 기다리던 p2p사이트의 메인이 등장했다.

“…….”

유한은 더도 말고 할 것도 없이 곧장 p2p사이트 메인의 검색창에 코르켄 독 성분이라고 검색했다. 그러자 불법 코르켄의 독 성분에 관련하여 여러 가지 게시글에 다음 페이지에 등장했다.

‘있어.’

마우스 휠을 돌려 게시글들을 훑던 유한은 금세 독 성분을 치료할 수 있는 치료제 게시글을 발견할 수 있었다. 이윽고 그 소원 글을 클릭하여 코르켄의 독 성분을 치료할 수 있는 치료제에 대해 나열되어 있는 설명을 위아래로 읊어보기 시작했다.

'맞아. 이게 독 성분을 처리해 줄 수 있는 치료제야.'

굳이 마법의 클래스를 높일 필요 없이 이 치료제 하나만 구입하면 유한의 몸속 독 성분을 처리할 수 있었다. 그러나 유한은 치료제 구매에 필요한 포인트를 보게 되는 찰나 입을 굳게 다물었다.

'천 포인트…….'

현재 유한이 가지고 있는 포인트는 고작 25포인트였다. 그 포인트 가지고는 감히 엄두도 낼 수 없었다. 유한은 결국 눈앞에 있는 떡을 깨물어보지도 못하는 착잡한 심정으로 창을 닫았다.

'그럼 그 치료제 말고 다른 값싼 치료제는 없으려나……?'

아픔을 잊고 살펴보던 유한은 이내 치료제에 관련한 새로운 게시글을 발견했다.

그 게시글의 제목은 이러했다. 일 년 동안 독 성분을 억제해 주는 약.

유한은 마우스를 놀려 그것을 클릭했고 곧 그 약에 관련한

이야기가 나열된 새로운 창이 뜨자 신중하게 읊어보았다.

'평생은 아니지만 일 년 동안 코르켄의 독 성분을 막아줄 수 있는 약품이다. 365일이 정확히 지나는 순간 다시 독 성분이 몸에 영향을 끼치게 된다.'

즉, 일 년 동안 몸속의 독 성분을 막을 수 있는 약품이라는 것이었다.

유한은 평생 동안은 아니더라도 일 년 동안 독 성분을 억제해줄 수 있다면 그것만으로도 나쁘지 않겠다고 생각하게 되었다.

일단은 독 성분을 통한 고통의 진행을 멈추게 하는 게 우선이었으니까.

"……"

그리고 고개를 쳐들어 포인트를 보는 유한이었다. 당연지사 포인트 값은 유한이 생각한 것 이상이었다. 아니, 딱 두 배라고 할까? 현재 유한이 소유한 25포인트의 두 배인 50포인트가 있어야 일 년 치료제를 구매할 수 있었다.

'결국 안 되는 건가.'

반쯤 포기하는 심정으로 창을 닫고 자신의 데이터에 대해서 적혀 있는 왼쪽 상단으로 시선을 옮겼다.

'어?

―50포인트.

그리고 그곳을 본 유한은 잠시 눈을 휘둥그레 뜨며 얼떨떨
해했다. 그러나 그것도 잠시 눈에 보이는 것이 환상이 아님을
깨닫고 얼굴을 경직했다.

"50포인트? 어째서?"

분명 유한은 25포인트밖에 없었고, 그 포인트가 두 배로 증
가한 것이었다.

하지만 현 시각 갑작스레 두 배로 향상된 것은 아닌 모양이
었다.

어디까지나 유한이 자신의 왼쪽 상단 프로필에 관심을 가
지지 않은 것이었지, 유한이 사이트에 접속했을 때부터 이미
50포인트가 되어 있던 것이다.

"……."

25포인트가 두 배로 돌연 증가했다는 사실은 기분 좋은 일
이었다. 그러나 어떻게 두 배로 향상된 것인지 그 의혹을 해
결하고 싶었다. 분명 아무 까닭 없이 두 배로 증가했을 리는
없었다.

'공지사항?

그때 유한의 눈길을 끈 것은 커뮤니티 상단 맨 첫 번째에
있는 공지사항이었다. 유한은 그곳으로 마우스 커서를 옮겨

한 차례 클릭해 보았다. 그러자 창의 페이지가 변경되면서 공지사항 게시판이 등장했다.

이윽고 유한은 공지사항 목록을 위아래로 쭈욱 훑어보다가 현 날짜와 가장 가까운 날짜에 올려진 글을 클릭했다. 그러자 또다시 페이지가 변경되더니 기다랗게 이번 업데이트 패치에 관련된 이야기가 등장했다.

'업데이트?'

유한 딴에선 뜬금없는 단어였다. 마우스 휠을 놀려 업데이트에 관련된 내용을 읽어보기 시작했다. 잠시 후 그것을 모두 읽어 보인 유한은 '허……' 하고 짤막하게 숨소리를 내뱉었다.

'그러니까 요약하자면……'

타인의 소원을 몸소 나서서 이루도록 도와주면 현 포인트가 두 배로 증가한다. 그것이 가까운 시일에 올라온 공지사항의 내용이었다.

유한은 그 내용을 읽고 나서 팔짱을 끼고는 잠시 골똘히 상념에 잠겼다.

'내가 누군가의 소원을 들어준 적이 있던가?'

포인트가 두 배로 증가했다는 것은 타인의 소원을 들어준 적이 있거나 타인이 소원을 이룰 수 있도록 옆에서 거들어주었다는 것인데, 유한은 그런 경험이 자신에게 있었는지 의문을 가질 수밖에 없었다.

하지만 그렇게 상념에 잠겼던 것도 잠시 유한은 가볍게 탄성을 터뜨리면서 중얼거렸다.

"설마 백찬이와 관련된 일 때문에?"

이백찬. 그는 한예진과 그녀의 친구들에게 무차별적으로 구타를 받고 괴롭힘을 당하는 실정이었다. 그것을 옆에서 방관하고 있던 유한은 결국 어느 시기에 다다르자 참지 못하고 도와주기에 이르렀다. 그리고 이백찬을 괴롭히던 가해자 일행은 유한과의 주먹다짐에서 패하여 그 후로는 더 이상 이백찬에게 집적대지 못했다.

유한은 비록 교실에선 왕따로서 외면당하고 있지만 인성 좋은 백찬과 친구로 거듭나게 되었다.

"……."

유한은 잠시 침묵하다 고개를 주억거렸다. 역시 타인의 소원을 들어준 적은 그때밖에 없는 것 같았다. 과거로 돌아온 직후 누군가의 소원을 직접적으로나 간접적으로나 도와준 경험이 그 외엔 전무한 것이다.

'그렇게 따지니까 포인트가 증가한 것도 이해가 되네.'

머릿속의 흐트러져 있던 퍼즐 조각을 끼워 맞춰 완성하는 데 성공한 유한.

'그럼 다른 사람의 소원을 내가 도와주거나 혹은 이뤄주면 또 포인트가 두 배로 증가하는 건가?

하나 타인에게 가위를 빌려준다던지 지우개를 빌려준다든지 하는 소소한 바람 가지고는 포인트가 증가하는 것 같지 않았다. 그 선이 어느 정도인지만 알 수 있으면 좋으련만 업데이트 관련 공지사항의 내용에는 그 부분이 자세하게 적혀 있지 않았다.

'그래도 벌 수 없었던 포인트를 벌 수 있게 됐다는 건……'

여러모로 기쁜 소식이 분명했다. 그와 더불어 유한은 한 차례 이러한 외문을 스쳐가듯 갖게 되었다. 이 사이트를 알고 있는 사람은 과연 유한 자신만일까? 혹시 몇몇 가까운 사람들도 이 사이트를 알고 소원을 구매하여 생활하고 있진 않을까?

이윽고 유한은 팔짱을 풀고 다시 마우스에 손을 가져갔다. 그리고 방금 전 펼쳐 봤던 페이지를 찾기 위해 뒤로 가기를 연신 눌렀다. 이윽고 일 년 치료제 페이지가 있는 창으로 옮겨졌다. 유한은 일 년 치료제 제목의 글을 클릭하고 띄워진 창이 방금 전 자신이 훑어본 그 글이 맞는지 기억을 돌이켜 보았다.

"……"

훑어보았던 글이 맞음을 알게 되자 유한은 잠시 뜸을 들였다. 한때 흑심을 갖고 싼 가격에 파는 코르켄을 정품인 줄 알고 구매했다가 독 성분으로 탈이 난 유한이었다. 지금은 그 독 성분을 억압하기 위해 남은 포인트를 투자하여 일 년 치료제를 구입하려는 실정이었다. 그런데 이 치료제가 실은 불법 코르켄과 마찬가지로 싼 가격에 판매되는 불법 치료제가 아닐는지 유한은 불안했다.

'하지만 50포인트로 살 수 있는 치료제는 이것밖에 없어.'

심지어 유한은 어떻게든 불법 코르켄의 독 성분을 억제해야만 했다. 학교 식당에서 맛본 고통은 이루 말할 수 없을 정도로 끔찍했다. 독 성분의 질병은 계속해서 나타날 테고 머지않아 심장에도 큰 무리를 줄 수가 있었다.

여기까지 생각하자 신중하게 각오를 먹게 된 유한은 구매하기 버튼을 꾸욱 눌렀다. 그리고는 다운로드 창이 뜨고 하얀 줄이 파란 줄로 슬그머니 덮어지기 시작했다. 유한은 그 하얀 줄이 파란 줄로 덮어질 때까지 막연히 앉아 있었다.

'다운로드가 완료되었습니다.'

잠시 후 줄이 파란색으로 가득해졌고 의자에 등을 기대고 있던 유한이 허리를 꼿꼿이 펴면서 모니터를 바라보았다.

우우웅.

유한의 주머니 속에 있는 휴대폰이 강하게 진동했다. 한 차례 진동을 끝으로 멈춘 휴대폰엔 필시 소원을 이루어주었다는 메시지가 전달되었을 것이었다. 유한은 가볍게 심호흡하고는 눈을 질끈 감았다. 그리고 슬그머니 눈을 떠보이자 그의 시야로…….

"……."

일 년 치료제라고 한글로 써져 있는 작은 약통 하나가 키보드 자판기 위에 포개져 있었다. 유한은 이제 갑작스레 어떤 물건이 등장해도 익숙한 태도였다. 이윽고 그것을 손으로 잡아 올린 후 뚜껑을 살짝 열어보았다. 그 안에는 하얀 알약이 담겨 있었는데 달랑 하나뿐이었다.

'하나라고?'

유한은 순간 놀라 일 년 치료제에 대한 글을 다시 읽어보았다. 그러나 순간 놓쳤던 문장을 보고 나니 안심이 되었다.

단 하나뿐인 알약이지만 한 알이 가진 효능 지속 기간이 일 년간 지속되고 그 기간동안 코르켄의 독성으로 인해 괴로워할 일이 없다고 설명되어 있던 것이다.

설령 이 알약 하나를 구하기 위해 50포인트를 날려먹었지만 유한은 결코 헛되이 소비한 것은 아니라고 생각했다. 무엇보다 이제 포인트는 타인의 소원만 이루어 주어도 구할 수 있는 것이었으니까.

영영 구하지 못한다고 후회할 필요가 없었다.

'정수기가 어디 있지?'

유한은 약통의 뚜껑을 닫고 자리에서 일어나 주변을 훑어보았다. 아직도 명치 언저리가 조금 뻐근한 게 고통이 끝난 거 같지는 않았다.

'집에 돌아가서 먹느니 빨리 여기서 해치우고 가자.'

한예진 때문에 코르켄을 한 알 잃어버린 경험이 있던 유한이었다. 그런 일이 또다시 반복될까 새삼 두려워 유한은 약통을 꾸욱 쥐고 아르바이트생이 있는 곳으로 갔다.

"여기 정수기가 어디 있나요?"

"아, 저기 있어요."

아르바이트생이 가리킨 곳을 보고 고개를 끄덕인 유한은 그쪽으로 걸음을 옮겨 머지않아 정수기 하나를 발견할 수 있었다. 그리고 종이컵 하나를 꺼내 안을 두 손가락으로 펼친 다음 물을 받는 곳에 가져다댔다. 주르륵 종이컵에 차오른 차디찬 물을 한입에 쏟아부은 뒤 유한은 약통의 알약을 꺼내 입속에 투여했다.

꿀꺽…….

알약을 무사히 삼키자 그제야 안도감을 갖는 유한이었다.

"이걸로 끝인가?"

약을 삼켰음에도 아무 반응이 없었다. 여전히 명치 언저리가 조금씩 따끔따끔거리고 있었는데 유한은 혹여나 사기를 맞은 건 아닐까 일순간 불안에 떨었다. 하지만 그것도 잠시 유한은 '어?' 하면서 갑작스레 나아지는 자신의 상태에 신기

함을 가졌다. 분명히 몇 초 전만 해도 명치가 욱신거려 숨을 쉬기가 조금 불편했는데 지금은 언제 그랬냐는 듯 정상적으로 돌아와 있었다.

'그럼 이제부터 일 년 동안은 잠잠해지는구나.'

딱 일 년이었다. 달랑이라고 표현할 수도 있었지만 그래도 유한 딴에선 감지덕지였다. 식당가에서 느꼈던 그 고통을 앞으로 계속해서 맛보게 된다면 정말이지 죽지 못해 산다는 표현이 옳게 되리라.

유한은 일단 일 년 안에 마법 수련을 꾸준히 하여 높은 클래스에 올라야 한다고 생각했다. 독 성분을 치료하기 위해선 힐링을 제대로 익히는 수밖에 없었으니까.

'그리고…….'

일 년 안에 높은 단계의 힐링을 연마할 수 있을 거라고 장담을 못하니 근 미래를 대비해 50포인트를 미리 얻어두는 게 좋을 거란 생각이 들었다.

'그럼 50포인트를 얻기 위해선 두 사람의 소원을 들어줘야 하는 건가?'

일단 0포인트에서 시작하면 한 사람의 소원을 들어줄 시 25포인트를 제공한다고 공지사항에 적혀 있었다. 그리고 그 후부터는 소원을 들어줄 때마다 가지고 있는 현 포인트의 두 배로 증가시켜주는 것이었다.

하지만 무엇보다 난감한 것은 어느 강도의 소원부터 포인트가 채워지는지였고, 그것이 자세히 적혀 있지 않다는 것은 유한으로서 실로 머리 아프게 만드는 일이었다.

'그래도 일단 무엇 무엇을 해야 할지는 확실히 아니까.'

이젠 행동을 통해 결실을 이루는 순간만이 남아 있었다. 유한은 앞으로의 고단할 과정들을 상상하면서 한숨을 쉬었다.

이윽고 아르바이트생에게 피시방 값을 계산하고 밖으로 나온 유한은 곧장 집으로 향하였다. 집에는 역시나 어머니는 아직 들어오지 않아 혼자 방으로 들어온 유한은 가방에서 마법 서적을 꺼내 펼쳐 보였다. 그러고는 곧장 공부 모드에 들어가는데 여느 때보다 집중하는 모양이었다.

무엇보다 자신의 안위가 걸린 일이었으니까.

제8장

끝장을 내다

P2P가 세상을
지배하는 날

다음날, 일찍이 일어난 유한은 어머니가 챙겨준 첫 끼니로
포만감을 느끼며 교내로 이동했다.

드르륵 뒷문을 열고 학생들이 손으로 꼽을 정도로 수가 적
은 교실 안에 발을 들인 유한은 자기 자리로 향해 착석한 다
음 곧장 공책을 펼쳤다.

'일단 계획서를 확실히 작성해 보자.'

어제는 불법 코르켄의 독성으로 큰 고통을 느꼈던 유한이
었고, 독성을 억제해 주는 약을 삼켰기 때문인지 마법 공부를
하다가 도중에 잠이 들고 말았다. 유한은 맘 같아선 곧장 마

법 공부에 집중하고 싶었다. 그러나 앞으로 어떤 방식으로 일을 해야 할지 계획서를 작성해 보자고 마음을 먹었다.

일단 유한이 가장 크게 목표를 두고 있는 것은 바로 미래의 성공이었다. 유강 때문에 미처 이루지 못했던 큰 야망을 이번 삶에서 반드시 이루어 보일 유한이었다.

'그럼 일단 성공이 가장 큰 목표. 그리고 그 목표를 가로막는 장애물들은……'

유한은 이번엔 목표를 가로막는 장애물들에 대해서 적어 보기 시작했다.

첫 번째로 유한의 형인 유강. 비록 지금은 모습을 감췄으나 언제 어디서 갑작스레 나타나서 유한의 미래에 훼방을 놓을지 알 수 없는 노릇이었다. 유강이란 작자는, 자신의 형은 원래부터 그런 본질을 가지고 있던 사람이었으니까.

'그리고 다음으로 불법 코르켄.'

사실상 현재 유한이 가장 중요시 여기는 것은 바로 불법 코르켄의 독 성분이었다. 어제 코르켄의 독 성분의 위력을 확실히 맛본 유한으로서 앞으로 남은 일 년 안에 어떻게든 대책을 세워야만 했다. 물론 현재 유한에게 가장 끌리는 것은 타인을 도와 포인트를 얻어 불법 코르켄의 독 성분을 해결해 줄 수 있는 최고의 약을 구하는 것이었다.

하지만 어느 정도 강도의 소원을 이루어주어야 포인트를

지급받을 수 있을지 감도 안 오는 상황에서 다짜고짜 누군가를 구하기 위해 발 뻗고 나선다는 것은 옳지 못했다. 스스로의 입장을 돌이켜 볼 때, 스스로 역시 좋은 처지가 아니었는데 남을 구할 능력이나 되겠는가.

'마법을 이용하는 일이라면 조금은 가능할지도 모르지만…….'

일단 타인을 구해 포인트를 얻는다는 것은 뒷전으로 미뤄두고 유한은 꾸준히 마법을 배워서 얼른 높은 클래스에 도달하는 것을 목표로 세웠다.

비록 일 년 안에 5클래스 마법사가 되어 힐리어스를 사용한다는 것은 불가능에 가깝겠지만 그래도 마땅한 해결책이 없는 것이었다.

'이외에도 목표로 하는 일이 많지. 좋은 성적도 받아야 하고, 미래에 좋은 직업을 얻기 위해 길도 많이 열어두어야 하고…….'

마법 이외에도 할 것이 많아 슬슬 머리가 지끈거리는 유한이었다. 과거로 돌아오면 무조건 좋을 줄 알았는데 그런 것도 아니었다. 예전보다 보다 나은 인생을 살기 위해선 예전보다 더욱더 열심히 자신을 갈고 닦아야만 하는 것이었다. 그건 정신적인 고독함과 외로움이 더해지는 일이었다. 하지만 유한은 현 위치로 만족할 만큼 야망없는 사나이는 못 되었다.

“후.”

결국 한숨을 쉬며 반쯤 작성한 계획서를 공책째로 덮어버리는 유한이었다. 무엇 무엇을 해야 할지 확실히 계획을 하긴했지만 답이 나오지 않을 만큼 앞이 캄캄해서 절로 절망스러움이 묻어났다.

“유, 유한아.”

그때였다. 이젠 제법 익숙해진 목소리가 유한의 귓전에 닿은 것이었다. 유한은 소리가 들린 쪽으로 자연스레 고개를 돌렸다. 그러자 이제 막 뒷문으로 등교한 듯한 이백찬이 보였다. 유한은 그런 백찬을 보고 가볍게 손을 흔들었다.

“안녕.”

“아, 안녕. …어제는 어떻게 집에서 잘 쉬었어?”

이백찬은 어제 유한이 굉장히 고통스러워하던 모습을 두 눈으로 똑똑히 목격했던 사람이었다. 가해자들 사이에서 몸소 나서서 도와주었던 은인이니만큼 이백찬이 유한을 걱정하는 것은 당연한 일이었다. 유한은 이백찬을 잠시 쳐다보다가 고개를 끄덕이면서 대꾸했다.

“이젠 괜찮아.”

“…다행이다.”

그리고 이백찬은 유한의 근처에 서서 우물쭈물 거리고 있을 따름이었는데, 그의 뒤로 강한 인기척이 느껴졌다. ‘아’

하고 작게 탄성 지은 이백찬이 허둥지둥 뒤로 물러났다. 그러자 이백찬 때문에 보이지 않았던 한예진의 모습이 드리웠다.

"……"

이백찬이 뒤로 물러난 덕분에 한예진과 눈을 마주치게 된 유한은 곧장 고개를 정면으로 돌리더니 서랍의 책들 중 하나를 꺼내 공부하기 시작했다.

한예진은 여느 때와 다를 바 없이 자신을 무시하는 유한의 행동에 눈살을 찌푸리더니 옆자리에 착석했다.

두 사람 사이에 드리운 갈등의 분위기에 어쩔 줄 몰라 하던 이백찬은 곧 소심한 모습으로 자기 자리로 돌아갔다.

"……"

그렇게 시간이 흐르고 어느 틈엔가 학생들 전원이 교실에 착석했을 찰나였다. 앞문을 열고 담임이 등장했고, 소란스럽게 재잘거리던 아이들은 선생님의 등장에 돌연 입을 다무는가 싶더니 선생님의 겨드랑이에 끼어 있는 무언가를 보고는 경악하기 시작했다.

유한은 그 반응에 자연스레 아이들의 시선이 향한 곳을 따라가 보게 되었는데, 그 역시 살짝 표정이 굳고 말았다.

쿵!

겨드랑이에 끼고 있던 중간고사 성적표를 교탁 위에 올려놓은 담임이 곧장 운을 띄웠다.

“중간고사 성적표 나왔다. 원래는 종례 시간에 주려고 했
는데 종례 시간 때 회의 때문에 못 올 것 같아서 아침에 미리
주려고 한다.”

학생들 사이에서 벌써부터 탄식과 한숨이 쏟아졌다. 유한
역시 굉장히 긴장이 역력한 기색으로 성적표를 기다렸다. 회
귀 전 이 당시의 유한은 꾸준한 노력과 공부로 좋은 성적을
유지하던 학생이었다.

만일 수능까지 얼마 남지 않은 실정에서 유강이 어머니에
게 그런 짓만 저지르지 않았더라도 유한의 미래는 활짝 폈을
지도 몰랐다.

이윽고 담임이 차례대로 학생들의 번호를 부르기 시작했
다. 번호가 불린 학생들은 일제히 자리에서 일어나 교탁으로
향했고 담임은 아무 말 없이 성적표를 건네주기만 했다.

이윽고 성적표를 받은 학생들의 안색이 하나같이 창백해
졌다.

곳곳에서 쏟아지는 한숨에 유한은 침을 꿀꺽 삼키며 긴장
했다. 비록 같은 같은 나이 같은 반 학생들이지만 실제 그속
은 잔뜩 나이를 먹은 유한이었다.

학창 시절로 돌아와 똑같이 시험을 보고 성적표를 받는 것
은 여전히 긴장되는 일이었다.

특히 과거보다 좋은 미래를 만들자는 목표를 가지고 있었

기 때문에 전보다 더 좋은 성적을 받고 싶다는 욕구가 자연스
레 샘솟기 때문이기도 하였다.

"유한, 나와라."

이윽고 유한의 번호가 불러지고 그를 호명까지 하는 담임
이었다. 유한은 긴장된 역력으로 의자에서 일어나 교탁으로
향했다. 그리고 막 앞에 있던 학생이 성적표를 받고 자기 차
례가 다가오는 순간 유한은 얌전히 두 손을 내뻗었다. 그런데
무슨 연유에선지 담임은 성적표를 주려다 말고 한탄과 탄식
을 쏟으며 자리에도 못 앉고 있는 교실의 학생들을 향해 소리
쳤다.

"모두 자리에 앉아라, 얼른."

유한은 왜 담임이 자신의 차례가 되자 어수선해져 있는 교
실을 진정시키는 건지 이해가 안 갔다. 하지만 그 까닭은 머
지않아 알 수 있었다. 유한은 담임이 쥐고 있는 자신의 성적
표의 석차를 확인하고는 경직된 표정을 짓게 되었다.

두 눈으로 똑똑히 보았음에도 불구하고 유한은 믿지 못했
다.

"조용히 하고, 우리 반에서 전교 1등이 나왔다."

그리고 담임이 유한에게 쥐고 있던 그의 성적표를 건네주
었다. 유한은 보다 더 자세하게 자신의 성적표를 보게 되었음
에도 불구하고 신뢰하지 못했다. 그에게 전교 1등은 늘 꿈으

로만 꾸었던 일이었다.

"그동안 열심히 공부한 것 같은데 그 보답을 받는 것 같아 선생님도 기쁘구나. 유한이 우리 반 전교 1등이다. 다같이 박수 쳐줘라."

성적표를 받고 하나같이 패닉 상태에 잠겨 있던 학생들 역시 굉장히 어안이 벙벙한 눈치였다. 그들 역시 전혀 예상 못한 인물이 전교 1등을 하자 당황한 모습이었는데 당사자는 오죽하겠는가. 유한은 자신의 성적표의 등수가 전교 1등을 가리키고 있음을 보면서도 여전히 신뢰하지 못하는 표정이었고, 이것이 꿈인가 생시인가 분간조차 못하는 눈치였다.

'이거 꿈이 아닌가?

유한은 일단 작게 꾸벅거리고는 몸을 돌려 자리로 돌아갔다. 유한의 뒤에 있던 나머지 학생들이 차례대로 성적표를 받고 있는 상황에서 한예진은 살짝 벙찐 표정으로 옆자리의 유한을 바라보았다. 유한이 쥐고 있는 성적표의 등수를 보니 정말로 전교 1등을 가리키고 있었다.

'그런데 어떻게 된 거지?

전교 1등 석차를 보고 마냥 기뻐하던 유한은 어느 순간 의문을 가졌다. 따지고 보면 분명 유한은 몸이 상할 정도로 공부를 한 편은 아니었다. 물론 일반 학생들보단 공부에 시간을 많이 할애하긴 했지만 전교 석차에 드는 학생들 대부분이 유한만큼 시간을 투자했을 게 자명했다.

하나 그럼에도 불구하고 유한은 그런 학생들보다 좋은 성적을 받아 마침내 전교 1등에 이르렀다. 이건 단순히 유한이 공부를 많이 했다고 해서 가능한 일은 아닌 것 같았다.

'과거 경험이 한 번 있기 때문인가?'

필히 그럴지도 몰랐다. 유한은 이미 한 번 보아왔던 시험을 또다시 보는 것이었으니까. 그리고 과거에 공부했던 경험이 있으니만큼 이 세계에선 공부를 거의 복습하듯 했다고 보면 되는 것이었다.

하지만 유한은 필시 자신이 익힌 마법에도 영향이 상당히 있었으리라 생각했다.

'그러고 보니 마법을 익힐 때 명상을 하면서 머리가 조금 맑아진 느낌이 있었어.'

그리고 코르켄으로 마법의 봉인이 깨어났을 때 역시 머리가 보다 회전력이 빨라진 느낌이었다. 유한은 그제야 그것을 새삼 통감하고 고개를 끄덕이게 되었다. 어찌 됐든 간에 일생에 좋게 기억할 만한 하나의 추억이 생긴 것이었다. 유한은 어머니가 돌아오는 즉시 이 성적표를 보여주자고 생각하게 되었다. 그때 어머니가 과연 무슨 표정을 지을지 상상하는 것만으로도 절로 미소가 지어졌다.

"대단하다……."

이윽고 조회 시간이 끝나고 찾아온 이백찬이 유한을 향해 감탄을 금치 못했다. 유한은 작게 미소 짓고는 그 칭찬을 굳이 부정하지 않았다. 오히려 뭐 이게 대단하냐며 부인하면 더욱 밉상처럼 보일 수 있었기 때문이었다.

"……."

그런 유한의 태도 때문일까. 전교 1등을 했단 사실에 교실의 학생들이 조금씩 그를 곁눈질하고 있었다. 아무래도 전교 1등인 유한이니만큼 미래를 위해 친근히 대하는 것이 좋겠다고 생각하는 학생들이었다.

그리고 점심시간, 식사를 하고 돌아왔을 때 그 생각에 따라 적극적으로 행동을 하는 학생이 등장했다. 유한과 같은 교실의 여학생이었는데 안경을 쓰고 있음에도 예쁘장한 외모는 가려지지 않았다.

이윽고 그 여학생이 마법 서적을 공부하고 있는 유한에게로 다가오더니 '저기……' 하고 운을 띄웠다. 근처에서 말없이 유한이 공부하는 모습을 지켜보고 있던 이백찬은 그녀의 갑작스런 등장에 놀란 듯 유한의 어깨를 어색하게 건드렸다.

"유, 유한아."

"……."

한창 공부에 집중하고 있던 유한은 이백찬의 깨움에 그제야 고개를 들어 정면을 바라보았다. 그러자 예쁘장한 외모의

여학생은 조금 움찔하면서 물러나는가 싶더니 소심하게 질문
했다.

"모르는 문제가 있어서 그러는데 좀 알려줄 수 있어?"

누군가가 직접 다가와서 그런 요청을 하는 것은 이번이 처
음이었다. 유한은 이를 어찌해야 할까 잠시간 고심했다. 그런
유한의 모습에 여학생이 다시 한 번 정중하게 말을 이었다.

"시간 많이 빼앗지 않을게. 조금만 안 될까?"

일반 학생들에게 심어져 있는 전교 1등의 이미지란 바로
그것이었다. 조금의 시간조차 자신의 능력 향상에 할애하느
라 바쁘게 일상을 보내는 사람. 유한의 이미지는 어느덧 그런
쪽에 속해 있었고 그래서 부탁하는 여학생은 상당히 조심스
러웠다.

'시간을 많이 뺏는 것도 아니고 조금 그러는 건데 괜찮겠
지.'

"그래. 모르는 문제가 뭔데?"

유한은 여학생의 부탁을 승낙하고 도와주게 되었다. 안경
쓴 예쁘장한 외모의 여학생은 자신이 모르는 문제집의 문제
를 보여주면서 유한으로 하여금 알려 달라 했다. 유한은 마침
이미 완벽하게 파악하고 있는 문제였기 때문에 금방 가르쳐
줄 수 있었다.

"이렇게 하면 돼."

"…고마워."

문제의 과정과 답을 완연히 가르쳐 준 유한은 여학생에게 고맙다는 인사를 받게 되었다. 실은 유한은 이미 애들 사이에서 유강이란 형 때문에 접근해선 안 되는 학생으로 낙인찍혀 있었다.

워낙에 교내에서 말썽을 피우던 형인지라 그의 동생이라는 것만으로도 학생들은 다가가는 것을 꺼려했다. 그런데 막상 다가가서 대화를 나눠보니 의외로 소문으로 들어온 것과는 다른 이미지였기에 도움을 받은 여학생은 의아해할 따름이었다.

"칫."

민찬과 강수는 아이들의 시선을 한 몸에 받게 된 유한의 모습에 불만을 품었다. 애초에 그 때문에 백찬을 괴롭히던 것조차 못하게 된 두 사람이었다. 근데 심지어 전교 1등까지 차지하다니. 이렇게 되면 교내의 선생님들은 유한에게 내심 호의를 품을 것이었고, 그와 더 이상 다퉈봤자 민찬 딴에선 이로울 게 없었다.

"하지만 이대론 억울해. 당한 건 갚아줘야지."

"맞아."

민찬과 강수는 하나같이 유한에게 보복하고 싶어 하는 모습이었다. 전교 1등이란 이미지가 각인되자 유한에게 슬슬 들이대는 애들이 생겨났다.

민찬과 강수, 예진은 그런 애들이 꼴 보기 싫어 학교의 옥상으로 자리를 옮겼다.

예진은 유한이 오해를 품고 자신을 부정적으로 바라보는 게 맘에 들지 않았다.

하나 그러할지언정 유한이 어긋난 행동을 취하는 두 친구에게 철퇴를 내린 것은 올바르다고 생각 중이었다.

그래서 그들이 보복을 꿈꾸는 모습에 조금 불안함을 담고 머뭇거릴 수밖에 없었다.

'언제부터 이렇게 됐을까.'

예진은 스스로의 가슴 깊숙이 자문해 보았다. 언제부턴가 민찬과 강수는 그릇된 길로 빠져 버렸다.

분명히 예진과 그들이 처음으로 마주했을 때는 아주 순수하고 보기 좋은 애들이었다.

그런데 어느 순간부터 달라지기 시작해서 남을 짓밟고 괴롭히는 것에 재미를 들이더니 지금은 일반 학생조차 꺼리는 날라리로 각인되어 버렸다.

그런데 그것이 뭐가 그리 좋은지, 두 친구는 그렇게 인식에 마냥 좋아라 미소 지을 따름이었다.

예진은 이제 슬슬 지치고 있었다. 그들과 친구라는 명목하

에 어떻게든 예전처럼 원상태로 돌리고자 애를 쓴 예진이었
다.

　다만 직설적으로 설득했다간 자신의 안위가 위험해질 수
있어 눈치채지 못하도록 그들이 악랄한 짓을 할 때마다 옆에
서 제지하곤 했었는데, 이젠 보복을 하겠답시고 수작을 꾸미
고 있다니.

　"정말 맘에 안 들어, 그 새끼."

　"나중에 하교할 때 등 뒤에서 은근슬쩍 기습해서 때려눕힐
까."

　"그것도 나쁘지 않겠네."

　질 나쁜 대화가 오가는 것을 보면서 예진은 가만히 침묵했
다. 실은 그녀 딴에선 날이 갈수록 지독해져 가는 두 사람의
모습에 살결이 바들바들 떨리고 있었다. 이들이 나중에 자신
에게도 악랄한 손아귀를 뻗지 않을 것이라곤 장담할 수 없었
다.

　"그래, 오늘 치는 거야."

　"예진이 너는 이따가 그 장면 휴대폰으로 좀 찍어줘."

　"……."

　예진은 짐짓 미소 지으면서 '알았어'라고 대꾸했다. 그 동
작에 두 친구는 서로를 쳐다보면서 낄낄 웃어댔다. 이젠 두
친구를 향해 진심으로 미소 짓는 것조차 힘겨워져 가는 예진

이었다.

　이윽고 예진은 그들과의 대화를 끝내고 먼저 교실로 돌아왔다. 그녀는 여느 때처럼 옆자리에서 열심히 공부 중인 유한을 보게 되었다.

　"……."

　저벅저벅 그에게로 다가가며 예진은 고심했다. 아무래도 오늘 민찬과 강수는 진짜로 작정하고 유한을 때려눕힐 생각인 것 같았다. 그녀 딴에선 그 두 사람을 제지할 만한 역량이 되지 못했기에, 예진은 두 친구가 하라는 대로 따를 수밖에 없었다.

　'말해야 할까?

　유한에게 오늘 두 친구가 무슨 작전을 세웠는지 말해야 할까. 그래서 미리 조심하라고 염두를 두어야 할까. 아무래도 그래야겠다는 생각이 들었다. 아까 옥상에서도 봤지만 오늘 민찬과 강수는 정말로 무슨 일을 저지를 듯싶었다.

　그녀로선 두 친구가 인생을 망치는 길로 가기를 바라지 않았다.

　"저기……."

　"……."

　예진이 은근슬쩍 입을 열었다. 하지만 유한은 그러거나 말거나 마법 서적의 페이지를 옮기면서 독서에 집중하고 있었다.

　예진은 그 모습에 잠시 열었던 말문을 닫았다. 여전히 그의 무시하는 태도에 기분이 상했지만, 그래도 그녀는 반드시 말해야겠다는 생각이 들었다.

　"내 말 좀 들어봐."

　"……."

　"무시하지 말고 좀 들어보라고. 중요한 이야기니까."

　그렇게 연거푸 부탁했음에도 불구하고 유한은 마법 서적에만 몰두했다. 애초에 그는 유강이란 작자로 말미암아 날라리라든지 누군가를 괴롭히는 사람들에게 진저리가 나 있는 상황이었다.

　이백찬을 괴롭히며 즐겼던 사람 중 한 명인 예진에게 결코 좋은 이미지를 가질 수가 없었다. 그래서 그녀가 그 어떤 간절한 모습으로 애원을 한다 한들 유한이 일말의 동정과 연민을 느낄 리가 전무했다.

　"아직도 그렇게 무시하겠다 이거야?"

　예진의 목소리에는 이제 분노와 안타까움이 동시에 들어 있었다. 유한은 그녀가 이렇게까지 하면서까지 무슨 말을 하고 싶은 것인지 조금 의문이 들긴 했으나 그래도 그녀에게 담겨 있는 거북한 이미지 때문인지 대화를 나누기가 싫었다. 결국 그런 유한의 모습에서 확신을 얻었는지 '알았어' 하면서 예진이 정면을 바라보았다.

"말 안 할게."

"……"

그리고 그렇게 작은 목소리로 중얼거리는 것이었다. 예진은 그에게 위험하다는 소식을 미리 알려주려고 했는데, 유한 스스로 그것을 거부하고 있었다.그렇다면 예진 역시 더 이상 자존심을 굽히면서까지 그를 도와줄 이유가 없었다. 아무리 이백찬을 똑같이 괴롭힌 질 나쁜 가해자로 생각하고 있다 한들, 적어도 이야기 한 번쯤은 들어볼 수 있는 것 아닌가.

오해를 풀어볼 모습조차 보이지 않는 유한의 성의없는 모습에 예진은 결국 대화를 포기했다.

"……"

하지만 그렇다고 예진이 이따가 있을 일을 대비하지 않겠다는 뜻은 아니었다. 유한이 대놓고 자신을 무시하면서 말을 듣지 않는다면, 두 친구를 말리는 방법으로 사용해 볼 수밖에 없겠단 생각이 든 것이었다.

"하하하."

이윽고 뒷문을 통해 익숙한 남성의 웃음소리가 들려왔다. 고개를 돌린 예진은 민찬과 강수가 들어오는 것을 목격하고는 끼이익 의자에서 일어났다. 그제야 유한이 그런 그녀의 등을 흘긋 곁눈질했다가 다시금 책으로 시선을 옮겼다.

예진은 선선히 두 사람에게로 다가가더니 웃음 짓고 있는 그들을 향해 운을 띄웠다.

"미안. 나 아무래도 오늘 안 될 것 같아."

"어? 왜?"

"오늘 엄마가 바로 오라고 하거든. …그래서 그러는데 다음으로 미루면 안 될까?"

우스운 발언이라고 할 수도 있었다. 작정하고 사람을 때려눕히려고 약속을 잡은 두 사람을 그런 발언을 설득하려는 꼬락서니라니. 하지만 민찬과 강수는 오랫동안 함께 친구로서 자리잡아온 예진의 설득이니만큼 잠시 고심하는 모습이었다. 이윽고 민찬이 그럼 그럴까 하면서 고개를 쳐들었다. 민찬의 표정이 경직됨과 더불어 그의 눈동자가 유한을 드리웠다.

"……"

때마침 유한은 그 세 사람에게로 유유히 고개를 돌리고 있었다. 자연스레 유한과 눈을 마주치게 된 민찬은 예전의 그 분통한 감정이 격심하게 떠올랐는지 이리 번복하고 있었다.

"그냥 우리 둘끼리 하지 뭐."

"…어?"

"엄마가 오라고 하는데 별수있겠어? 그냥 먼저 집으로 가. 나랑 강수 둘이서 저 새끼 때려잡을 테니까."

　“…잠깐. 그래도 내가 오늘 같이 못 있는데 그냥 내일 하
면…….”

　“안 돼.”

　민찬은 딱 잘라 말했다. 그의 눈동자엔 이미 지독한 분노가
서려 있었다.

　“넌 그냥 집에 가. 강수랑 둘이서 알아서 할 테니까.”

　민찬은 더 이상 예진의 말을 들으려 하지도 않았다. 경직된
표정으로 굳어 있는 민찬의 모습을 보면서 예진은 허탈한 표
정을 지었다. 그렇게 유한에게 한 번 된통 당한 게 분했던 것
인가. 스스로 죄없는 애꿎은 사람을 괴롭혀서 벌을 받은 것인
데 어째서 스스로의 죄는 인식하지 못하고 또다시 못된 짓만
하려는 것인가.

　“…….”

　예진은 입안에 담고 싶은 그 말을 목구멍 속으로 간신히 삼
켜 넣으며 얼굴에 그늘을 드리웠다. 그리고는 선선히 고개를
끄덕였다. 민찬과 강수는 그녀를 비껴 지나가 유한을 노려보
면서 자기 자리로 돌아갔다.

　두 사람의 뾰족한 시선을 한 몸에 느끼던 유한은 대놓고 마
법 서적에 시선을 집중하면서 무시하다가 홱 고개를 돌려 예
진의 뒷모습을 바라보았다. 왠지 모르게 암울한 기운을 뿜고
있는 예진의 등짝이 유한으로 하여금 깊은 의문을 들게 했다.

"그럼 반장."

"네. …선생님께 경례."

"안녕히 계세요."

이윽고 종례 시간이 다가왔고 담임은 학생들에게 인사를 받은 뒤 곧장 교실을 나갔다. 소란스럽게 자리를 정리하며 일어서는 학생들 사이에서 유한 역시 스르륵 일어나 보였다. 옆에 있던 예진이 그런 유한의 행동을 느끼고 흘긋 그를 바라보았다. 유한은 마침 의자를 책상에 올리고는 가방을 어깨에 맨 채 뒷문으로 나가고 있었다. 이를 본 이백찬이 급하게 '유한아! 가, 같이 가!' 하면서 헐레벌떡 그의 뒤를 따라갔다. 예진은 뒷문으로 사라지는 그 두 사람의 모습을 지켜보다가 자연스레 고개를 돌려 민찬과 강수가 있는 곳을 바라보았다.

예진과 마찬가지로 두 사람이 빠져 나가는 모습을 주시하고 있던 민찬과 강수는 그녀와 눈을 마주치자 가볍게 작별을 고하더니 똑같이 뒷문으로 나가 보였다. 예진은 그렇게 사라진 네 사람의 자취를 잠시 동안 훑다가 치마를 주름지게 손으로 쥐어 보였다. 일단 예진도 자리에서 일어났다. 민찬과 강수에겐 사정이 있어 먼저 가보겠다고 얘기했지만 결국엔 걱정이 되어 그들을 쫓는 예진이었다.

"지, 집이 어디야?"

하교를 하기 위해 경사 낮은 길을 유유히 내려가는 유한에게 이백찬이 물어왔다. 유한은 굳이 따라오라고 한 적도 없는데 접근한 이백찬에게 거부감을 느끼지 않았다. 오히려 애를 쓰며 친해지려고 노력하는 심성 고운 이백찬이었기에 받아줄 수 있었다.

"정문에서 나가서 오른쪽 길로 가야 해."

"아, 같은 길이네…… . 가, 같이 가도 되나?"

"그래. 그럼."

이백찬은 고맙다고 인사하고는 유한의 옆을 나란히 졸졸 따라왔다. 조용한 침묵 속에서 이백찬은 유한과 친한 관계를 맺고자 몇 번이고 운을 띄웠고 유한은 그때마다 무시 않고 산뜻하게 대해주었다. 약한 사람을 괴롭히는 극악무도한 녀석들이랑 달리 고운 심성의 이백찬은 유한을 신경 쓰면서 말을 던졌다.

어느덧 두 사람은 정문을 빠져나와 오른쪽으로 몸을 틀게 되었다. 아직까진 하교 중인 학생들의 수가 상당했기 때문에 괜찮았다.

'오늘도 집에 들어가면 마법 공부나 꾸준히 해야겠네.'

허구한 날 하는 게 공부이니만큼 조금 지루할 때도 있었지만, 자신과의 싸움에선 그 누구보다 자신있게 행할 수 있는 유한이었다. 유한은 귀가 길을 거닐면서 아까 전 학교 시간에 공부했던 마법 서적의 마법을 떠올렸다. 어느덧 유한은 기초적인 세 가지를 사용할 수 있는 경지에 이르러 있었다.

'글루, 그리스, 스트렝스.'

그 외에 이론적으로 터득한 마법은 라이트와 슬립이라는 게 있었는데, 라이트는 환한 빛의 구슬을 만들어 어둠 속을 정화하는 빛의 마법이었다. 슬립은 상대방을 재우는 마법으로서 아직 실제로 사용해 본 적은 없어 곧잘 구사할 지 알 수가 없었으나, 일단 현재 유한의 마나 양 가지고 충분히 사용 가능한 마법이었다.

'그건 그렇고.'

주머니로 손을 꽂아 넣은 유한은 성적표를 꺼내 들어 석차를 확인했다. 전교 1등. 눈으로 똑똑히 보았음에도 여전히 실감이 나지 않았다. 유한은 이것을 보여줄 때 어머니가 어떤 표정을 지을까 다시금 상상하면서 길을 거닐었다. 그런데 그때였다.

"억!"

뒤에서 흠칫 들려오는 비명 소리. 한창 좋아하고 있던 유한은 옆에서 나란히 따라오던 이백찬의 모습이 육안에서 사라지자 고개를 돌렸다. 그러자 누군가가 유한의 볼을 노리고 매섭게 주먹을 꽂았다. 픽! 유한은 들고 있던 성적표를 바닥에 떨어뜨리면서 주저앉았다. 그리고는 '크으' 하면서 잠시 신음하더니 고개를 쳐들어 정면을 바라보았다.

"……."

진심으로 어이가 없는 유한이었다. 유한이 두 눈에 담게 된 상대는 다름 아닌 민찬과 강수였다. 신명나게 이백찬을 괴롭혔던 두 사람. 하지만 결국엔 유한에게 호되게 당하고 침묵했던 두 사람이었다.

"이 새끼!"

"커헉!"

퍽!

흘긋 고개를 돌려 이백찬 쪽을 보자, 그는 강수에게 주먹으로 복부를 맞고 비명을 지르며 쓰러지고 있었다. 유한은 재빠르게 주변을 살펴보았다. 그러고 보니 어느덧 하교하는 학생들이 없는 좁다란 골목길에 다다라 있었다. 유한은 침묵하면서 두 사람을 지켜보다가 슬그머니 자리에서 일어났다. 그러자 민찬이 악랄한 눈빛으로 유한을 바라보면서 쓰게 미소 지었다.

"좋냐?"

"……."

"왕따 새끼랑 친구 되어서 좋든?"

이미 싸움은 끝났을 텐데 다시금 찾아와서 보복을 하는 이유가 무엇일까? 하지만 그건 어디까지나 유한의 입장에서 끝난 모양이었다. 저들 딴에선 한때 무너진 자존심을 다시 되살리고 싶어 하는 모양이었는데, 유한은 그것을 보면서 역시 악랄한 녀석들은 끝까지 그러하다고 생각하게 되었다.

'스스로 잘못을 했으면서 반성하는 기미도 없고.'

마치 두 사람을 통해서 유강의 모습을 보는 것 같았다. 아무리 잊으려고 노력해도 잊을 수가 없는 같은 핏줄의 형이란 작자.

비록 눈앞에 있는 두 사람은 가족이라거나 그런 인연은 아니었지만, 유강과 동급으로 취급될 만큼 질 나쁜 녀석들이 자명했다. 유한은 항상 다니던 세 명 중 두 명만 찾아오자 나머지 한 명을 찾기 시작했다. 하지만 자신의 짝꿍인 예진은 아무래도 오지 않은 모양이었다.

"……."

돌연 점심시간 때 예진이 자신의 옆으로 찾아와 무언가 말을 하려던 것이 떠오른 유한이었다. 혹시 이 일에 관하여 애기를 하려고 했단 말인가? 그렇게 자문하던 유한은 곧 도리도리 고개를 저었다. 나쁜 애들과 노닥거리는 녀석 사이에 타인을 위하여 도움을 주려는 사람이 있을 리가 전무했다. 적어도 그녀 역시 저 둘과 마찬가지로 이백찬을 얄팍하게 괴롭히지 않았던가. 유한은 더 이상의 상념을 뒤로하고 정면을 바라보왔다.

'가능하면 싸우기 싫지만.'

가능하면 말로 타이르거나 아니면 도주하려고 했다. 그러나 그들 뒤에는 나약한 이백찬이 쓰러져서 복부를 잡고 구역질 중이었고, 그런 백찬을 두고 도망가는 것은 유한으로선 도무지 내키지 않는 선택이었다.

"전교 1등까지 했다고 기분이 아주 좋아 죽나보지? 뒈졌어……."

"……."

"우리한테 나댔던 거 톡톡하게 갚아줄 테니까 각오해라."

민찬과 강수가 서서히 대치하고 있는 유한을 포위하고 접근했다.

뒤를 흘긋 곁눈질한 유한은 앞으로 곧게 뻗어 있는 골목길을 확인했다. 일단 물러날 거리는 충분했고, 시간만 좀 끌면 될 듯싶었다.

학생들이 하교하고 있는 시간이었고 아무리 인적이 드문 골목길이라 한들 1, 2분만 지나면 오가는 사람들이 반드시 등장하리라.

그 사람들과 협력하여 두 사람을 제지하는 쪽으로 결정을 내린 유한이었다.

"새꺄!"

하지만 머릿속의 계획처럼 몸이 뜻대로 움직여 줄 리 전무했다. 비록 타인이 감히 엄두도 내지 못하는 진귀한 마법을 사용할 수 있는 유한이라지만, 그것을 제외하면 모든 게 일반인과 다를 게 없었다.

유한이 잠시 한눈을 파는 사이에 민찬이 막무가내로 주먹을 휘두르면서 접근했고, 옆에 있던 강수가 거들었다.

유한은 그런 두 명을 한꺼번에 상대할 육체가 아니었기 때문에 마법의 힘을 빌리는 수밖에 없었다.

'…그리스!'

상대가 발을 딛고 있는 땅의 마찰 개수를 0으로 만들어 발을 딛는 것만으로도 저절로 미끄러지게 만드는 마법. 유한은 소량의 마나를 사용하여 그것을 사용하였고 뒤에서 접근하던 강수는 삽시간에 균형을 잃고 '어어!' 소리를 내며 땅바닥에 몸을 눕히게 되었다.

마법 시동을 마친 유한은 뒤늦게 민찬 쪽을 바라보았다.

퍼억!

마법을 사용하는 데 상당한 시간을 소비한 탓에 유한은 민찬의 공격을 방어할 수가 없었다.

결국엔 턱에 주먹이 꽂혀왔고 유한은 강하게 휘청거렸다.

하마터면 온 힘을 실은 공격에 잠깐 동안 정신을 잃을 뻔했다.

유한은 이를 악물고 버티며 정면을 노려보았다. 민찬이 다시금 주먹을 휘두르고 있었고, 그 너머에 쓰러져 있던 강수 역시 일어나 다시 거들려고 했다.

아무래도 마법 주문조차 외울 시간이 없다는 사실에 유한은 맨몸으로 맞서려고 했다.

"으아아아아!"

그때 강수에게 복부를 맞고 신음하던 이백찬이 뒤에서 고함을 지르며 달려들었다. 막 유한을 덮치려던 민찬과 강수는 화들짝 놀라 뒤를 돌아보았는데, 이 악물고 덤벼든 이백찬이 한껏 강수의 복부를 덮쳤다. 강수는 갑작스런 이백찬의 공격에 '컥' 하고 신음을 내지르며 바닥에 쓰러졌다.

혼신을 가한 이백찬의 덮침에 깔아뭉개진 강수는 곧 정신을 차리고 두 주먹으로 한껏 백찬의 몸을 구타하기 시작했다.

퍽퍽!

"이 새끼! 비키지 못해!"

"…으으!"

그냥 무시하고 지나쳐도 될 자신을 구하고자 몸소 나섰던 유한이었다.

그런 유한이 한때 자신을 괴롭혔던 가해자 두 명에게 보복을 당할 위험에 놓여 있는데 가만히 있는 것은 찌질한 짓이었다.

　백찬은 일생에 처음으로 용기를 내서 타인을 공격한 것이라 볼 수 있었다.

　머리를 맞고 있는 와중에도 도무지 강수의 몸 위에서 비켜날 생각을 하지 않는 이백찬을 바라보는 유한과 민찬이었다.

　민찬은 ‘저 새끼가……’ 하면서 분통의 목소리를 냈지만 유한은 잠시 심금을 울리는 감정을 느꼈다. 이윽고 민찬이 홱 하고 고개를 돌려 유한을 바라보았고, 유한은 스트렝스 마법을 자신의 오른쪽 주먹에 걸었다.

　“이 쌍놈아!”

　곧 민찬이 훅 형태로 주먹을 휘둘러 왔고 유한도 지지 않고 정면으로 달려갔다. 그리고 그와 마찬가지로 민찬을 후려쳤다. 퍽! 주먹은 민찬 쪽이 빨랐으나 괴력 면에선 유한을 이길 수가 없었다. 유한은 얼굴이 맞은 상태에서 민찬의 면면을 노렸고, 유한의 주먹은 정확하게 입을 노리고 들어갔다.

　“커헉!”

　민찬은 강하게 산음을 토하면서 눈을 휘둥그레 떴다. 스트렝스 마법이 부여된 오른쪽 주먹의 위력은 가히 격투기 선수들과 비교해도 무리가 아니었다. 그 정도로 강한 고통을 느끼면서 민찬은 바닥에 쓰러졌다.

　이제 보니 땅바닥에 두 개의 치아가 떨어져 있었다. 유한은 작게 헐떡거리면서 쓰러진 민찬을 바라보았고, 뒤늦게 백찬이를 밀어내고 자리에서 일어나게 된 강수는 그것을 목격하고 두 눈을 도끼처럼 떴다.

“너 이 개새꺄!”

“……!”

이윽고 골목길의 벽 쪽에 누워 있던 벽돌을 집어 들고 강수가 달려들었다. 유한은 순간 깜짝 놀라면서 패닉에 잠겼다. 아무리 마법을 사용할 수 있다 치더라도 아직 기초 마법밖에 못 쓰는 유한이었다.

몸을 돌처럼 단단하게 만든다거나 상대방의 공격을 느리게 볼 수 있는 헤이스트라거나 그런 마법은 못 다루는 수준이었다. 그런 상황에서 맨몸으로 벽돌을 들고 덤비는 상대와 겨룬다면, 자칫하다간 유한의 생사가 위험해질 수 있는 것이었다.

‘진짜 미친 건가?

한 번 졌다는 사실이 그토록 분한 것일까? 큰 해를 입히고 싶을 정도로? 유한은 정말이지 어이가 없었다. 이윽고 다가오는 강수를 향해 다량의 마나를 사용하여 그리스를 이용하려 했다. 근데 그 찰나였다.

“그만……!”

어디선가 익숙한 목소리가 들려왔다.

“그만해!”

　골목길을 쩌렁쩌렁 울리는 그 외침에 앞으로 달려가던 강수도, 쓰러져서 괴로워하던 백찬이와 민찬이도 하나같이 소리가 들린 쪽을 바라보았다. 그건 유한 역시 마찬가지였다.

　‘……’

　유한은 침묵하면서 소리의 주인을 쳐다보았다. 상황을 말린 것은 의외의 상대였다.

　한예진. 바로 그녀였다. 그녀는 그들을 쫓다가 잠시 길을 잃고 혼란을 겪었다. 그리고 여러 차례 여러 길을 들린 끝에 한창 사투 중인 그들을 발견할 수 있었다.

　“강수, 너 미쳤어?! 지금 그 돌로 죽이기라도 하게?!”

　예진은 진심으로 화를 내고 있었다. 오랫동안 함께해 온 친구가 그릇된 짓을 저질러 먼 훗날의 미래를 한 치 앞도 보이지 않는 어둠으로 파묻으려 한다는 사실이 너무나도 원망스러웠다. 민찬의 쓰러진 모습에 잠시 이성을 잃었던 강수는 그제야 스스로가 무슨 행동을 하려 했는지 깨닫고는 잠시 머뭇거리는 모습이었다. 그 모습을 지켜보며 예진은 다시 한 번 큰 소리로 외쳤다.

　“너희들 이건 아니야! …어떻게 잘못한 것도 모르고 그렇게 뻔뻔하게 굴 수가 있어? 너희한테 그동안 당했던 애들이 얼마나 되는 줄 알기나 해?”

　“뭐?”

유한의 일격에 수 초간 기절해 있던 민찬은 어느덧 정신을 차리고 예진을 바라보고 있었다. 예진은 자포자기하는 심정으로 계속해서 소리쳤다.

"전에 백찬이 얼굴을 너희들이 담배로 지지려고 할 때도 말린 건 나였어! 어느 여자애 데려다가 주먹으로 때리려는 걸 말린 것도 나였고! 길 가던 술 취한 아저씨에게 일부러 시비 걸어서 폭행하려던 것도 말린 건 나였어! 너희들 때문에 지금까지 몇 번이나 나도 같이 서에 오락가락했는지 몰라!"

"……"

"난 너희들이 잠시 집안 사정 때문에 힘들어서 그러는 거겠거니, 잠시 방황하다가 곧 돌아오겠거니 생각하고 친구로서 계속 옆에서 있어줬어! 하지만 아무리 생각해 보아도… 너희들은 이제 안 될 것 같아. 글러먹었다고!"

"…너 지금 말 다했냐!"

강수가 버럭 소리쳤고 예진이 그제야 화들짝 놀라면서 움찔거렸다. 유한은 이를 잠잠히 지켜보았다.

'저 녀석들이 무슨 일을 저지르려고 할 때마다 옆에서 제지했다고?

잠시 사고를 돌려보니 유한은 그제야 예진에게 한 가지 오해를 품고 있었음을 깨달았다. 요컨대 예진은 스스로 말하기론, 두 친구가 그릇된 일을 하지 못하도록 옆에서 말려주었다는 것이다.

하지만 혼자 두 사람을 상대하는 것은 무척이나 버거운 일이었기에 그들이 눈치채지 못하도록 옆에서 슬쩍슬쩍 피해자를 도와주었다는 뜻이다.

"같이 즐겼던 게 누군데 어디서 꽁무니를 빼, 이 계집애가!"

"그럼 말해봐. 너희들이 누군가를 괴롭힐 때 내가 그 옆에서 이거 하자 저거 하자 직접 의견을 내놓은 적 있어?"

"……."

"없잖아? 항상 타인을 괴롭힐 생각을 하고 이것저것 아이디어를 생각한 건 너희들이야! 난 너희들이 더 이상 그릇된 일을 하지 않도록 올바르게 잡고자 옆에서 있던 것뿐이라고!"

"저년이!"

강수가 더 이상 분노를 못 참고 예진에게로 달려들었다. 마침 강수의 손에는 유한을 때리려고 들었던 벽돌도 있겠다, 아주 그냥 작정하고 덤빌 생각인 모양이었다.

뒤늦게 상황을 판단한 민찬이 비틀거리는 상태로 강수에게 '안 돼!' 하고 소리쳤다. 그러나 이성을 잃어버린 강수를 말리기엔 그 누구도 적합한 사람이 없었다.

'……'

유한은 잽싸게 주문을 외웠다. 수련으로 증가한 마나를 대량 소비하여 유한은 자신의 발을 기점으로 그리스를 사용하였고, 순간!

"컥!"

벽돌을 들고 달려들던 강수는 그대로 앞으로 코를 처박으면서 쓰러졌다. 그리고 그 상황에서 달려 나간 유한은 후다닥 강수가 바닥에 떨어뜨린 벽돌을 쥐어 멀리 치워 버렸다.

그 모습을 목도한 민찬과 백찬은 눈을 크게 떴고, 유한은 후우 하고 안도의 숨을 내쉬면서 몸을 돌렸다.

으으 하며 신음하는 강수를 바라보다가 유한은 예진에게로 눈길을 돌렸다.

예진은 유한에게 갑작스레 시선을 받게 되자 안 그래도 긴장하고 있던 마음이 놀라자 화들짝 어깨를 들썩였다.

"……."

침묵하며 예진을 지켜보던 유한은 몸을 돌려 쓰러져 아파하는 백찬에게로 향했다.

"괜찮아?"

"…으응."

"도와줘서 고마워."

"아, 아니야……."

유한의 손을 잡고 일어서는 백찬. 마치 청춘 드라마에서나 나올 법한 장면이 연상되었지만, 상황은 그 정도로 단순하지 않았다.

두 학생이 한 학생에게 앙심을 품고 보복하기 위해 접근을 한 것이다.

심지어 단순 주먹이 아니라 흉기까지 사용하려 죽이려고 들었고, 그것은 결코 좋게 넘어갈 일이 아니었다.

유한은 쓰러져 있는 민찬과 강수를 바라보았다. 이윽고 민찬에게 시선을 옮긴 유한은 서로 마주보면서 한동안 침묵했다. 그러다가 유한은 천천히 입을 열어 이렇게 중얼거렸다.

"너희들."

"……"

"정말 쓰레기구나."

"……"

그들이 지금껏 괴롭혀 온 애들만 해도 손으로 꼽을 수 없을 정도의 숫자였다. 그것을 감안할 때, 그리고 몇 년 동안 함께 해 온 이성 친구의 얘기로 들어볼 때 민찬과 강수는 고개조차 들 수 없을 정도로 악질의 학생들이 분명했다.

"……"

유한은 맘 같아선 확 경찰에 신고하고 싶었다. 유강 같은 악질 타입들은 보는 것만으로도 신물이 날 정도였으니까.

하지만 유한은 이쯤에서 참고 넘어가기로 했다. 괜히 더 붙었다간 일이 커질지도 모르는 것이다.

심지어 민찬의 치아를 두 개나 날려 버리지 않았나. 만일 저들이 신고를 한다면 저들 역시 똑같이 처벌을 받겠지만, 유한도 분명히 치료비를 내줘야 할 게 자명했다.

"가자, 백찬아."

"…어? 아…….'"

안 그래도 돈도 없는 가난한 집안에 가해자의 돈을 물어줄 여유는 없었다. 유한은 현실적으로 넘어가자고 생각했다.

백찬은 유한이 더 이상 아무런 말도 않고 걷는 모습에 얼떨떨해하다가 그를 유유히 따라갔다.

잠시 후 유한과 백찬이 좁은 골목길에서 자취를 감췄을 때, 울음을 터뜨리는 강수를 뒤로하고 민찬이 먼저 자리에서 일어났다.

서서히 몇몇 낯설은 사람들이 길을 오가는 상황. 그 상황에서 두 사람을 막연히 지켜보고 있던 예진이 몸을 획 돌렸다.

"……."

이를 본 민찬은 착잡한 마음이 들었으나 더 이상 예진을 붙잡지 못했다. 예진은 유유히 두 사람의 곁에서 떠나 버렸다.

"이게 무슨 일이니? 어떻게 된 거야? 누구한테 맞기라도 했어?"

"아무것도 아니에요, 어머니."

"아니긴 뭐가 아니야. 누구야? 누가 이랬어?"

평소에 자식들 앞에선 한없이 약한 어머니가 유한의 퉁퉁 부은 얼굴을 보고는 크게 화를 내고 있었다. 유한은 길바닥에 넘어져서 멍이 난 것이라고 둘러댔지만, 어머니는 자식이 크게 상처를 입고 돌아오자 쉽게 화를 풀지 못하는 모습이었다.

유한은 일을 끝내고 늦게 돌아온 어머니를 향해 웃으면서 얘기했다.

"어머니 잠시만요. 제가 보여드릴 게 있어요."

"뭔데 그러니."

유한은 얼른 옷걸이에 걸어두었던 교복의 바지에서 성적 표를 꺼내 어머니에게 보여주었다. 어머니는 그것을 보고는 눈을 휘둥그레 뜨면서 놀라했다.

"이게 어떻게 된 거니?"

"어떻게 된 거긴요. 열심히 공부해서 받은 거예요."

"…전교 1등이라니."

유한의 어머니는 성적표를 보고도 못 믿는 모양이었다. 당연한 일이었다. 유한이 늘 공부를 하는 데 시간을 할애했던 것은 알고 있었지만 형인 유강의 방해와 집안 형편 걱정으로 시험에 쉽게 집중하지 못했었다. 그런데 일생에 처음으로 전교 1등 성적표를 가져왔으니 유한의 어머니는 뿌듯함에 미소 지을 수밖에 없었다.

"어디 보자. 뭐 먹고 싶니? 오늘은 유한이가 원하는 거 뭐든지 사줄게."

"음, 어머니 밥 먹고 싶어요."

"그거 말고."

"아니에요. 그냥 어머니가 손수 만들어주신 음식 먹고 싶어요."

유한은 어머니가 기뻐하는 모습에 흐뭇하게 미소 지었다. 어머니의 기쁨은 자신의 기쁨이나 마찬가지였다.

'미안해요, 어머니.'

유한은 아직까지도 형인 유강에게서 어머니를 구하지 못했었던 일에 큰 죄책감을 느끼고 있었다. 만일 그전에 미리 유강을 집에 들어오지 못하도록 제대로 손을 썼더라면, 어머니가 그런 큰일을 당하는 일도 없었을 터인데.

'그리고 고마워요.'

그렇게 유한은 어머니가 손수 끓여준 찌개와 함께 식사를 하게 되었다. 여느 때와 마찬가지로 어머니가 해준 음식이었지만 간만에 기뻐하는 어머니의 얼굴을 볼 수 있어 그 맛이 배가 되었다. 유한은 뜨끈뜨끈한 가족애를 느끼면서 다음날을 기약했다.

*   *   *

집에 돌아온 예진은 그동안 자신이 오랫동안 담고 있던 심정을 두 사람에게 털게 되자 속이 무척이나 시원했지만 한 편으론 훗날이 두려웠다. 분명히 내일부터 민찬과 강수는 자신과 어울려주지 않을 것이리라. 그것뿐이면 좋으련만 분명 주위의 친구들을 이용해서 자신을 못 살게 괴롭힐 지도 몰랐다.

이미 망가질 대로 망가진 두 친구인지라 아무리 오랫동안 연을 함께해 온 이성 친구라 한들 가만두지 않을 가능성이 높았던 것이었다.

예진은 유한에게 도움이라도 요청해 볼까 마음을 품어보았지만 자신을 가해자로 취급하고 무시하면서 대했던 그 모습이 떠올라 부탁하기엔 몹시 자존심이 상했다.

결국 이러지도 못하고 저러지도 못하는 상황에서 예진은 잠에 들었다.

"……"

다음날, 예진은 부모님과 함께 간결하게 식사를 나누고 학교로 향하게 되었다.

일찍이 등교한 교실에는 아이들이 몇 없었다. 하지만 그 몇 없는 학생 중에서 예진의 시선을 고정케 만드는 학생이 있었다.

바로 예진의 옆자리에 앉아 있는 유한, 그였다.

"……."

유한은 예진이 왔든 말든 신경 쓰지 않는다는 모습으로 공부에 몰두하고 있었다.

오늘도 괴상망측한 형태의 언어들이 자잘한 이상한 책을 읽고 있었는데, 예전에 수학여행 때 그 책을 탈취했다가 유한이 자신을 무서운 눈빛으로 노려본 적이 있었다.

"……."

하지만 그것 역시 예진이 원해서 한 일이 아니었다. 민찬과 강수가 워낙에 그런 만행을 곧잘 저질렀기 때문에 저지할 틈도 없던 것이다. 예진은 진즉에 그 부분에 대해서 해명하고 싶었지만, 유한은 그럴 틈도 주지 않았다.

결국 끼이익 하고 의자에 앉은 예진은 민찬과 강수가 앉는 자리를 확인했다. 아직 두 사람은 오지 않았다. 그러나 머지않아 교실에 들어와 자신을 마주하게 될 것을 생각하니 예진은 몸서리가 쳐졌다.

"사실이야?"

"……."

그런데 그때쯤이었다. 누군가의 목소리가 예진의 귓전에 닿았다. 예진은 반신반의하는 모습으로 고개를 돌려 소리가 난 쪽을 바라보았다. 그곳엔 책을 읽고 있는 모양새로 묻고 있는 유한이 있었다.

"지금까지 걔네들이 나쁜 짓 저지를 때마다 옆에서 제지하려고 있었다는 거."

"……"

예진은 처음으로 자신에게 운을 띄우는 유한을 향해 어떻게 대꾸를 해야 할까 고심을 했다. 하지만 여태껏 자신을 무시해 오다가 이제 와서 관심을 보이는 유한의 모습이 무척이나 야속하여 예진은 무시할까 생각도 했다. 하지만 그래 봤자 상대와의 갈등만 더 깊어지기 때문에 예진은 아량을 베푼다 생각하고 고개를 끄덕였다.

"사실이야. …민찬이랑 강수가 날이 갈수록 잔인해지는 걸 보고 이대로 두면 안 되겠다는 생각에서 옆에 있었던 거야. 근데 내가 옆에 있었지만 바뀌는 건 없었어. 걔네들은 시간이 가면 갈수록 사람을 함부로 다뤄."

"그래도 네 말이 사실이라면 네 덕분에 피해자들 다친 게 그 정도에서 그친 거겠지."

"……"

유한은 책을 덮고 예진을 돌아보았다. 일순간 예진은 자신의 심장이 두근거리는 것을 느꼈다. 무슨 까닭에서 그런 것인진 모르겠지만, 그동안 야속하게 자신에게 눈길 한 번 주지 않던 유한이 처음으로 깊은 우물 같은 눈동자로 바라보자 쾡

장히 기묘한 느낌을 받은 것이었다.

드르륵.

그 순간이었다. 돌연 들려온 앞문을 여는 소리에 예진의 고개가 자연스레 그쪽으로 돌아갔다. 그리고 곧 그녀의 눈이 휘둥그레 커지고 말았다. 결국 올 게 온 것이었다.

앞문을 열고 나타난 사람은 민찬과 강수. 두 사람은 예진이 있는 쪽을 바라보고는 침묵하는 모양새였다. 하지만 그것도 잠시 강수가 어제 일이 기억나자 발끈했는지 '저 씨……' 하면서 주먹을 불끈 쥐고 나아가려고 했다. 그런 그를 제지한 것은 뒤에 있던 민찬이었다.

"됐어."

"……."

그 말 한마디로 화를 내려 하던 강수를 타이른 민찬은 자기 자리로 향해 착석했다. 예진은 두근두근거리는 마음으로 두 사람을 바라보고 있다가 아무 짓도 하지 않는 모습에 침묵했다. 아침이라서 못 살게 굴지 않는 건가 싶었다. 이윽고 사라락 책 페이지를 넘기는 소리에 예진이 다시 고개를 돌려 유한을 바라보았다. 유한은 다시금 형태를 알 수 없는 해괴망측한 문자에 집중하며 독서를 하고 있었다.

*　　*　　*

'내가 저런 것한테 이런 치욕을 당해야 해?'

강수는 진심으로 치욕을 느끼고 있었다. 유한에게 치욕적인 패배로 망신을 당하는가 싶더니, 이젠 오랜 친구였던 예진까지 자신을 보고 한심하다고 욕을 하고 있었다.

'한때 친했던 친구로서 봐주려고 했지만 이건 아니야.'

민찬은 더 이상 일을 시끄럽게 하지 말자면서 갑자기 강수를 제지했지만, 강수는 어떻게든 복수할 계획이었다. 그는 끝장을 봐야만 하는 타입이었다. 자신이 강자로서 거듭나지 않으면 절대로 만족하지 못하는 타입이었던 것이었다.

'두고 봐. 선배들한테 일러바칠 테니까.'

스스로 하는 짓이 유치하다는 것도 생각지 못하고 강수는 그런 얄팍한 계획을 세우고 있었다.

"……."

하지만 그와는 정반대로 민찬은 가슴앓이를 하고 있었다. 그는 자신이 그동안 해왔던 짓에 대해서 깊이 돌이켜보고 고뇌하고 있었다. 어제 유한과 그토록 사투를 벌일 때만 해도 아무 생각 없었다. 그런데 이성 친구인 예진이의 따끔한 핀잔을 통해서 자신이 얼마나 나쁜 짓을 저질렀고, 그게 실은 얼마나 유치한 짓인지 절감하게 되었다. 아니, 실은…….

"……."

민찬이 예진을 짝사랑하고 있었기 때문에 그녀의 말을 더욱 경청한 것이라 볼 수 있었다. 그러나 이미 예진은 민찬에게 심하게 실망하여 거리가 멀어진 실정이었다. 이대로라면 민찬은 영영 예진과 더 이상 터놓고 대화를 나눌 기회조차 없을 듯싶었다.

민찬은 아무래도 기회를 만들어 그녀와 한 번 진지하게 대화를 나눌 자리를 마련해야겠다고 감안했다.

*　　*　　*

민찬 일행과의 갈등도 이로써 완전히 해결되었다고 생각한 유한은 마법 서적의 마법들을 꾸준히 연마해 가면서 클래스 올리기에 힘을 쏟고 있었다. 그리고 이따금씩 학교 공부에도 공을 들였는데, 날이 가면 갈수록 이상함을 느끼게 된 유한이었다.

'뭐지? 가면 갈수록 머릿속으로 공부 요소들이 쏙쏙 들어오는 것 같은데.'

의문은 금방 해결되었다. 아무래도 저번에 추측했던 대로 유한의 마나 수련에 답이 존재하는 모양이었다. 코르켄을 통해 인간의 몸속에 잠재되어 있는 마나의 봉인을 해제시킨 유한. 그리고 그 마나를 명상을 통해 계속해서 각성시킴으로서 머리도 맑아지고 일반인보다 기억력이 좋아지고 있는 것이다.

　그 부분에 대해선 마법 서적에 직접적으로 언급되어 있지 않았으나 코르켄의 성분 중 하나로 코르켄에 대한 연구 서적을 뒤져보면 곧잘 알 수 있는 부분이었다(판타지 세계의 마법사들이 일반인보다 머리가 똑똑한 데에 이유가 있는 것이었다).

　"으……."

　유한은 옆자리에서 끙끙 고생하며 수리 선생님이 내준 숙제를 풀고 있는 예진을 바라보았다. 그녀는 일주일 전 그 일이 있은 후로 더 이상 민찬 일행과 노닥거리지 않고 있었다. 민찬과 강수 역시 더 이상 예진에게 아는 척하지 않는 모습이었고 말이었다. 다만 이따금씩 유한과 마주칠 때마다 일부러 자리를 피하는 모습을 보였는데, 유한은 그다지 신경 쓰지 않았다.

　"그거 답 틀렸어."

　"…어?"

　"이거야."

　유한은 문제를 푸는데 어려워하고 있는 옆자리의 예진에게 공책에 있는 과정과 답을 보여주었다. 그것을 본 예진은 '아' 하고 잠시 기쁜 미소를 짓다가 곧 표정을 지우면서 유한을 쳐다보았다. 갑작스레 이렇게 친절하게 구는 목적이 뭐냐

는 듯한 눈빛이었다. 하지만 유한은 그 시선에 굳이 대꾸하지
않고 답이 적혀 있는 공책만 보여준 뒤, 다른 공부에 몰두하
였다. 예진은 그런 유한을 주시하다가 곧 그가 건네준 공책의
답을 깨작였다. 두 사람 사이에 나 있던 갈등은 아직 온전히
돌아오지 않았지만, 그래도 서서히 처음 때의 모습으로 변해
가고 있었다.

"……"

그러던 어느 때였다. 예진이 유한의 도움을 통해 무사히 숙
제를 마치고 수리 선생님에게 혼나지 않고 수업이 끝났을 때
였다. 저벅저벅 복도를 거닐고 누군가가 유한이 공부하는 교
실에 들이닥쳤다.

드르륵!

뒷문이 열리고 인위적으로 새로 꾸민 학교 복장으로 거들
먹거리며 나타난 남학생은 다름 아닌 3학년이었다.

그 한 명이었다면 1학년 학생들은 신경도 쓰지 않았겠지
만, 그 3학년 남학생의 뒤에는 덩치가 큰 두 사람이 좌우로 있
었다.

왠지 불길한 포스를 풍기는 세 사람의 모습에 유한이 생활
하는 교실의 1학년 학생들이 하나같이 꽁꽁 얼어버리고 말았
다.

시선이 집중되는 와중에 남학생 3학년 한 명이 근처에 있

는 1학년 학생에게로 다가가 입을 열었다.

"여기 한예진이라는 애 어디 있어?"

"네? 저, 저기……."

3학년 선배의 물음에 유한의 같은 교실 남학생이 잔뜩 겁에 질린 얼굴로 예진이 있는 자리를 가리켰다. 마침 그곳엔 쉬는 시간답게 한숨 놓고 쉬고 있는 예진이 있었다. 그것을 목도한 3학년 선배가 곧장 몸을 돌려 그녀에게로 향했다.

저벅저벅.

누군가가 걸어오는 소리에 예진의 고개가 그제야 자연스레 옆으로 돌아갔다. 그리고 선배의 얼굴을 확인한 예진은 삽시간에 핏기가 가시고 말았다.

"예진아, 오빠야."

"……."

예진은 말도 못하고 침묵했다. 예진이 마주한 3학년 선배는 다름 아닌 최윤철! 유한이 생활하는 학교의 전 학생 중 가장 싸움을 잘한다는 싸움꾼으로서 성격이 매우 난폭하고 자기 뜻대로 되지 않으면 바로 주먹부터 나간다는, 매사에 폭력적인 인물이었다. 예진은 그런 인물이 자신을 찾아올 이유는 딱 하나밖에 없다고 추측했다.

보복!

"우리 예진이 보는 거 오랜만이네. 잠깐 오빠랑 일대일로 좀 볼까?"

"……"

예진은 공포에 굳어서 말도 못하고 고개를 까닥였다. 그 모습에 최윤철은 뭐가 그리 좋은지 싱긋 웃으면서 예진의 머릿결을 쓰다듬었고 곧 그녀의 손목을 잡더니 열린 뒷문으로 스르르 빠져 나가기 시작했다. 곧 그녀가 자취를 감추었을 때 유한은 그녀가 사라진 곳을 고개 돌려 막연히 바라보았다.

"……"

참고로 유한은 최윤철이 누구인지도 모르고 있었다. 학교에 있는 모든 학생들이 도무지 모를 수가 없는 상대였는데, 유한이 알 수가 없는 까닭은 그의 형인 유강 때문이었다. 최윤철이 격투기 쪽으로 능하여 싸움을 잘한다고 하면, 유강은 격투기엔 재능이 없지만 한 번 눈을 뜨면 작정하고 상대를 죽이려 드는 악마 같은 타입이었다. 그런 유강을 둔 동생이었기 때문에 최윤철은 유한은 건드리지 않았다. 이미 선후배들 모두 최윤철에겐 한 번씩 괴롭힘을 당했는데 말이었다.

"최윤철이 여기엔 왜 왔대?"

"…방금 잡혀간 애 예진이 맞지? 큰일 났네. 이거 선생님에게 말이라도 해야 하는 건가?"

그래서 유한은 갑자기 옥신각신 최윤철에 관하여 떠들고 있는 아이들을 이해할 수 없었다. 하지만 이따금씩 그들의 대화에서 싸움이란 단어가 나오는 것을 보니 아무래도 싸움 쪽에서 꽤나 타고난 재주를 가진 인물일 거란 생각이 들었다.

"……."

그런데 다들 표정을 보아하니 하나같이 예진이 무언가 사고를 당할 것 같다는 모습이었다. 그런 풍경에 유한 역시 살짝 불안감을 느끼게 되었다. 그때였다.

드르륵!

의자를 밀고 일어난 누군가가 덥석 한 녀석의 멱살을 잡고 있었다. 교실의 시선이 모두 하나같이 두 사람에게로 쏠렸고, 전혀 싸울 것이라곤 생각 못한 의외의 인물들이 멱살을 잡고 다투는 모습에 놀랐다.

"너 이 새끼 뭐한 거야!"

다투고 있는 사람은 민찬과 강수였다. 민찬은 마치 강수가 무슨 큰일을 저지른 것에 크게 분노하는 모습이었는데, 그에 반해 강수는 혀를 내두르면서 진심으로 어이없단 표정을 짓고 있었다.

"너 그럼 아직도 걔가 친구라고 생각하는 거냐?"

"친구고 뭐고 왜 윤철이 형한테 이르는 건데!"

"이르는 이유는 하나지. 맘에 안 드니까. 어디 한번 본 때 좀 당해보라고."

"새끼가!"

빠악!

화가 난 민찬이 강수의 얼굴을 주먹으로 후려쳤고, 강수는 그대로 바닥에 쓰러졌다. 민찬은 그런 강수를 곧잘 무시한 채로 뒷문으로 후다닥 달려갔다. 혼자 남은 강수는 터진 입술을 소매로 닦으면서 자리에서 일어나서는 욕지거리를 내뱉을 따름이었다.

"……."

유한은 그런 두 사람 사이에 흐르는 심각한 기류에 가만히 침묵했다.

…드르륵.

얼마 지나지 않아서였다. 막 다음 수업이 시작하기 전 예진이 문을 열고 나타난 것이었다. 학생들 태반이 예진에게 일제히 관심을 보였으나 교탁에서 수업을 준비하고 있는 선생님 때문에 곧 고개를 돌리는 모습이었다. 유한은 왠지 기운이 역력히 빠져 있는 모양새로 다가오는 예진을 주시하였다.

예진은 얼굴에 그늘을 드리우고 소심하게 어깨를 움츠리고 있었는데, 아까 전과는 너무나도 다른 모습에 유한은 궁금증을 갖게 되었다.

이윽고 그녀가 자리에 앉았을 때였다. 숨을 거칠게 헐떡거리면서 뒷문으로 나타난 다음 상대는 민찬이었다. 그는 윤철과 함께 어디론가 갔던 그녀를 찾기 위해 교내 곳곳을 돌아다

넜으나 결국 찾지 못하고 돌아온 모양새였다. 그리고는 이미 자리에 착석해 있는 예진을 보고 허무한 얼굴로 입을 다무는 모습이었다.

"……."

쉬는 시간 10분 남짓하는 시간에 심각한 일을 당하진 않았을 것이었다. 하지만 표정을 보아하니 무언가 최윤철 일행에게 위협을 당한 모양이었다. 유한은 슬쩍 눈길만 옮겨 바들바들 떨고 있는 그녀의 손길을 바라보았다. 그러다가 곧 침묵하고 정면을 바라보았다.

『P2P가 세상을 지배하는 날』 제2권에 계속…

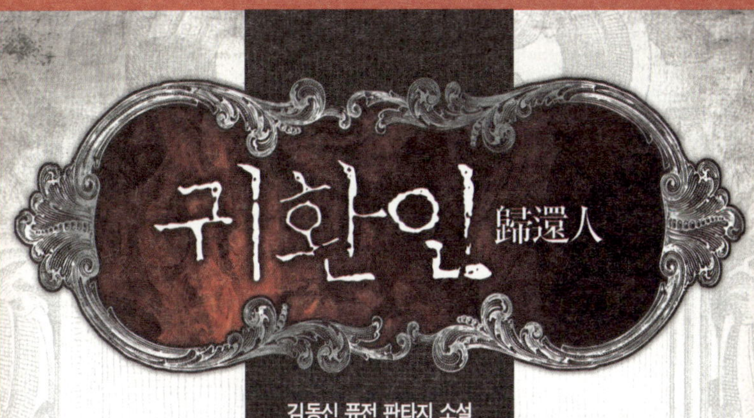

김동신 퓨전 판타지 소설

모든 마수의 왕 베히모스.

그의 유일한 전인 파괴의 마공작 베르키.
마계를 피로 물들이고 공포로 군림했던 그가
드디어… 꿈에 그리던 한국으로 돌아왔다.

"친구들아,
나 권태령이 드디어 돌아왔어!"

피로 물들었던 마계의 나날을 잊고
가족과도 같은 친구들과 지내는 생활.
그 일상을 방해하는 자들은 결코 용서치 않는다!

살기가 휘몰아치는 황금안을 깨우지 말라!
오감을 조여오는 강렬한 퓨전 판타지의 귀환!

Book Publishing CHUNGEORAM

유행이 아닌 자유추구 —
WWW.chungeoram.com